Der Ruf des Tigers

Aloha Shifters: Juwelen des Herzens

Buch 4

von Anna Lowe

TWIN MOON PRESS

Übersetzung aus der englischsprachigen Originalversion ins Deutsche durch Franziska Humphrey

Umschlaggestaltung:
Kim Killion

Inhaltsverzeichnis

Weitere Titel in dieser Serie

Aloha Shifters - Juwelen des Herzens

Der Ruf des Drachen (Buch 1)

Der Ruf des Wolfes (Buch 2)

Der Ruf des Bären (Buch 3)

Der Ruf des Tigers (Buch 4)

Die Verlockung des Drachen (Buch 5)

Der Ruf des Fuchses (Buch 6)

www.annalowebooks.com

Kapitel 1

Cruz verlangsamte seine Atmung und blinzelte über die mondbeschienene Landschaft. Die Meeresbrise zerzauste sein Haar, als er auf der Suche nach seinem Zielobjekt in die Hocke ging. Der Lauf des Gewehres fühlte sich kühl in seinen Händen an, ähnlich wie der Wind auf seinem verschwitzten Rücken. Die ihn verbergenden Palmen flüsterten eine eindringliche Warnung, als er sich auf die anstehende Aufgabe konzentrierte. Sein Zielobjekt befand sich irgendwo dort drüben ... eine Person inmitten der sich im Golf Klub versammelnden Menge, etwa vierhundert Meter entfernt.

Irgendetwas ließ ihn zögern, aber er schob das Gefühl beiseite. Wann hatte sich ein Anschlag jemals richtig angefühlt?

Die Stimme seines Informanten hallte zum tausendsten Mal in seinen Gedanken wider. *Nordwestliche Ecke der Terrasse. Suchen Sie nach einem Gast in Schwarz, mit schwarz gerahmter Brille. Der Kellner wird diesem Gast ein Cocktail-Glas mit einem rosa Schirmchen und einer Olive an einem grünen Zahnstocher reichen. Dieser Gast ist Ihr Zielobjekt.*

Ruhig, sagte er zu sich selbst.

Aber zum Teufel. Er musste seinen Biss verloren haben, denn Zweifel stiegen in ihm auf. Vor nicht allzu langer Zeit, in seiner aktiven Dienstzeit, war er der beste Scharfschütze in seiner Spezialeinheit gewesen und hatte nie gezögert, wenn es darum ging, einen Auftrag zu erledigen. Er hatte es nicht gern getan, aber er tat, was er in Kriegszeiten tun musste. Das hier war jedoch etwas anderes. Das hier war ...

Es ist auch Krieg, beharrte sein innerer Tiger. *Endlich können wir uns an dem Monster rächen, das unsere Familie ermordet hat.*

Cruz kniff die Augen zusammen und zwang den Kloß in seinem Hals hinunter. *Reiß dich zusammen, Soldat.*

Genau genommen war er kein Soldat mehr, sondern nur noch ein Zivilist genau wie die Leute, die dort drüben im exklusiven Klubhaus des Kapa'akea Resorts feierten. Er war jedoch nur auf Papier Zivilist. Die Soldatenseite in ihm würde ihm immer im Blut liegen, genauso wie es auch die Tigerseite in seinem Blut gab. Er war zum Kämpfen geboren. Zum Beschützen. Zum Kampf für die Gerechtigkeit in einer zutiefst gestörten Welt. Und Rache war ein ebenso gerechter Grund wie jeder andere, vor allem, wenn man bedachte, auf welch grausame Weise seine Familie ausgelöscht worden war. Seine Eltern. Seine jüngere Schwester. Sein Bruder. Sie alle waren kaltblütig ermordet worden.

Auf der Seitenterrasse, abseits der Menschenmenge, regte sich etwas. Er fokussierte sein Visier erneut. Eine Frau in einem Paillettenkleid kam kichernd durch die Flügeltüren getanzt, gefolgt von einem Mann, dessen Blick an ihrem Hintern klebte.

Cruz rollte mit den Augen. Definitiv *nicht* seine Zielperson.

Einen Augenblick später traten zwei Geschäftsleute auf die Terrasse heraus und das verliebte Paar huschte in die Schatten des Gartens. Die Geschäftsleute gingen nicht zur nordwestlichen Ecke der Terrasse hinüber, blieben jedoch nahe genug stehen, dass sich Cruz' Schultern anspannten. Als ein Kellner erschien, hielt Cruz den Atem an. Er stellte sein Visier neu ein, um einen besseren Blick auf die Getränke auf dem Tablett des Kellners zu werfen. Bourbon pur, so wie es aussah. Keine winzigen Schirmchen. Keine Zahnstocher oder Oliven.

Er stieß einen Atemzug aus. Nicht seine Zielperson. Trotzdem beobachtete er die Männer weiter. Etwas an ihren maßgeschneiderten Anzügen und der selbstgefälligen Haltung machte ihn misstrauisch. Aber Menschen machten ihn ohnehin immer misstrauisch.

Eine Wolke schob sich vor den Mond. Als sich in der Türöffnung ein Schatten bewegte, begann sein Blut zu rauschen. Seine Nase zuckte und jeder Nerv in seinem Körper wurde in höchste Alarmbereitschaft versetzt.

Der Tiger in ihm knurrte und peitschte seinen Schwanz nervös von einer Seite zur anderen. *Was alarmierte ihn so?*

Noch nie in seinem Leben hatte er eine so starke Vorahnung verspürt. Weder an dem Tag, an dem seine Familie getötet worden war, noch im Bruchteil der Sekunde, bevor sein Konvoi vor drei Jahren in einen Hinterhalt geraten war. Noch nicht einmal an dem Tag, an dem er Silas, Kai, Boone und Hunter getroffen hatte, die Gestaltwandler, die seine Waffenbrüder werden sollten. Das Schicksal hatte ihn vor jedem dieser Ereignisse gewarnt, wenn auch nur auf eine frustrierend vage Weise – und nur Sekunden, bevor das Chaos ausbrach.

Aber die Vorahnung in diesem Moment zwang ihn fast in die Knie. Sie war schärfer, stärker und intensiver als alles, was er je zuvor erlebt hatte. Etwas Großes stand kurz bevor. Etwas, das sein Leben für immer verändern würde.

Cruz zwang sich, gleichmäßig zu atmen. An dem Tag, an dem er die Chance hätte, seine Familie zu rächen, war dieses Gefühl doch zu erwarten, oder?

Die Vorhänge an den Türen zur Terrasse bewegten sich leicht und die zwei Männer drehten sich um, um zu sehen, wer es war. Cruz drückte seinen Finger über den Abzug und hielt völlig still.

„Komm schon“, flüsterte er, als die Person in der Türöffnung zögerte. Seine Lippen streiften gegen den Lauf und der scharfe Geschmack von Metall füllte seinen Mund.

Konzentriere dich, verdammt. Konzentriere dich.

Er richtete sein Visier auf die Gestalt in der Türöffnung. War dies seine Zielperson?

Die Vorhänge flatterten und sein Puls beschleunigte sich. Eine junge Frau trat in sein Blickfeld. Stolz. Anmutig. Aber ... auch traurig. Irgendwie zerrissen.

Die Zahnräder in seinem Gehirn drehten sich in quälender Zeitlupe und keine der Botschaften, die durch seine Nerven schossen, ergab irgendeinen Sinn. Warum war sie traurig? Was war ihr Dilemma? Und warum erschien ihm das so herzergreifend wichtig?

Die dicke gerahmte Brille, die auf ihrem blonden Haar ruhte, passte nicht zu ihrer jugendlichen Erscheinung, genau wie der mürrische Gesichtsausdruck nicht zu ihrem fröhlich mit Sommersprossen bedeckten Gesicht passte.

Ein weiterer Mann drängte sich hinaus und ging so dicht an der Frau vorbei, dass ihr langes, schwarzes Kleid mitschwang. Cruz richtete den Lauf des Gewehres auf ihn – ein großer Kerl, dessen zurückgekämmtes Haar die kahlen Stellen auf seinem Kopf nicht verdecken konnte. Der feine Anzug verbarg auch nicht die Wampe, die über seinem Gürtel heraushing. Die zwei Geschäftsleute gingen hinein, als sich der große Mann eine Zigarette anzündete und mit der Frau zu sprechen begann. Oder eher auf sie einredete, während sie seufzend die Schultern hochzog. Als ihr der Mann näherkam – zu nahe – und eine Zigarettenrauchfahne ausstieß, zuckte die Frau zusammen und wich zurück.

„Widerling“, murmelte Cruz.

Widerling, stimmte sein Tiger zu. Die Art, die man ganz leicht töten könnte. Arrogant, manipulativ und von sich selbst überzeugt. Cruz konnte all das in den schlangenhaften Augen des Mannes sehen.

Cruz spitzte die Lippen. War er seine Zielperson?

Sein Instinkt zog seine Aufmerksamkeit zurück auf die Frau und machte es ihm schwer, sich auf den Mann zu konzentrieren, den sie offensichtlich missbilligte. Als der Widerling näher an ihren geschmeidigen Körper trat, rieb sie sich mit den Händen über ihre verschränkten Arme.

Cruz war so gefesselt, dass ihm kaum auffiel, wie sich eine weitere Person den beiden anschloss. Dann erschien ein weißer Arm in seinem Blickfeld – ein Kellner, der der jungen Frau ein Getränk anbot.

Cruz’ Herz blieb stehen.

Ein Gast in Schwarz, mit schwarz gerahmter Brille. Der Kellner wird diesem Gast ein Cocktail-Glas mit einem rosa Schirmchen und einer Olive an einem grünen Zahnstocher reichen. Dieser Gast ist Ihr Zielobjekt.

Cruz blickte auf das Getränk. Rosa Schirmchen. Grüner Zahnstocher. Schwarzes Kleid.

Heilige Scheiße. Diese Frau war verantwortlich für den Tod der Menschen, die er liebte?

Die Wolken vor dem Mond lösten sich auf, als Befehle durch seinen Kopf schossen.

Erschieß sie!

Verschone sie!

Drück den Abzug!

Tu es nicht! Tu es nicht!

Er biss die Zähne zusammen. Vielleicht war etwas schiefgelaufen. Vielleicht hatte sein Informant einen schrecklichen Fehler gemacht. Aber verdammt, McGraugh war immer zuverlässig gewesen, wie konnte dies also möglich sein?

Wäre es der Widerling gewesen, der den Cocktail in seiner Hand hielt, hätte Cruz ohne zu zögern eine Kugel abgefeuert und wäre in die Nacht verschwunden. Aber die Frau ...

Die Gelenke in seinen Fingern verkrampften sich und verweigerten ihm, den Abzug zu drücken.

Verdammt. Sie könnte ein Killer sein. Menschen waren in dieser Hinsicht tückisch. Und selbst wenn sie nicht der Killer war, was kümmerte es ihn? Menschen waren für die meisten Probleme der Welt verantwortlich.

Dann fing er sich wieder. Gott, war er abgestumpft. War er denn wirklich bereit, eine Frau zu töten, die unschuldig sein könnte?

Nein. Nein, das war er nicht.

Er musterte sie von Kopf bis Fuß. Sie hatte weder das Aussehen noch die Haltung eines Killers. Cruz wusste das; ihm waren genügend über den Weg gelaufen, um dies beurteilen zu können. Sowohl Männer, als auch Frauen und diese Frau sah nicht so aus. Er schnüffelte in der Luft herum. Sie roch auch nicht wie ein Killer. Ganz im Gegenteil, sie roch gut.

Sein Tiger summte und filterte ihren Duft aus all den anderen heraus, die durch die süße Nachtluft schwirrten. *Wie eine Meeresbrise. Wie wilde Rosen, die am Rande des Ufers wuchsen.*

Cruz runzelte die Stirn. Normalerweise konnte er seinen rasenden Puls mit schierer Gedankenkontrolle regulieren. Aber jetzt überschlug sich sein Herz allein vom Anblick dieser Frau. Was zum Teufel stimmte mit ihm nicht?

Schicksal, knurrte eine Stimme aus den Tiefen seiner Seele.

Er konnte nicht anders, als zu zittern. Welches Schicksal?

Aber das war alles. Ein einzelnes kryptisches Flüstern aus irgendeiner dunklen Ecke des Universums und sonst nichts.

„Schicksal." Er fluchte vor sich hin.

Manche Gestaltwandler verehrten eine wohlwollende Form des Schicksals, von der sie schworen, sie brächte Güte, Hoffnung und Liebe mit sich. Aber Cruz kannte die Wahrheit – das Schicksal war eine unbeständige und manipulative Kraft, die das Leben eines Mannes eher ruinierte, als ihm den Pfad zur Glückseligkeit zu zeigen. Das Schicksal schenkte bloßen Sterblichen nur selten seine Aufmerksamkeit, aber wenn es das tat, war es am besten, sich verdammt noch mal fernzuhalten. Sich an einen Ort zurückzuziehen wie in das Haus, das er sich tief im Wald von Koa Point gebaut hatte, wo ihm niemand in die Quere kommen konnte. Noch nicht einmal das Schicksal, das sein Leben mit so viel Bedauern gefüllt hatte. Jedes Mal, wenn einem Besuch zu Hause etwas dazwischengekommen war. Jedes Mal, wenn er hätte anrufen sollen, um Hallo zu sagen, es dann aber doch nicht getan hatte, weil es irgendeine dringende Angelegenheit gab. Große Dinge, wie die Einsätze auf Leben und Tod, die seiner Spezialeinheit zugewiesen worden waren. Kleine Dinge, wie abgesagte Flüge und knisternde Telefonleitungen ...

Mach die Liste nicht noch länger, knurrte sein Tiger.

Er ließ den Finger vom Abzug gleiten und beobachtete die Frau aufmerksam. Sie machte eine fuchtelnde Bewegung und sagte etwas, woraufhin der Widerling rügend seinen Finger hob. Dann wandte sie sich mit starren Schultern ab, was den Widerling dazu veranlasste, zurück ins Gebäude zu gehen und sie allein dort stehenzulassen.

Cruz schob den Finger wieder auf den Abzug. Dies war seine Chance, nicht wahr? Das schallgedämpfte Gewehr machte nicht viel Lärm und niemand würde es bemerken, wenn ihr Körper zu Boden ging. Es würde ihm mehr Zeit geben, seine Spuren zu verwischen. Er konnte diese Mission beenden, nach Hause gehen und vielleicht sogar ein wenig Frieden finden, weil er seine Familie endlich hatte rächen können.

Sie ist nicht der Killer, knurrte sein Tiger. *Erschieße sie nicht. Tu es nicht!*

Moment mal. Normalerweise war sein Tiger derjenige, der sich so verzweifelt rächen wollte.

Killer schauen nicht in die Sterne, als suchten sie darin nach Antworten, raunte sein Tiger.

Cruz beobachtete, wie die Frau ihr Glas erhob und den Sternen einen Toast zuflüsterte.

Kein Toast. Ein Versprechen, beharrte sein Tiger. *Und Killer schwanken auch nicht von einem Fuß auf den anderen, als würden sie sich wünschen, irgendwo anders zu sein. Sie konzentrieren sich, selbst wenn sie gerade keinen Auftrag haben.*

Dem musste Cruz zustimmen. Könnte man sich von einem Ort zu einem anderen teleportieren, würde er wetten, dass diese Frau augenblicklich aus diesem protzigen Klub verschwinden würde. Und auch aus dem Seidenkleid. Sie wirkte eher wie jemand, der abgeschnittene Jeans und Flipflops trug.

Sein Tiger grinste. *Ich mag sie.*

Nein, das tat er nicht. Er hasste alle Menschen. Und besonders diejenige, die sein Todfeind sein könnte.

Sie ist nicht unser Todfeind. Sie ist unsere Schicksals...

Der Gedanke wurde unterbrochen, als er den Kopf herumriss und nach Osten starrte, wo etwas seine Aufmerksamkeit erregt hatte. Nicht unbedingt eine Bewegung, sondern eher das Gefühl, dass jemand dort war. Nach einem Moment des Suchens erspähten seine scharfen Augen einen Mann. In einem Moment war die Gestalt da und im nächsten Moment wurde der Mann vom Laub verdeckt. Dann war er wieder sichtbar und heilige Scheiße – er schraubte zwei lange Metallschäfte zusammen und zielte auf die Terrasse. Dieses M110 war ein Scharfschützengewehr, ganz ähnlich dem, das Cruz selbst in der Hand hielt.

Seine erste Reaktion war Empörung. Die Frau auf der Terrasse war *sein* Zielobjekt. Niemand außer ihm selbst sollte die Genugtuung haben, diese Mörderin zur Strecke zu bringen. Blitzschnell schwenkte er sein Gewehr zu der Frau auf der Terrasse zurück und zielte.

Sie ist nicht der Killer, beharrte eine kleine Stimme.

Die Frau blickte zu den Sternen hinauf und die Elektrizität, die durch Cruz' Körper strömte, ließ einfach nicht nach. Er fletschte die Zähne. Wollte er sich diese Chance wirklich entgehen lassen?

Die Frau drehte sich um, bereit, wieder hineinzugehen. Wenn er einen Schuss abfeuern wollte, wäre es jetzt oder nie.

Jetzt, rief die dunkle Seite seiner Seele.

Nie! knurrte sein Tiger.

Ein Knall ertönte, gefolgt von einem Ausbruch von Gelächter aus der Menge auf der Hauptveranda.

Nein! schrie sein Tiger. *Nein!*

Cruz' Herz hämmerte, als er den Schauplatz überflog. War das ein schallgedämpfter Schuss gewesen?

Nein – es war eine Flasche Champagner, deren Inhalt über jemanden auf der Hauptveranda sprudelte. Cruz riss seinen Blick zur Seitenterrasse zurück, wo der Vorhang flatterte. Die Frau war verschwunden.

Sie ist wieder drin! In Sicherheit! jubelte sein Tiger.

Er drehte sich wieder zu dem Auftragskiller um, der ebenfalls von dem Knall abgelenkt worden war.

Das Schicksal wacht über sie, summte sein Tiger.

Cruz war sich dessen nicht so sicher, denn der andere Mann blinzelte weiterhin mit der Absicht durch sein Visier, die Frau für eine zweite Chance auf einen Schuss wiederzufinden. Cruz schnüffelte nach seinem Duft, aber der Mann stand windabwärts von ihm.

Darf ihn sie nicht töten lassen, heulte sein Tiger.

Cruz konnte nicht verstehen, warum es sich so wichtig anfühlte, diese Frau zu beschützen. Aber das tat es und innerhalb zweier Herzschläge wurde aus einem vagen Gefühl ein brennendes Bedürfnis.

Muss sie beschützen. Muss sie aus diesem Ort rausholen! schrie sein Tiger.

Cruz fluchte, zerlegte das Gewehr in Sekundenschnelle in seine Einzelteile und fragte sich, was die Frau mit dem anderen Schützen zu tun hatte. Dann schob er die Waffe in seine Tasche und raste mit katzenhafter Verstohlenheit durch den

Wald. Innerhalb weniger Minuten hatte er das Gewehr versteckt, sich ein verirrtes Blatt aus den Haaren gezupft und war – seine Jacke zurechtrückend – die Treppe zum Klubhaus hinaufgestiegen. Er hasste Anzüge genauso wie Menschenmengen, aber er hatte heute Abend seinen besten Smoking angezogen, damit er sich gegebenenfalls unter die Gäste mischen konnte. Ein guter Soldat hatte immer einen Plan B, nicht wahr?

Er würde die Frau finden, sie an einen sicheren Ort bringen und in ihren Augen nach der Wahrheit suchen. Dann würde er entscheiden, wer zu töten war – die Frau oder der bewaffnete Mann im Wald. Er konnte seinen jagenden Blick wie einen Suchscheinwerfer in der Nacht über die Partygäste gleiten spüren.

Diese Frau gehört mir, sagte er zu sich selbst und versuchte, seine Wut über den Nachahmungstäter zu verbergen.

Diese Frau gehört mir, summte sein Tiger in einem ganz anderen Ton.

Kapitel 2

Jody setzte ein Lächeln auf, als sie sich zurück ins Getümmel der Party stürzte. Vermutlich das gekünsteltste Lächeln der Welt, angebracht angesichts der Menschen, mit denen sie sich umgeben musste. Jeder hier hatte sich in Schale geworfen und posierte auf die eine oder andere Weise. Sehen und gesehen werden, obwohl sie bezweifelte, dass irgendwer hier ihr wahres Ich sah.

Die Männer sahen das Seidenkleid, das man sie angewiesen hatte, an diesem Abend zu tragen. Oder besser gesagt, sie versuchten hindurchzusehen und sie mit den Augen auszuziehen. Die Frauen beäugten ihr überfrisiertes Haar, als trüge sie die Schlangen von Medusa auf dem Kopf, anstatt vor dieser Abendveranstaltung zwei Stunden lang gestylt worden zu sein.

Du bist jetzt ein Model, hatte Richard zu ihr gesagt. *Benimm dich entsprechend, Schätzchen.*

Richard, ihr neuer Chef – ein Mann, den sie am liebsten erschlagen würde. Sie war kein Model. Sie war nur eine Frau, die Geld für eine gute Sache brauchte – und das möglichst bald.

Ihr Kiefer schmerzte von ihrem aufgesetzten Lächeln und die Füße taten ihr weh. Sie sehnte sich nach ihren Flipflops – oder besser gesagt danach, barfuß durch das Gras zu laufen. Es war eine dieser traumhaften Nächte auf Maui – zu schön, um sie eingesperrt auf einer Cocktailparty zu verbringen. Die Bäume raschelten und versuchten, sie zum Ausreißen zu verleiten. Die Vögel schienen ungewöhnlich still zu sein, als würde dort draußen etwas lauern. Nicht unbedingt ein böses *Etwas*, sondern vielmehr ein mysteriöses, neues *Etwas*, das sie wie ein Magnet anzog. Was seltsam war, denn normalerweise war es der Ozean, der ihr dieses Gefühl gab. Wie die Brandung, die in nicht allzu weiter Ferne an der Küstenlinie hereinrollte und sie wie der Gesang von Sirenen anzuziehen schien. Dies war ihre Berufung – Wellen zu reiten oder über den Sand zu rennen. *Das* war ihr Element. Aber heute Abend hatte der Wald etwas an sich, das sie anzog.

Dann war Richard aufgetaucht und hatte sie mit seinen scharfen Worten in die Gegenwart zurückgeholt.

Spar dir den Wildfangblick für die Kamera, Baby. Jetzt beweg deinen süßen Hintern zurück zur Party und tu, was in deinem Vertrag steht.

Sie schaute finster. Richtig – ihr Vertrag. Alle hatten sie immer gewarnt, das Kleingedruckte zu lesen, aber Jody hatte es natürlich nicht getan. Sie war davon ausgegangen, dass die schriftliche Version der mündlichen Übereinkunft entsprach, der sie zugestimmt hatte. Aber es gab alle möglichen versteckten Klauseln, auch zu ihrem Erscheinen bei Veranstaltungen wie dieser.

Sie hatte also einmal mehr ein wenig zu viel Vertrauen in die Menschheit gesetzt. Aber zum Teufel – wenn man kein Vertrauen mehr hatte, was wurde man dann?

Leichtgläubig? murmelte eine vor Sarkasmus triefende Stimme in ihrem Kopf.

„Vielen Dank“, murmelte sie, als sie sich ein Glas Wasser vom Tablett eines vorbeikommenden Kellners schnappte und es in einem Zug austrank, bevor sie sich wieder an die Arbeit machte.

Das war es, was diese Party war – Arbeit. Eine Show. Sie war ein Produkt und ihre Arbeitgeber wollten sie präsentieren. Jody Monroe, Elitemodel der neuen Elements Parfümreihe.

Sie blickte finster. Bis vor kurzem war sie noch Jody Monroe, die Surferin und Senkrechtstarterin der Profiszene gewesen. Zuhause war sie immer noch Jody, die Tochter von Ross Monroe von Wild Side Surfboards. Ein Mädchen, das das Leben in vollen Zügen genoss, so wie ihre Eltern es für sie gewollt hatten. Ein Mädchen, das sich nicht dem Mainstream verkaufte. Das nach seiner eigenen Pfeife tanzte und die Zehen im Sand vergrub.

Mit einer Grimasse wackelte sie in den zu engen Schuhen mit ihren Zehen. Gott, was hatte sie sich nur dabei gedacht?

Dann drückte sie die Schultern durch und nickte sich selbst aufmunternd zu. Sie hatte daran gedacht, wie viel sie ihrer Familie schuldete und wie dieser Vertrag alle ihre Probleme auf einen Schlag lösen könnte. Sie hatte mehr mit dem Herzen als mit dem Verstand entschieden. Also würde sie tun, was sie tun musste, verdammt noch mal. Und wenn alles vorbei war, könnte sie mit einem Gefühl des Stolzes in ihr altes Leben zurückkehren.

Sie schritt durch den Flur zur Hauptveranda, wo sich der Großteil der Partygäste versammelt hatte, und blickte dabei in einen Spiegel. Ihr blondes Haar hatte die richtige Farbe, aber es war zu einer Hochsteckfrisur gezogen und mit Haarspray fixiert worden, um ein Paar herabhängende Ohrringe zur Schau zu stellen. Ihre blauen Augen funkelten nicht so wie sonst in einer Weise die ihren Vater an ihre Mutter erinnerte. Ihre Schultern waren in ihrer üblichen trotzigen Pose durchgedrückt. Der Gesamteindruck? Sie schüttelte den Kopf. Sie hatte keine Ahnung, wer die im Spiegel abgebildete Frau war. Sie war es ganz sicher nicht.

„Schätzchen, kommen Sie her und erzählen Sie uns, wie es ist, mit Richard zu arbeiten“, sagte eine Frau und winkte sie auf die Hauptveranda hinaus.

Jody verkniff sich das Widerwort, das ihr auf der Zunge lag. *Sie meinen Richard, das hinterhältige, sexistische Schwein?*

„Liebes, ich möchte Ihnen einen unserer Sponsoren vorstellen.“ Ein Mann schnippte mit den Fingern, so als wäre sie ein Zirkustier.

„Herzchen, wie wäre es mit einem Foto hier drüben?“

Sie biss die Zähne zusammen. Kannte irgendjemand hier ihren Namen? Trotzdem schritt sie auf die breite Treppe zu, an der sich die anderen versammelt hatten. Sich unter Menschen zu mischen war Teil ihres Vertrages, woran Richard sie immer wieder erinnerte. Und wenn es sonst schon nichts Gutes daran gab, war sie doch immerhin draußen, wo sie die Sterne betrachten konnte.

Alles für einen guten Zweck, erinnerte sie sich selbst, als sie hinaustrat. *Alles für einen guten Zweck.*

„Warten Sie." Hinter ihr ertönte ein tiefes, dunkles Knurren, bei dem sie sofort innehielt.

Es war die leiseste Stimme in der Menge – eine Mischung aus dem Schnurren einer Katze und einem ungeduldigen Knurren. Verführerisch und doch beängstigend zugleich. Eine feste Hand schloss sich um ihre und zog sie zurück. Sie wirbelte herum, entriss ihm ihre Hand und ballte sie zu einer Faust.

„Jetzt passen Sie aber mal auf." In ihrem Vertrag stand nichts davon, berührt zu werden, soviel war sicher.

Dunkle Augen blitzten sie an, bevor sein Blick über ihre Schulter fiel, um die Menge abzusuchen.

Jody starrte den Mann an. Zweifellos ein Neuankömmling auf der Party. Sie hätte ihn sonst doch sicher früher bemerkt. Sein Gesicht hatte scharfe Ecken und Kanten, in denen Licht mit Schatten tanzte. Seine Augenbrauen waren in einer dunklen, hochgezogenen Linie geschwungen, ähnlich wie seine Wangenknochen. In einem Augenblick wirkten seine Augen dunkel und geheimnisvoll und im nächsten strahlten sie gelblichgrün.

„Gehen Sie von der Treppe weg." Mit einem Nicken bedeutete er ihr, an seine Seite zu treten. Und verdammt, sein Flüstern war so eindringlich, so befehlend, dass sie gehorchte.

„Was stimmt mit der Treppe nicht?"

Anstatt zu antworten, schirmte er sie ab und schützte sie mit seinem Körper. Der Mann war nicht viel größer als sie selbst mit einem Meter zweiundsiebzig. Aber die Muskeln überall an seiner Statur ließen ihn doppelt so groß erscheinen wie sie. Er konnte nicht viel älter sein als sie selbst mit ihren siebenundzwanzig Jahren, aber er wirkte wie ein erfahrener Krieger. Mit roher, pulsierender Energie wie ein mächtiges Tier, das aus seinem Käfig entkommen war.

Ihre aufmüpfige Seite wollte am liebsten nachfragen, was sein Problem war. Aber ihre Seele wollte, dass sie die Hand ausstreckte, den Arm des Mannes berührte und ihm half, über das, was ihn so sehr quälte, zu sprechen.

Sie begnügte sich jedoch damit, ihre Arme zu verschränken. Mann, war er intensiv.

„Was?", verlangte sie zu wissen.

Er trat näher und das nervöse Gefühl, das sie die ganze Nacht verspürt hatte, wurde stärker. Dieser Typ war ein Ein-Mann-Einsatzkommando, das zu ihrem Schutz vor nahenden Ereignissen hereingestürmt war. Und wenn sie seine Augen richtig las, würde gleich etwas passieren. Entweder das, oder er war irgendein Verrückter.

Er kam ihr so nahe, dass sie die Augen schloss und einatmete. Er war der einzige Mann auf der Party, der nicht nach künstlichen Chemikalien stank. Er roch nach Meer und Gras und nach salziger Luft. Sogar ein wenig nach Schweiß – frischem Schweiß, der auf seiner Stirn glitzerte, so als wäre er hierhergeeilt.

Seine Nasenlöcher bebten und prüften die hereinwehende Brise, bevor er seine Antwort schnaufte: „Kommen sie mit."

„Ich würde dieser Party wirklich gern entfliehen, aber das ist nicht, was ich im Sinn hatte", schoss sie zurück und sprach dabei leise, sodass sie niemand hören konnte.

„Sie ... was?"

Das überraschte Aufblitzen seiner Augen verriet ihr, dass er es gewohnt war, dass seine Befehle befolgt wurden. Nun, sie war es gewohnt, ihre eigenen Entscheidungen zu treffen – im Guten wie im Schlechten.

„Sagen Sie mir, warum ich mitkommen soll, und ich denke darüber nach." Sie starrte ihn an.

Der Mann starrte zurück. Seine Augen funkelten und hielten sie in einer Art Pattsituation gefangen, die damit hätte enden sollen, dass einer von ihnen beiden schnaufend davonstapfte.

Ich werde nicht nachgeben, vermittelte sie ihm mit ihrem angehobenen Kinn.

Ich werde es ganz sicher auch nicht tun, blitzten seine Augen zurück.

So standen sie da und funkelten sich an, während eine Minute verging. Aber je länger sie ihm in die Augen sah, desto mehr erhitzte sich ihr Körper und desto schneller schlug ihr

Herz. Der Lärm der Party verstummte und das Auf und Ab seiner Brust zog sie in seinen Bann. Seine Brust, sein Duft und die dunklen Augen, die wie die eines Zauberers aufblitzten ...

Keiner von beiden sagte ein Wort. Er schien genauso sprachlos zu sein wie sie, obwohl seine stürmischen Augen nie aufhörten, über ihre zu tanzen.

Dann blinzelte er und starrte mit zusammengekniffenen Augen auf etwas hinter ihr. „Scheiße.“

Im Bruchteil einer Sekunde stürzte er sich auf sie und plötzlich war die Hölle los. Etwas zischte an ihrem Arm vorbei und ein Glas zerbrach. Eine Frau schrie auf und andere taten es ihr gleich.

„Schüsse! Schüsse!“

„Oh mein Gott!“

„Runter!“

Die tödliche Ladung eines Gewehrs prasselte über die Steinterrasse und zerriss die Schreie. Menschen hetzten in alle Richtungen los und stießen gegeneinander. Als ein Kellner mit einem Tablett stürzte, zersplitterte Glas und Champagner spritzte umher.

„Schnell. Folgen Sie mir.“ Der dunkeläugige Mann griff nach ihrer Hand.

Ein weiterer Schuss ertönte und ließ die Deckenleuchte über ihr explodieren. Glassplitter regneten über Jodys Rücken, als sie rannte. Wer auch immer dieser Fremde war, er hatte recht damit gehabt, von hier verschwinden zu wollen.

Der Mann drängte sie die gesamte Länge der Veranda entlang und wich dabei den in Panik geratenen Partygästen aus. Er zog sie eine Reihe von Stufen hinunter und in einen Garten hinein, weg vom Wald. Jody stolperte, aber er riss sie auf die Beine und drängte sie weiter, als wäre sie ein Fußball und keine erwachsene Frau. Dann hetzte er sie um die Ecke des Gebäudes, ging in die Hocke und drückte sie gegen das steinerne Fundament.

„Was ist hier los?“

„Psst“, zischte er. Er griff ihre Hand fester.

„Wer schießt da?“ Sie reckte den Hals, um nach einem Fluchtweg zu suchen, konnte aber nichts sehen, da sein Körper ihren schützte.

„Ziehen Sie die Schuhe aus“, sagte Dunkelauge.

„Was?“

„Wir müssen rennen. Werden Sie die Schuhe los.“

Dieser Vorschlag gefiel ihr gut. Als sie die Stöckelschuhe auszog, gruben sich ihre nackten Zehen in die feuchte Erde und ihre Füße seufzten erleichtert auf.

„Was zur Hölle ist hier los?“

„Sie schweben in Gefahr.“

Ach wirklich, Sherlock, hätte sie fast geantwortet. „Sie schweben auch in Gefahr.“ Als er den Kopf schüttelte, höhnte sie: „Oh, können Ihnen die Kugel etwa nichts anhaben? Haben Sie übernatürliche Kräfte oder so etwas?“

Er sah sie mit geneigtem Kopf an und sein Mund öffnete sich, bevor er ihn prompt wieder schloss. „Sie sind diejenige in Gefahr. Sie müssen mit mir mitkommen.“

Oha. Zu entkommen war eine Sache. Mit einem völlig Fremden abzuhauen war eine ganz andere.

„Warum sollte ich Ihnen vertrauen?“

Seine Mundwinkel zuckten, als er darüber nachdachte.

„Ich bin mir nicht sicher, ob Sie das sollten“, sagte er schließlich so leise, dass sie es fast überhört hätte.

Jody starrte ihn mit offenem Mund an und versuchte, aus ihm schlau zu werden. Aber das, so entschied sie, könnte ein ganzes Leben lang dauern, wenn man die gezeichneten Linien in seinem Gesicht bedachte.

Er sah weg. Als er seinen Blick wieder auf sie richtete, war er vom Unsicheren zurück zum entschlossenen Krieger übergegangen.

„Hier entlang.“ Er deutete in eine Richtung. „Bleiben Sie unten. Los. Los.“

Er stieß sie vorwärts und Jody hatte keine andere Wahl, als sich zu fügen. Sie sprintete über den Rasen, weg vom Tumult im Klubhaus. Sie würde sicher nicht bleiben, um herauszufinden, was dort vor sich ging.

Ihre Schritte huschten über den Rasen und sie blieb Dunkelauge mit Leichtigkeit voraus, bis etwas an ihrem Ohr vorbeizischte. Sie warf sich zu Boden.

Ihr Begleiter sprang ebenfalls los und schirmte sie mit seinem Körper ab. Jody schlug hart auf dem Boden auf. Sie drehte sich zur Seite und suchte mit wildem Blick den Wald ab. Scheiße. Jemand schoss tatsächlich auf sie. Warum verdammt nochmal?

Ein einzelner roter Punkt leuchtete in der Ferne auf und ihre Brust wurde heiß. Sie blickte nach unten und kreischte, als der rote Punkt auf ihrem Brustkorb erschien.

Der Tod, wie ihr auf seltsam distanzierte Weise bewusst wurde. Der Tod hatte sie im Visier.

Sie erstarrte, unfähig, einen Muskel zu bewegen oder einen Atemzug zu nehmen. Das war es. Sie würde sterben.

Dunkelauge riss die Augen weit auf. „Scheiße."

Scheiße war das richtige Wort. Sie wollte nicht sterben. Aber sie konnte keinen Finger rühren, geschweige denn auf die Füße springen.

Im nächsten Augenblick wandelte sich alles von Zeitlupe zu superschnell.

Dunkelauges Lippen formten das Wort *Nein!* als er auf sie lossprang – und sich direkt in die Schusslinie warf. Einen Moment später schnaufte und stürzte er auf sie – hart. Sie beide flogen seitwärts, bevor sie auf dem Boden aufschlugen.

Jody kreischte. Dunkelauge stöhnte. Und *pfft!* ein weiterer fast lautloser Schuss schlug im Boden neben ihrem Arm auf.

Einen entsetzlichen Moment lang lag Jody regungslos dort und wartete darauf, dass der Schmerz einsetzte. Aber dann nahm Dunkelauge einen heftigen Atemzug und ihr wurde bewusst, dass sie nicht getroffen worden war. *Er* war getroffen worden.

Und wie von selbst setzte sie sich wieder in Bewegung. „Stehen Sie auf. Stehen Sie auf!", beharrte sie und schleifte ihn in die Deckung des Steinbrunnens, der fröhlich vor sich hin sprudelte.

Nach außen hin hatte Jody alles unter Kontrolle, aber innerlich schrie eine Stimme sie an. *Oh Gott. Oh Gott. Er wurde getroffen. Er hat eine Kugel für dich abgefangen!*

Der Mann stemmte sich gegen den Boden und zog seine Beine in Sicherheit.

„Geht es Ihnen gut?“ Sie hockte sich hin und riss den Kopf zwischen ihrem verletzten Helfer und dem Wald hin und her.

Bitte, bitte, lass es ihm gut gehen.

Als sie seinen Rücken berührte, spürte sie etwas Heißes und Klebriges unter ihrer Hand. Blut.

Ein Dutzend durcheinandergewürfelte Erste-Hilfe-Anweisungen schossen ihr durch den Kopf, alle völlig durcheinander. *Hilfe rufen! Atemwege prüfen! Puls überwachen!*

Sie riss den unteren Teil ihres Kleides ab, drückte es auf seinen Rücken und begann, frei heraus zu lügen. „Sie werden wieder gesund. Wir werden Hilfe holen. Alles wird gut.“

Sie hätte erwartet, dass der Mann stöhnte oder ohnmächtig werden würde, aber stattdessen rollte er sich herum und zwang sich schwankend auf die Knie.

„Wir müssen hier weg“, krächzte er.

Jody blinzelte. „Sie wurden angeschossen. Sie bluten.“

„Ich komme zurecht.“ Sein Gesicht zeigte noch schärfere Kanten.

Sie hatte gespürt, wie die Kugel seinen Körper gegen ihren geschleudert hatte. Wie konnte es ihm gut gehen?

„Wir müssen von hier verschwinden.“ Er griff nach ihrer Hand.

„Wir sollten auf die Polizei warten.“ *Und auf einen Krankenwagen*, wollte sie hinzufügen, aber sie wollte ihn nicht in Panik versetzen. Wahrscheinlich hatte er eine Art außergewöhnlichen Adrenalinschub. Sobald der abflaute, würde er doch sicher zusammenbrechen, oder nicht?

„Mein Wagen steht nicht weit von hier.“ Er zog sie hinter einem Baum in Deckung.

Sie versteifte sich. Abgesehen von fliegenden Kugeln war sie verrückt, einem völlig Fremden in einer solchen Situation zu folgen. Aber irgendetwas an ihm war auf seltsame Weise glaubwürdig, auch wenn sie nicht genau sagen konnte, was das war. Ihr Instinkt drängte sie dazu, ihm zu folgen und nicht zurückzuschauen.

Rational betrachtet wusste sie, dass es verrückt war, überhaupt darüber nachzudenken. Aber auf emotionaler Ebene ...

Folge deinem Herzen, hatte ihr Vater immer gesagt.

Einen Moment später rannte sie neben Dunkelauge her und sie flohen gemeinsam in die Nacht hinaus – eine weitere spontane Entscheidung, die sie ganz sicher bereuen würde. Aber es fühlte sich wie das Richtige an, auch wenn ein so schwer verletzter Mann nicht bewegt werden sollte. Er hätte noch nicht einmal in der Lage sein dürfen, überhaupt auf die Beine zu kommen.

„Sind Sie sicher, dass es Ihnen gut geht?"

„Die Kugel hat mich nur gestreift", antwortete er durch zusammengebissene Zähne.

Der Schuss, an den sich Jody erinnerte, hatte nichts gestreift. Er hatte ihn voll getroffen.

„Aber ... aber ... "

„Ich habe schon viel Schlimmeres erlebt, glauben Sie mir", schnaufte er, während er weiterrannte.

Sie fragte sich, welche Art Mann eine Verletzung – oder Verletzungen – erlitten hatte, die schlimmer als Schüsse waren. Obwohl es tatsächlich nur ein Streifschuss gewesen sein musste. Denn mit jedem weiteren scharfen Atemzug stand er ein wenig gerader, als er sie in einem weiten Bogen um den Parkplatz führte. Er duckte sich hinunter und griff nach einer Tasche, ging dann weiter, zog sie durch ein Loch im Zaun und hinaus auf eine Schotterstraße, die sich außerhalb des Resort-Geländes befand.

„In diese Richtung", murmelte er, während er den Wald hinter ihnen mit den Augen absuchte. „Mein Auto steht dort drüben rechts." Dann blickte er auf ihre nackten Füße hinunter und flüsterte in einem sanfteren Ton: „Schaffen Sie das?"

Jodys Mund klappte auf. Dieser Mann war angeschossen worden, aber er machte sich Sorgen um ihre Füße auf dem Kies?

Entweder war er verrückt oder es war ein Wunder geschehen, das sie irgendwie verpasst hatte.

„Sicher“, flüsterte sie. Vielleicht spielte er ja nur den harten Kerl. Vielleicht war Dunkelauge gar kein so furchteinflößender Charakter, wie sie es sich ausgemalt hatte.

Gut, dass sie in ihrem Alltag viel Zeit barfuß verbrachte – in ihrem schönen, ruhigen, sicheren Leben, das ihr noch nie zuvor so kostbar erschien wie in diesem Moment. Sonst hätte sie große Mühe gehabt, sich ihren Weg über den kiesigen Pfad zu bahnen. Es verhieß nichts Gutes, dass Dunkelauge sie vom Resort wegführte, aber in Anbetracht des unbekannten Schützen in der Dunkelheit, schien dies ihre beste Option zu sein.

„Dort.“ Er deutete in die Schatten.

Was zunächst wie eine kaum sichtbare Kontur vor den Bäumen aussah, wurde zu einem stahlgrauen Lamborghini. Überhaupt nicht, was sie erwartet hatte, aber sie rannte trotzdem auf die Beifahrerseite zu. Sie wusste nicht, welchen Plan dieser mysteriöse Mann im Kopf hatte, aber inzwischen hatte sie zwei Dinge entschieden. Nummer eins: Er hatte sich für sie in die Flugbahn einer Kugel geworfen. Wenn das kein Beweis war, dass sie ihm trauen konnte, was wäre es dann?

Nummer zwei: Sie war voll und ganz dabei.

Er sprang in das Cabriolet – er *sprang* tatsächlich mit einem Satz – während sie in ihrem Kleid umständlich auf die Beifahrerseite kletterte. Und mit quietschenden Rädern und fliegendem Kies rasten sie los, schleuderten durch eine enge Kurve und rauschten die Straße hinunter. Jody legte, so schnell sie konnte, ihren Sicherheitsgurt an und stemmte sich mit beiden Händen gegen das Armaturenbrett. Dunkelauge ließ den Sicherheitsgurt einfach weg. Sein Blick huschte zwischen dem Rückspiegel und dem von ihren Scheinwerfern geworfenem Lichtkegel hin und her. Sekunden später wandelte sich das Knirschen des Schotters unter den Reifen zum gleichmäßigen Brummen von Asphalt, als der Wagen quietschend auf die Hauptstraße raste.

„Sind sie wirklich okay?“, wagte Jody zu fragen.

Er nickte knapp und schaute in den Rückspiegel. Sein Rücken war nicht länger gekrümmt und er stöhnte auch nicht mehr. Es war verblüffend.

„Es geht mir gut.“

Sie spähte auf seinen Rücken, aber es war unmöglich, im Dunkeln irgendein Anzeichen einer Wunde zu sehen. Die nächste lange Minute gab es keine Geräusche, außer denen des dröhnenden Motors und der über die Straße rasenden Reifen.

„Ich bin ja dafür abzuhauen, aber müssen Sie deshalb mit Warp-Speed fahren?“, fragte sie.

„Ja, muss ich.“

Er zeigte auf etwas. Auf der Straße vor ihnen blitzten rote und blaue Polizeilichter auf und ein halbes Dutzend Streifenwagen sausten in Richtung Klub an ihnen vorbei. Der Wind zerzauste ihr Haar, als sie sich umdrehte, um ihnen hinterherzuschauen, und peitschte es ihr ins Gesicht, als sie sich wieder nach vorn wandte.

Jody lachte laut auf und Dunkelauge warf ihr einen seitlichen Blick zu. Er schien alles aus dem Augenwinkel heraus zu tun. Seitenblicke, aufblitzendes Funkeln, das hier und dorthin huschte.

„Was ist so lustig?“, bellte er.

„Jeanette – die Dame, die mir die Haare gemacht hat – würde einen Anfall bekommen, wenn sie mich jetzt sehen könnte.“

Er starrte sie an, als wäre *sie* die Verrückte. Er war derjenige, der angeschossen worden war, um Himmels willen! Obwohl sie sich wohl geirrt haben musste, denn, wow – es schien ihm wirklich gut zu gehen. Aber wie war das möglich? Sie hatte den roten Punkt des Visiers des Gewehrs auf ihrer Brust gesehen und er war dazwischen gesprungen.

Ihr Herz schlug ein wenig schneller. Warum hatte er das getan? Warum hatte er sein Leben riskiert, um ihres zu retten?

„Sind Sie sich *wirklich* sicher, dass es Ihnen gut geht?“

Er warf einen verärgerten Blick in Richtung Himmel, so als würde sie ihn schon seit Tagen damit nerven.

Jody wand sich auf ihrem Sitz. Okay, es ging ihm also gut. Langsam löste sie ihr Haar aus dem engen Dutt und ließ ihre Finger durch die langen Strähnen gleiten. Durch diese einfache Geste fühlte sie sich bereits ein wenig freier. So als hätte sie dadurch in einer bizarren Situation, die völlig aus den Fugen geraten war, ein kleines bisschen mehr Kontrolle. Es reichte aus, dass sie es sogar wagte, die Frage auszusprechen, die ihr bereits seit den ersten Schüssen durch den Kopf gegangen war.

„Ich verstehe es nicht. Warum sollte jemand auf Menschen bei einer PR-Veranstaltung schießen?“

Der Mann starrte sie an und da war es wieder. Dieser innere Kampf in seinen Augen. Diese *Soll ich oder Soll ich nicht*-Frage, die so schwer auf seiner Seele zu lasten schien. Warum war er ihr gegenüber so misstrauisch?

Er blickte auf die Straße, dann in den Rückspiegel und schließlich in ihr Gesicht. „Er hat nicht auf Menschen geschossen. Er hat auf Sie geschossen.“

Dieses *Er* klang viel konkreter als das vage *Jemand*, das sie benutzt hatte. Hatte Dunkelauge den Schützen etwa gesehen?

„Auf mich? Wie können Sie sich darüber sicher sein?“

„Ich bin mir sicher.“

Sie schüttelte den Kopf. „Wer würde mich töten wollen?“

„Heute Nacht waren zwei Männer unterwegs, um Sie zu töten. Einen habe ich im Wald gesehen.“

„Zwei?“, kreischte sie auf. „Wer ist der andere?“

Dunkelauge sah lange genug von der Straße weg, um sie mit einem langen, starren Blick festzunageln.

„Ich. Ich bin der zweite Mann, der Sie heute Nacht töten wollte.“

Kapitel 3

Jody saß völlig regungslos da, um nicht wie Espenlaub zu zittern. Zwei verschiedene Menschen wollten sie töten – und einer davon war der Mann, der das rasende Auto fuhr?

Warum? Was hatte sie getan?

„Sie wollen mich umbringen“, sagte sie in einem bewusst neutralen Ton. Vielleicht war Dunkelauge ja doch ein Verrückter. Sie packte die Armlehne, als er um eine weitere Kurve zischte. „Ähm ... durch Rasen?“

„Ich werde Sie nicht töten.“

„Aber Sie haben gerade gesagt ... “

Er riss seinen Blick lange genug von der Straße los, um sie mit einer hochgezogenen Augenbraue anzusehen. „Wollen sie es mir etwa wieder einreden?“

Die Art, wie er seine Antwort formulierte, vermittelte ihr den deutlichen Eindruck, dass er sich selbst *ausgeredet* hatte, sie zu töten. Was gut war, aber trotzdem. Was stimmte mit diesem Kerl nicht?

„Nein. Ich wollte nur ... Sie haben mich gerettet, aber Sie wollten mich töten. Warum? Habe ich Ihnen etwas getan? Falls ja, tut es mir wirklich leid, auch wenn ich keine Ahnung habe, was es gewesen sein könnte.“

Die Muskeln in seinem Gesicht zuckten, als würde er versuchen, Worte zu bilden, die sich weigerten, Gestalt anzunehmen. Am Straßenrand verschwammen die Sträucher ineinander; jenseits davon glitzerte der Mond über dem Pazifik und tauchte alles in Schwarz-weiß, fast wie eine Szene aus einem Film Noir. Durchaus passend angesichts der Umstände.

„Waren Sie schon einmal in Indien?“, fragte er schließlich.

Sie dachte, sie hätte sich verhört. Was hatte Indien damit zu tun, sie auf Maui umzubringen?

„Indien? Nein. Bisher nicht."

„Und wie ist es mit Detroit?"

Sie warf ihm einen Seitenblick zu. Dunkelauge mochte vielleicht auf eine verwegene, dynamische Weise hinreißend sein, aber er hatte definitiv eine Schraube locker.

„Nein. Sind Sie aus Detroit?", hakte sie nach. Vielleicht war es das Beste, ihn am Reden zu halten, bis sie sich überlegen konnte, was sie als Nächstes tun würde. Aus einem rasenden Fahrzeug zu springen erschien ihr wie Selbstmord und sie hatte in ihrer Eile einzusteigen, ihre winzige Handtasche mit dem Handy irgendwo fallengelassen. Sie fühlte sich trotz allem bemerkenswert ruhig, so wie sie es im Angesicht einer zehn Meter hohen Welle tat. Ihr Verstand sagte ihr, sie sollte in Panik verfallen, aber ihr Herz wollte, dass sie ihm eine Chance gab.

Als er nicht antwortete, versuchte sie es erneut. „Ähm, Mister ... "

Die Straße führte lange genug geradeaus, dass der Mann sie mustern konnte. Seine Worte ergaben nach wie vor keinen Sinn. „Khala. Cruz Khala. Meine Eltern waren Armin und Noelle Khala aus Detroit. Zusammen mit meiner Schwester und meinem Bruder besuchten sie Verwandte meines Vaters in Indien, als ... "

Als er verstummte, lehnte sich Jody so weit weg von ihm, wie sie nur konnte. Was auch immer diesen Menschen passiert war, es war nicht gut gewesen.

Er sah sie einen Augenblick länger an und nickte dann unmerklich. „Sie hat es nicht getan", flüsterte er mehr zu sich selbst als zu ihr.

Die Art, wie er das sagte, war irgendwie unheimlich. War dieser Mann ein Schizophrener, der in seinem Kopf Gespräche mit verschiedenen Persönlichkeiten führte?

Doch er schien ihr nicht verrückt zu sein. Bitter, der Welt überdrüssig und pessimistisch – ja. Aber verrückt? Nicht ganz.

Was habe ich nicht getan? wollte sie fragen, hielt aber ausnahmsweise einmal den Mund.

Sie musterte ihn aus den Augenwinkeln und versuchte, die winzigen Stückchen von Informationen zusammenzufügen. Indien. Detroit. Maui. Es war möglich, dass seine kupferfarbene Haut nicht nur sonnengebräunt war. Aber selbst wenn er einen Hauch orientralischer Herkunft hatte, was hatte das mit ihr zu tun?

„Hören Sie, ich weiß nicht, was hier vor sich geht ... “

„Das ist ziemlich offensichtlich“, sagte er in völlig trockenem Ton.

„... aber ich habe nie jemandem etwas getan und mir wollte auch noch nie jemand wehtun.“

„Bis jetzt.“ Er schüttelte den Kopf und murmelte: „McGraugh hat sich verdammt noch mal geirrt.“

Sie faltete die Hände zusammen und achtete darauf, dass ihr inneres Zittern nicht nach außen hin sichtbar war. „Ist er derjenige, der geschossen hat?“

„Er ist mein Informant. Er sagte, sie hätten meine Familie getötet.“

„Ich?“, kreischte sie und versank seitlich in ihrem Sitz. „Warum sollte ich etwas derart Schreckliches tun? Ich kenne Sie doch gar nicht. Und selbst wenn ich Sie kennen würde – selbst wenn ich Sie *hassen* würde – würde ich so etwas niemals tun!“

Das Auto donnerte unter einer Straßenlaterne hindurch, bevor es erneut in die Dunkelheit tauchte, und Schatten rasten über sein Gesicht. Eine weitere Minute verging, bevor er den Kopf schüttelte. „Ich weiß, dass Sie es nicht getan haben. Das verstehe ich jetzt.“

Sie schluckte, aber nicht völlig beruhigt, während das Auto weiterfuhr. Wo brachte er sie hin? Wie viel Zeit blieb ihr noch, um einen Fluchtplan auszuhecken? Sie zog die Brille von ihrem Kopf, klappte sie zwischen ihren Händen zusammen und fragte sich, ob sie sie als Waffe benutzen könnte. Sie war bereits Teil ihres Abwehrarsenals; sie hatte sie in letzter Zeit immer öfter getragen, nur um Richard damit zu ärgern. Denn Models, wie er immer wieder betonte, trugen solch klobige Dinge nicht.

„Ich wohne in einer Ferienwohnung in Honokowai“, sagte sie schließlich. „Sie können mich dort absetzen und ... “

Er schüttelte den Kopf. „Was passiert, wenn der Schütze Sie aufspürt?“

Jody starrte. Der Mann, der geplant hatte, sie zu töten, war plötzlich um ihr Wohlergehen besorgt? Dann fing sie sich schnell wieder. Er hatte sich ihr zuliebe auch in die Schussbahn einer Kugel geworfen. Vielleicht machte er sich also tatsächlich Sorgen. Aber warum?

„Wie wäre es, wenn wir einfach zur Polizei gehen?“

„Das hier ist besser“, murmelte er.

„Was ist besser?“ Ihre Besorgnis stieg, als er auf eine unbefestigte Straße bog.

„Koa Point“, murmelte er, während der Wagen über einen Schotterweg rollte. Sein Ton wurde weicher und sanfter bei diesen Worten. Fast sentimental.

„Koa Point?“

Er hielt vor einem massiven Tor, in das ein verwirbeltes Muster eingeschnitzt worden war, an. Die Konturen eines Drachen? Jody starrte in die Dunkelheit, aber eine Wolke schob sich vor den Mond und verbarg die Details. Was auch immer das Muster war, dieses Tor verbarg ein beeindruckendes privates Anwesen hinter sich.

„Zuhause.“ Seine Stimme wurde leiser, bevor er noch ein paar Worte knurrte. „Und nein, ich werde Sie nicht töten.“

Entweder hatte er ihre Gedanken gelesen, oder ihre weißen Fingerknöchel hatten sie verraten.

„Versprechen Sie es?“, fragte sie nur halb im Scherz.

„Würden Sie mir glauben, wenn ich es täte?“

Sie verschränkte die Arme. „Nein.“

„Gut.“ Er trommelte auf das Lenkrad. „Sie können es glauben oder nicht, aber ich verspreche es.“

Seine Stimme war nun eine Oktave tiefer und er drückte die Schultern durch.

Verdammt. Vielleicht meinte er es doch.

Dann erinnerte sie sich wieder. Sie wollte nie wieder jemandem blind vertrauen. Nicht nachdem sie ihre Lektion auf die harte Tour gelernt hatte.

Sie zwang sich zu langsamen, gleichmäßigen Atemzüge und flüsterte: „Großartig.“

Aber es war nicht großartig. Sie war diesem Fremden ausgeliefert und sie war ganz allein.

„Ich denke trotzdem, dass wir zur Polizei gehen sollten."

Er spitzte die Lippen. „Wer auch immer hinter Ihnen her war, ist möglicherweise entschlossen genug, Sie bis zum nächsten logischen Ort zu verfolgen. Was wäre, wenn er dort einen Insider hat?" Er schüttelte den Kopf. „Wie ich schon sagte, das hier ist besser."

Er tippte eine Kombination in ein Bedienfeld an der Fahrerseite ein und das riesige Tor öffnete sich mit einer beängstigend leisen Bewegung. Einen Moment später versank Jody tiefer in ihrem Sitz. Das Tor rastete hinter ihnen erneut ein und sie war eingeschlossen.

„Sie werden hier sicher sein. Ich verspreche, Ihnen nicht wehzutun, in Ordnung?" Die Art, wie er sich mit der Hand durchs Haar fuhr, deutete darauf hin, dass dies überhaupt nicht Teil irgendeines vorsätzlichen Plans war. Er traf spontane Entscheidungen, genau wie sie. „Wir müssen herausfinden, was vor sich geht, und das hier ist der beste Ort dafür."

Jody schluckte und nickte. „In Ordnung."

Die Auffahrt endete bei einer Garage mit zwölf Stellplätzen. Er parkte, stieg aus dem Fahrzeug und führte sie einen grasbewachsenen Pfad hinunter. Brusthohe Tiki-Fackeln flackerten und tanzten in der Dunkelheit und sie fragte sich, wann sie angezündet worden waren. War Dunkelauge eine Art zurückgezogen lebender Tycoon? Hatte er Mitarbeiter, die die Feuer um das Haus am Brennen hielten, bis er mit Frauen zurückkehrte, die zu retten er beschlossen hatte – oder mit Frauen, die er doch nicht töten wollte?

Gott, er war verwirrend. Und verdammt, es war auch ein wenig gruselig. Genug, um sie an die Warnungen ihrer verrückten Tante über all die übernatürlichen Kreaturen zu erinnern, die die Welt heimsuchten.

Dort draußen gibt es alle möglichen bösen Wesen, würde Tante Tilda immer sagen. *Geister. Dämonen. Vampire ...*

Andererseits erzählte Tilda auch Geschichten von liebenswürdigeren Kreaturen wie Meerjungfrauen und Feen.

Jody versuchte cool zu wirken, während sie auf nackten Füßen den Pfad entlangging. Aber innerlich waren ihre Emotionen völlig durcheinander. Sie sagte sich, dass *seltsam* nicht gleichbedeutend mit *furchterregend* war, und dass sich sicher alles aufklären würde. Ihr Vater hatte ihr immer gesagt, sie solle ihrem Herzen folgen, und irgendwie versicherte ihr ihr Herz, dass sie diesem Fremden vertrauen konnte. Dass mit ihm alles in Ordnung kommen würde. Sie hatte sich selbst fast davon überzeugt, bis sie auf eine Lichtung traten um ein Gebäude mit strohbedecktem Dach traten. Darin befand sich ein noch größerer und noch bedrohlicher wirkender Mann.

„Das ist unser *Akule Hale*“, murmelte Dunkelauge. „Unser Versammlungshaus.“

Unser? Jody hielt den Atem an. Hieß das nur Dunkelauge und der Riese oder wohnte hier eine ganze Reihe von großen, knallharten Männern? Und – eine Versammlung? Worüber?

Sie beäugte das Laub um die Lichtung herum, bereit, um ihr Leben zu rennen. So wie es schien, befand sich nur dieser eine weitere Mann dort. Aber einer reichte auch schon, wenn man bedachte, wie er dort am Rand dieses Gebäudes mit den offenen Seiten lauerte. Er stand dort, als hätte er sie schon die ganze Zeit erwartet. Aber Dunkelauge hatte sein Telefon nicht benutzt, um sie anzukündigen. Woher wusste der Riese dann, dass sie kommen würden?

Er sah sie kurz von oben bis unten an, bevor er eine Hand ausstreckte. „Silas Llewellyn. Es freut mich, Sie kennenzulernen, Miss . . . ?“

Er *klang* nicht erfreut und *sah* auch ganz bestimmt nicht erfreut aus, aber zumindest war er nicht offenkundig feindselig.

„Monroe. Nennen Sie mich Jody.“

Der Blick des Mannes sagte: *Ich nenne dich, wie ich will, und du nennst mich Mr. Llewellyn.* Er hatte etwas leicht Förmliches fast Altertümliches und Autokratisches an sich. Er hatte keinen Akzent, aber irgendwie wirkte er wie jemand, der älter und weiser war, auch wenn er nicht viel älter als Mitte dreißig sein konnte.

„Und du hast Miss Monroe hierhergebracht, weil . . . ?“ Silas wandte sich mit einem harten, eisigen Blick an Dunkelauge.

Hastig korrigierte Jody ihre Hypothese. Das Anwesen gehörte nicht Dunkelauge, sondern diesem Silas-Typen.

Als Jodys – Retter? Beinahe-Killer? – mit nichts mehr als einem Aufblitzen seiner schwarzen Augen antwortete, forderte Silas ihn auf: „Cruz?“

Die beiden Männer starrten sich lange und fest an. Lange genug, dass Jody begriff, dass sie auf irgendeiner Ebene ebenbürtig waren, zumindest wenn es um die reine männliche Kraft ging. Aber Silas stand auf dem Totempfahl dieses Anwesens definitiv über Dunkelauge – ähm, Cruz.

Silas sah finster aus. Ihm gefiel es offensichtlich nicht, dass Cruz sie in ihr stilles Versteck mitgebracht hatte.

Dann bewegte sich Cruz und das Licht fiel auf seinen Rücken. Es enthüllte einen riesigen Blutfleck und sie schnappte nach Luft.

„Oh mein Gott. Sie wurden wirklich getroffen.“

„Gestreift.“

„Aber Sie müssen eine Menge Blut verloren haben ... “

Als sie sich näherte, trat er einen Schritt zurück, und sie blieb stehen. Was war mit diesem Kerl los? Er hatte zugegeben, dass er vorgehabt hatte, sie umzubringen, und nicht umgekehrt. Warum war er dann so nervös in ihrer Nähe? Seine Augen blitzten auf und sie erhaschte einen weiteren Blick auf den auffälligen gelbgrünen Farbton, der sie an Katzenaugen erinnerte.

„Ich sagte, es geht mir gut“, grummelte Cruz.

„Was genau ist eigentlich los?“, fragte Silas schneidend.

Jody zwang sich, nicht laut zu schlucken, und warf einen Blick in die Richtung des Geräusches der Wellen, die sich über dem Strand brachen. Vielleicht könnte sie dorthin laufen, eintauchen und verdammt noch mal davonschwimmen.

Manchmal ist es besser, nicht nachzudenken, hatte ihr Vater einst gesagt, als er ihr vor so langer Zeit das Surfen beigebracht hatte. *Mach es einfach. Höre auf die Elemente und lass dich gehen.*

Sie atmete tief durch. Die Meeresbrise und das Flüstern der Palmen sagten ihr, dass sie diesen Männern vertrauen konnte.

Versprechen hingen in der Luft, als würden sie sie herausfordern, genügend Mut aufzubringen, den Dingen freien Lauf zu lassen. Also schob sie die Idee, wegzulaufen, beiseite – zumindest für den Moment.

„Auf mich wurde geschossen und er ... “ Jody hatte Schwierigkeiten, den Satz zu Ende zu bringen. „Er hat mir geholfen, zu entkommen.“

„So viel habe ich mir gedacht“, sagte Silas mit trockenem Ton und starrte Cruz an.

Sie beobachtete, wie sie sich völlig stumm gegenüberstanden, während ihre Augen aufblitzten und die Gesichtsmuskeln zuckten, als führten sie eine nonverbale Unterhaltung.

Eine Unterhaltung, die ungefähr so verlief: *Was zum Teufel hast du dir dabei gedacht, sie hierherzubringen?* Zumindest interpretierte Jody die in Silas' funkelndem Blick verschlüsselte Frage so.

Cruz' überdrüssiger Blick hingegen sagte etwas wie: *Ich habe keine Ahnung.*

Sie hatte noch nie zuvor so etwas gesehen, außer vielleicht bei ihren Großeltern, die mit ein paar einfachen Gesten und Blicken ganze Unterhaltungen führen konnten.

Jody fiel auch noch etwas anderes auf. Je länger sich diese unheimliche, stumme Auseinandersetzung hinzog, desto mehr drängte sich Cruz in ihre Richtung und schirmte sie allmählich vor Silas' missbilligenden Blicken ab.

Ich werde dir nicht wehtun, hatte er im Auto gesagt. Und mehr als seine Worte überzeugten sie seine Taten. Der Mann schien fest entschlossen, eine einhundertachtzig Grad Wende von Beinahe-Killer zu Beschützer zu vollenden. Zu *ihrem* Beschützer.

Sie holte tief Luft und rieb sich über die Gänsehaut auf ihren Armen. Cruz musste mit Sicherheit der seltsamste Mann sein, den sie je getroffen hatte, abgesehen von ein paar der wirklich verrückten Gestalten, die sie am Santa Monica Pier kennengelernt hatte. Aber er war auch der faszinierendste.

Silas stieß einen tiefen Seufzer aus und winkte sie in das Gebäude hinein. „Kommt herein. Erklärt mir, worum es hier geht.“

Auf dem Fußboden verteilt lagen gewebte Matten und hölzerne Balken wölbten sich über ihnen. Die Meeresbrise wehte durch das Gebäude und das Rauschen der Wellen verriet ihr, dass die Küste nicht allzu weit entfernt sein konnte. Silas griff nach einem Tablett-Computer, der auf dem Tresen lag, während Cruz zu einem Wohnzimmerbereich hinüberging, der aus in einem Quadrat aufgestellten Sofas bestand. Jody stand neben einem der Stützbalken und war sich nicht ganz sicher, was sie tun sollte. Eine Uhr auf einem Beistelltisch verriet ihr, dass es fast Mitternacht war. Und, Mist. Es würde mit Sicherheit eine lange Nacht werden.

Cruz schritt auf und ab und Jody bereitete sich innerlich auf ein Verhör durch diese zwei offensichtlich kampferprobten Militärtypen vor. Aber dann tauchte wie aus dem Nichts ein Kaliko-Kätzchen auf und schmiegte sich um Cruz' Beine.

„Keiki.“ Er hob es an seine Brust. Tatsächlich *kuschelte* er es an sich, so als wäre das Kätzchen Teil der Familie. Und für einen ganz kurzen Augenblick lüftete sich ein Schleier, der den Krieger verschwinden ließ und einen Mann enthüllte, der zu Liebe, Freude und Hoffnung fähig war. Hätte sie gezwinkert, hätte sie den kurzen Augenblick seiner entspannten Schultern und weicheren Gesichtsmuskulatur vielleicht verpasst.

Der harte Kerl hatte also doch eine weiche Seite.

Der Duft von Kaffee ließ sie sich zu Silas umdrehen. Sie sah dabei zu, wie er das satte braune Pulver in eine Maschine löffelte, die wahrscheinlich mehr gekostet hatte, als eine Monatsmiete in ihrer winzigen Wohnung zu Hause. Dann ließ er den Löffel auf den Tisch fallen. Er hätte aber genauso gut mit einem Hammer zuschlagen und sagen können: *Lasset das Verhör beginnen.*

„Erzählen Sie uns, was los ist. Warum sollte Sie jemand töten wollen?“

Jody ließ ihren Blick zu Cruz hinübergleiten. *Er sollte es wissen,* hätte sie fast gesagt.

Aber Cruz warf ihr einen warnenden Blick zu und sie gab sich mit einer vageren Antwort zufrieden. „Ich habe keine Ahnung. Jemand hat einfach angefangen zu schießen.“

Alle drei drehten die Köpfe, als ein Aufblitzen von farbigen Lichtern durch die Nacht wirbelte – Polizeifahrzeuge rasten auf der entfernten Straße vorbei. Man hörte sie mehr, als dass man sie sah, wenn man ihre Entfernung zu diesem versteckten Stückchen Privatbesitz bedachte.

„Sie ist eine Art Model." Cruz winkte herablassend ab.

Sie stellte sich aufrecht hin und warf ihm einen vernichtenden Blick zu. „Ich bin kein Model."

„Was machen Sie dann?"

„Ich surfe."

„Ich meine, was ist Ihr Job?" Cruz sah finster aus. Seine gelbgrünen Augen funkelten. Und wow, sie waren wunderschön. Faszinierend. Und irgendwie gequält. Sie erinnerte sich an den Teil über seine Familie und schluckte den Kloß in ihrem Hals hinunter. Wozu wäre sie wohl fähig, wenn sie einen solch großen Verlust erlitten hätte?

„Wie ich schon sagte, ich surfe. Ich bin mit der Women's Pro Tour hier. Sie können es nachschauen."

So wie es aussah, hatte Silas dies bereits getan. Er blickte von seinem Tablett auf, auf dem er nach Informationen gesucht hatte, und zog eine Augenbraue hoch. „Jody Monroe. Nummer elf in der aktuellen Rangliste?"

Jody zuckte mit den Schultern. „Courtney Klein und ich wechseln immer wieder zwischen dem elften und zwölften Platz hin und her. Wir haben es aber beide noch nicht in die Top Zehn geschafft."

„Würde sie Sie umbringen wollen?"

Jody schnaubte. „Für den elften Platz? Glauben Sie mir, aber so ist es nicht. Wir sind alle ehrgeizig, aber *so* ehrgeizig nun auch wieder nicht."

Silas und Cruz tauschen Blicke aus, die zu sagen schienen: *Man weiß nie.*

„Welche anderen Feinde haben Sie?", fuhr Silas fort, als würde die arme Courtney seine Liste bereits anführen.

„Feinde?" Ganz egal, wie sehr sie auch nachdachte, sie konnte sich einfach nicht vorstellen, dass jemand sie töten wollte. Sie war ein Mensch, der sich um seine eigenen Angelegenheiten kümmerte. Sie half ihrem Vater in seinem Surfladen und gab bei der Tour ihr Bestes. „Ich habe keine Feinde."

„Scheinbar doch", knurrte Cruz.

Jody verschränkte die Arme und warf ihm einen Blick zu. *So wie Sie, Mister?*

In dem Augenblick, als ihr der Gedanke durch den Kopf schoss, lehnte sie die Möglichkeit innerlich ab. Cruz schien die Art Mensch zu sein, der sein eigener schlimmster Feind war. Aber ihr Instinkt sagte ihr, dass er nicht *ihr* Feind war.

„Ein eifersüchtiger Ex-Liebhaber?", schlug Silas vor.

Sie lachte laut auf. Sie hatte mit Athleten der Surf Tour der Männer ein oder zwei Abenteuer gehabt, aber das war völlig abwegig. „Ich wünschte, mein Leben wäre so aufregend."

„Das ist es jetzt."

Sie verzog das Gesicht. „Ich meinte nicht diese Art von Aufregung."

„Was haben Sie im Kapa'akea Klub gemacht?", fragte Silas.

Sie warf Cruz einen Blick zu und schleuderte ihm die Frage entgegen. Aber seine Lippen waren fest versiegelt und ließen sie wissen, dass sie diejenige war, die jetzt aussagen musste.

Jody holte tief Luft und erklärte: „Seit ich vor drei Jahren das erste Mal bei der Pro Tour dabei war, hatte ich Sponsorenangebote. Das ist alles Teil der Szene – die meisten habe ich abgelehnt. Aber in diesem Jahr kam ein Unternehmen wie aus dem Nichts heraus auf mich zu und machte mir ein Angebot, das ich nicht ablehnen konnte." Sie verstummte kurz und fragte sich, ob es besser gewesen wäre, das Angebot tatsächlich abzulehnen. Aber nein. Ihre Familie brauchte das Geld und deshalb war es das wert.

„Welche Art von Angebot?", fragte Silas.

„Als Model für eine Duftlinie zu arbeiten – ‚Elements' von *Wishful Desires.*" Sie hob die Finger zu Gänsefüßchen in der Luft und schaute finster, um deutlich zu machen, dass sie den Vertrag nicht mit Enthusiasmus angenommen hatte. „Insgesamt drei Fotoshootings und dann bin ich frei. Wir hatten die ersten beiden in Kalifornien und sind für das letzte jetzt hierher nach Maui gekommen. Danach löse ich meinen Check ein, verabschiede mich von den Kameras und konzentriere mich auf den nächsten Wettbewerb der Tour."

Sie rieb die Hände aneinander und freute sich bereits auf den Tag, an dem sie sich von Idioten wie Richard verabschieden konnte. Für einen Augenblick stand sie selbstbewusster da, als sie sich die Freiheit vorstellte, die sie zurückerlangen würde. Aber dann sackten ihre Schultern zusammen. Mist. Das letzte Fotoshooting versprach das bisher schlimmste zu werden.

„Wer war der Widerling, der auf der Terrasse mit Ihnen gesprochen hat?", wollte Cruz wissen.

Jody brauchte nicht nachdenken, wen Cruz gemeint haben könnte. „Richard? Er ist der Produktmanager für das Fotoshooting."

„Würde er Sie gern tot sehen?"

„Er hat mich doch gerade erst vor drei Wochen angeheuert. Ich bezweifle, dass er mich tot sehen will."

„Vielleicht versucht jemand, die Kampagne zu sabotieren", sagte Cruz.

„Das oder sie wollen kostenlose Werbung", sinnierte Silas.

„Du meinst durch das Erschießen eines Models?" Eine tiefe Stirnfalte zerknitterte Cruz' Gesicht.

„Oha." Jody hob die Hände in die Luft. „Wie soll es denn gute Werbung sein, mich zu erschießen?"

„Jede Art von Aufmerksamkeit der Presse ist gute Werbung", sagte Silas. „So funktioniert Marketing."

Als sie darüber nachdachte, lief ihr ein kalter Schauer über den Rücken. „Richard schien unter Druck zu stehen, frühzeitig für Furore sorgen zu müssen. Er hat etwas darüber gesagt, dass wir mehr Presse brauchen. Aber mich dafür umzubringen?" Es hatte viele Augenblicke gegeben, in denen Richard und andere Mitglieder seines Teams ihr Angst eingejagt hatten, aber sie hatte nie darüber nachgedacht, dass sie zur Zielscheibe werden könnte.

„Wer wusste, dass Sie heute Abend im Klub sein würden?", fragte Silas.

Jody zuckte mit den Schultern. „Die Frage ist eher, wer wusste es *nicht*. Das ist alles Teil der Werbekampagne. Es steht im Kleingedruckten." Sie seufzte.

„Sie haben das Kleingedruckte nicht gelesen?“ Cruz’ geschwungene Augenbrauen zuckten nach oben.

Sie funkelte ihn an. Nein, das hatte sie nicht. Ja, es war dumm. Aber das war ihre Sache, nicht seine.

Silas tippte mit den Fingern auf den Tresen. „Was beinhaltet der Job sonst noch?“

„Nichts. Nur die Fotoshootings. Das letzte findet übermorgen an einem Strand oder unter einem Wasserfall oder so statt. Nun, es sollte eigentlich übermorgen sein. Aber anscheinend gibt es ein Problem, die Requisiten zu beschaffen.“

„Welche Requisiten?“

Jody schwankte von einem Fuß auf den anderen. In kaum vorhandenen Bikinis fotografiert zu werden war schon schlimm genug, aber die Requisiten waren das Schlimmste. Der Fotograf hatte sie bei einer Aufnahme dazu angehalten, sich an einem Surfbrett zu reiben und in einer anderen musste sie anzüglich in ein Muschelhorn blasen. Er hatte auch versucht, sie dazu zu bringen, oben ohne zu posieren, und darauf bestanden, dass eine Blumenkette sie genug bedecken würde. Aber dort hatte sie die Grenze gezogen. Jedes Mal hatte sie darüber nachgedacht, einfach aufzuhören. Es war derart erniedrigend und so weit von dem entfernt, was ihr Vater sie über Stolz gelehrt hatte. Aber sie hatte sich jedes Mal selbst davon überzeugt, dass der Zweck die Mittel heiligte.

„Das Motto der Duftlinie – und der Kampagne – ist ‚Elements‘“, erklärte sie. „Erde, Luft, Feuer, Wasser. Sie haben mir gesagt, dass sie neue Gesichter für eine riesige Kampagne brauchen. Sie haben irgendwo eine Rothaarige, die das Feuer-Fotoshooting in der Nähe eines Vulkans macht. Die Frau, die sich für die Erd-Aufnahmen fotografieren lässt, sieht genauso aus wie diese, wie heißt sie doch gleich – dieses Model aus Eritrea. Ich weiß nicht, wen sie für Luft haben. Ich bin das Wasser-Model.“

„Erde, Luft, Feuer, Wasser ... “ Silas’ Gesicht wurde blass.

„Ich weiß, es ist kitschig“, gab sie zu. „Richard lässt sich immer wieder neue Sachen einfallen, mit denen ich fotografiert werden soll. Er wollte sogar, dass ich mit Delfinen schwimme, aber der Fotograf war dagegen.“

„Also was ist die Requisite?“ Cruz fuchtelte mit der Hand in der Luft, dass sie zur Sache kommen sollte.

Sie zuckte mit den Schultern. „Irgendeine Art Juwel.“

Die Männer tauschen verblüffte Blicke aus. „Was für eine Art von Juwel?“, schnaufte Cruz.

„Ein Saphir.“ Bei der plötzlichen Stille hielt sie inne und fragte sich, warum Cruz einen Schritt zurücktrat. „Blau wie Wasser. Verstehen Sie es?“

Die Uhr tickte laut und eine unerträglich schweigsame Minute verging.

„Ähm, hallo?“, sagte Jody schließlich. „Was ist denn schon dabei? Es ist doch nur ein Schmuckstück, nicht wahr?“

Cruz sah sie an, als wären ihr soeben drei Köpfe gewachsen. „Vielleicht.“, Er sah Silas an. „Vielleicht auch nicht.“

Kapitel 4

Heilige Scheiße. Cruz sah Silas an und schoss die Worte direkt in seine Gedanken, so wie es eng miteinander verbundene Gestaltwandler konnten. *Sag mir, dass es nicht wahr ist.*

Silas sagte kein Wort.

Jody neigte den Kopf. „Stimmt etwas nicht?“

Normalerweise war Silas der Schnelldenker, aber da dieser untypischerweise sprachlos war, tat Cruz sein Bestes, um es zu vertuschen.

„Abgesehen davon, dass jemand versucht hat, eine unschuldige Frau zu töten, meinen Sie?“

Eine Sekunde später verfluchte er sich selbst. Wo zum Teufel war der *unschuldige* Teil hergekommen?

Schau doch nur, wie klar diese blauen Augen sind, sagte sein Tiger. *Sie ist unschuldig. Das ist so sicher, wie die Tatsache, dass wir vieler Sünden schuldig sind.*

Was ihn wiederum dazu brachte, sich zu fragen, wer ihren Tod wünschen könnte – und wer ihm die falschen Informationen hatte zukommen lassen.

Wer auch immer es war, wir werden es herausfinden und Rache üben, knurrte sein innerer Tiger. *Direkt nachdem wir Jody ins Bett gebracht haben.*

Wow. Moment mal. Wovon zum Teufel sprach die Bestie denn?

„Hören Sie, Sie hatten ein paar anstrengende Stunden“, hörte er sich selbst sagen. „Wie wäre es, wenn wir für heute Schluss machen?“

Die Frau verschränkte die Arme, stählte ihre Haltung und hob ihr Kinn. „Für heute Schluss machen?“

Gott, er wünschte sich, sie würde nicht diese Freches-kalifornisches-Mädchen-trifft-Amazonas-Kriegerin-Nummer mit ihm abziehen. Verwundbar und doch ungestüm. Unsicher und doch auf ihrem Standpunkt beharrend. Jedes Mal, wenn sie ihn mit diesen himmelblauen Augen ansah, rauschten kleine Blitze durch seine Adern und sein Tiger kam auf alle möglichen verrückten Ideen.

Ich mag sie. Ich will sie, murmelte der Tiger. *Sie ist meine Gef...*

Er unterbrach den unmöglichen Gedanken, bevor es zu weit ging, und nickte ihr zu. „Sie sind hier sicher."

Sie verschränkte die Arme vor der Brust. „Sicher vor wem? Vor Ihnen?"

Cruz konnte sich nicht entscheiden, wie er darauf reagieren sollte. Er dachte nur, *Ich hoffe, dass Sie sicher vor mir sind, aber ich weiß es nicht ganz genau, weil mein Tiger alle möglichen verrückten Dinge denkt.*

Schließlich riss sich Silas zusammen und sprach: „Sicher vor jedem. Geben Sie uns ein oder zwei Tage Zeit, um nachzuforschen, und wir werden der Sache auf den Grund gehen."

Sie schaute von einem zum anderen. „Was sind Sie Typen denn, Detektive oder so etwas in der Art?"

„So etwas in der Art", murmelte Silas.

Jetzt stemmte sie die Hände in die Hüften. Und verdammt, auch das war unglaublich verlockend. „Wer genau wird der Sache auf den Grund gehen?"

Sie würde einen fantastischen Tiger abgeben, summte sein inneres Biest.

Hätte er das Tier in seinem Kopf in Ketten legen können, hätte er es getan. Jody war kein Gestaltwandler. Sie war ein Mensch, was bedeutete, dass er vorsichtig bleiben musste. Menschen waren irrational. Unberechenbar. In einem Wort, gefährlich. Menschen hatten seine Welt auf den Kopf gestellt, indem sie seine Familie in einem blutigen Massaker ermordet hatten. Seine Eltern hatten der Reise ihres Lebens entgegengefiebert, um entfernte Verwandte in Indien zu besuchen und abgelegene Dschungel zu erkunden, in denen die bengalischen Tiger noch heute frei herumstreiften. Diese Reise war zu einem tödlichen Hinterhalt geworden, der nie vollständig aufgeklärt worden war. Seinen Quellen zufolge hatten die Dorfbewohner, die in der Nähe des Tatortes lebten, jegliches Fehlverhalten vehement bestritten – natürlich. Als ländliche, abergläubische Gemeinde hatten sie versucht, die Schuld auf eine verworrene Mischung übernatürlicher Ereignisse zu schieben. Vampire hätten es getan, so berichteten einige der Dorfbewohner. Andere sagten, es wären Löwengestaltwandler gewesen. Was lächerlich war. Löwenwandler hatten nichts mit Tigern zu tun und umgekehrt. Und sie beide umgaben sich auch nicht mit Vampiren. Diese Dorfbewohner waren Feiglinge, die nach Strich und Faden gelogen hatten. Mit anderen Worten: typische Menschen.

Nicht alle Menschen sind Lügner, knurrte sein Tiger. *Wie diese Frau hier. Sie hat eine Scheißangst, aber sie ist mutig.*

Silas hatte währenddessen einen durchdringenden Blick aufgelegt, der den härtesten Gegner in die Knie gezwungen hätte.

„Wir – das sind Cruz und ich – werden der Sache auf den Grund gehen."

Jody blinzelte nicht einmal. Was nur bewies, wie verrückt sie war, selbst für einen Menschen.

„Wir werden der Sache alle drei auf den Grund gehen." Sie zeigte auf jeden von ihnen mit dem Finger, um deutlich zu machen, dass sie darauf bestand und es nicht nur vorschlug. Selbst Silas war überrascht.

Zu schade, dass weder Tessa, noch Nina oder Dawn hier waren. Jede der Frauen von Koa Point hätte dazu beitragen können, dieser Frau die Ängste zu nehmen. Aber Tessa und Kai, die Drachengestaltwandler, waren auf Big Island unterwegs und übten im Schutz aktiver Vulkane, Feuer zu speien. Boone und Nina, das Wolfspaar, waren in New Jersey und lösten das bescheidene Haus auf, das Nina gerade verkauft hatte. Die Bärenwandler Dawn und Hunter genossen derweil ihre Flitterwochen in Alaska. Was bedeutete, dass lediglich Cruz und Silas zu Hause waren. Keiner von beiden war ein weicher und kuscheliger Typ.

Ich kann weich und kuschelig sein, beharrte sein Tiger.

Wie aufs Stichwort rieb sich Keiki an seinem Bein.

Cruz räusperte sich. „Wie wäre es, wenn wir die Details morgen früh besprechen?“ Er tat sein Bestes, um mit fröhlicher Stimme zu sprechen, so gut er sich an daran erinnern konnte. Aber verdammt. Er war schon seit Jahren nicht mehr fröhlich gewesen. Tatsächlich hatte er es auch nicht für nötig gehalten, sich darum zu bemühen.

Es funktionierte dennoch, denn Jody warf ihm und Silas noch einen letzten *Verarscht-mich-ja-nicht*-Blick zu und nickte dann. „In Ordnung.“

„Gut“, sagte Silas, obwohl er überhaupt nicht glücklich klang. „Cruz wird Sie im Baumhaus unterbringen.“

Wenn Jody die Augen weit aufgerissen hatte, fielen Cruz seine fast aus dem Kopf heraus.

„Im Baumhaus?“, platzten sie beide gleichzeitig hervor.

Das Baumhaus gehörte *ihm*. Es war sein Zufluchtsort. Niemand außer ihm schlief dort. Niemand!

Wo sollen wir sie denn dann sonst unterbringen? bellte Silas in Cruz‘ Gedanken hinein.

Cruz fluchte. Die offensichtliche Wahl – das Gästehaus – war immer noch nicht repariert worden, nachdem es vor kurzem bei einem Sturm beschädigt worden war.

Sie kann hier im Akule Hale schlafen, versuchte er.

Silas schüttelte kurz den Kopf. *Im Ernst – du willst sie hier draußen in unserem Gemeinschaftshaus schlafen lassen?*

Nun, Cruz wollte ganz sicher nicht, dass sie bei *ihm* schlief.

Wie wäre es, wenn sie bei dir übernachtet? schoss er zu Silas zurück.

Die Augen des Drachenwandlers blitzten auf. *Ich bin nicht derjenige, der sie hierhergebracht hat. Außerdem müssen du und ich uns unterhalten und ein paar Anrufe tätigen. Also beweg dich endlich.*

„Ich bin mir sicher, dass Sie sich im Baumhaus sehr wohlfühlen werden, Miss Monroe“, erwiderte Silas und entließ sie mit einer Geste in Richtung Wald.

Silas ließ nur selten das Alphamännchen heraushängen, aber wenn er es tat, wagte niemand, ihn in Frage zu stellen.

Noch nicht einmal Cruz, der keine andere Wahl hatte, als Jody aus dem Gemeinschaftshaus zu führen und den Pfad zum Baumhaus hinunterzugehen.

Glaubst du, dass es ihr gefallen wird? fragte sein Tiger übereifrig.

Gott, er hoffte es nicht.

Eine Nacht und sie ist hier raus, sagte Cruz seinem Tiger und ging schneller.

Zu Beginn des Abends war er lediglich ein Muskelzucken davon entfernt gewesen, sie zu töten. Das Mindeste, was er jetzt tun konnte, war, sie für eine Nacht unterzubringen.

„Ein Baumhaus also, was?"

Er zuckte mit den Schultern. „Sie werden schon sehen."

Es war schwierig, den weitläufigen Ort zu beschreiben, der sich ganz hinten im dichtesten Wald von Koa Point befand. Also ging er schweigend neben ihr her und überließ ihr das Reden. Und sie redete. Typisch Mensch.

„Wie groß ist dieses Anwesen? Es gibt hier, was – zehn Luxuswagen? Und einen Hubschrauber?" Sie zeigte auf die Rotorblätter, die über den Baumkronen zu sehen waren und das Mondlicht reflektierten. „Wem gehört dieses Anwesen? Und wow. Sie dürfen hier wohnen?"

Cruz starrte geradeaus. In Wahrheit hatte er keine Ahnung, wem Koa Point gehörte. Er wusste nur, dass Silas den Vertrag dafür beschafft hatte, dass sich ihre Bande von fünf Gestaltwandlern um das Anwesen kümmerte. Der Zeitpunkt war ein Glücksfall gewesen; sie alle waren gerade ehrenhaft aus dem Militär entlassen worden und hatten einen Ort gebraucht, an dem sie sich niederlassen und in ein ziviles Leben zurückfinden konnten. Nur Silas kannte die Identität des Besitzers und er hatte deutlich gemacht, dass der Besitzer keine Fragen wünschte. Und solange er sie nicht besuchen kam, spielte es auch kaum eine Rolle. Wer auch immer es war, er hatte Maui während der gesamten Zeit, die Cruz an Koa Point verbracht hatte, noch nie besucht. Und das war in Ordnung. Cruz und seine Kumpels sorgten für die Sicherheit des weitläufigen Anwesens. Nebenbei widmeten sie sich der Arbeit als Privatermittler und Leibwächter.

„Wer lebt sonst noch hier?“, wollte Jody wissen.

Cruz fragte sich, was sie wohl sagen würde, wenn er ihr die Wahrheit sagte. Eine ganze Truppe Gestaltwandler. Zwei Drachen, ein Wolf, ein Bär und ein Tiger, um genau zu sein. Dann korrigierte er sich, denn es waren nicht mehr nur die Männer, die hier lebten. Da Kai, Boone und Hunter sich verpaart hatten, war ihre Zahl auf acht angestiegen.

Eine Veränderung zum Besseren, nickte sein Tiger. *Mit Tessa, Nina und Dawn sind die Dinge ... nun ja ...*

Cruz versuchte, das richtige Wort zu finden. *Schöner? Friedlicher? Ausgeglichener?* Es war schwer zu erklären, aber die Neuankömmlinge hatten alle dazu beigetragen, dass sich dieser Ort mehr wie ein ...

Zuhause anfühlte, warf sein Tiger ein. *Wie eine Gemeinschaft.*

Was komisch war, denn er hatte nie wirklich gedacht, dass es ihnen an Koa Point an irgendetwas fehlte, bevor das Schicksal seinen Freunden ihre Gefährtinnen gesandt hatte.

Schicksal, summte sein Tiger.

Als Jody eine Holzbrücke erblickte, die sich anmutig über den Fluss erstreckte, blieb sie stehen. „Wow. Ich meine ... das ist wunderschön.“ Sie deutete mit den Händen auf die roten und goldenen Laternen, die über ihren Köpfen hingen, und den Weg durch die dunkle Nacht erhellten.

An den meisten Abenden machte sich Cruz nicht die Mühe, die Lichter einzuschalten, da er sich lieber in Tigerform nach Hause pirschte. Doch an diesem Abend schien das Licht der Laternen irgendwie weicher und einladender denn je. Ein zweischneidiges Schwert, wie ihm bewusst wurde, denn es ging hier nicht darum, jemanden in seinem privaten Bereich willkommen zu heißen.

Dennoch – ein Teil von ihm wollte Jody dort haben. Er wollte, dass es ihr gefiel. Sich von Leuten fernzuhalten, bedeutete auch, dass er diesen ganz besonderen Ort noch nie mit jemandem geteilt hatte. Vielleicht war es an der Zeit, das zu ändern.

„Gefällt mir“, schwärmte sie, als ein paar Hirtenmainas über sie hinwegflatterten.

Jodys Bemerkung hätte Warnsignale in seinem Kopf auslösen sollen, aber er empfand nichts als einen Ausbruch von Stolz. Tiger hamsterten gern und es ihm Freude bereitet, kleine Schätze zusammenzutragen, um diesen Ort zu seinem eigenen zu machen. Würde Jody die Details bemerken, die er in das hölzerne Geländer der Brücke eingeschnitzt hatte? Würde sie die Verzierungen an den chinesischen Laternen entdecken, die über der Brücke aufgehängt waren?

„Wow, das ist ja alles geschnitzt." Sie strich mit der Hand über das Geländer. Ihre Armbänder klimperten und es war das einzige von Menschen verursachte Geräusch in dieser sonst so friedlichen Nacht. „Und oh! Ist das ein Tiger auf der Laterne?"

Das verwirbelte chinesische Design zeigte Klauen und Reißzähne. Eine subtile Warnung an potenzielle Eindringlinge – nicht, dass es je jemand gewagt hätte, Koa Point zu erkunden.

„Oh, auf der dort ist ein Drache abgebildet. Und ein Bär ... " Jody staunte über jede Laterne.

In Wahrheit waren die Bilder eine subtile Hommage von Cruz an seine Gestaltwandlerbrüder – die Männer, die nach allem, was sie in ihren aktiven Diensttagen gemeinsam durchgemacht hatten, zu seiner zweiten Familie geworden waren. Sie waren Familienmitglieder und es schien ihm angemessen, dies auf seine Weise anzuerkennen.

Grillen zirpten überall um sie herum. Hirtenmainas schnatterten und der Bach plätscherte unter der Brücke hindurch. Insgesamt betrachtet war West Maui relativ trocken, aber die Berge fingen die Passatwolken ein und ließen den Strom stets sprudeln, sodass seine private Ecke des Paradieses üppig und grün war. Sein eigener privater Dschungel. Und Scheiße. Gerade drang ein Mensch hier ein.

Sie dringt nicht ein, betonte sein Tiger. *Wir haben sie eingeladen.*

Verdammt. Warum zum Teufel hatte er das getan?

Damit sie sich wohlfühlt und wir für ihre Sicherheit sorgen können.

Was ein Haufen Mist war, wie Cruz wusste, denn welch größere Gefahr gab es für sie als ihn selbst?

Jodys Kehle bewegte sich, als sie schluckte. „Schwören Sie, dass Sie mich nicht irgendwo hinbringen, um mich zu töten?"

Reue schoss durch seinen Körper. Wie hatte er es überhaupt erwägen können, jemanden zu töten, der so frei von Bösem war wie sie?

Er schüttelte den Kopf. „Ich schwöre, dass ich Ihnen nie wehtun würde. Niemals." Seine Stimme wurde kratzig, als er die Worte aussprach, und in Gedanken ging sein Tiger sogar noch einen Schritt weiter.

Ich schwöre, dass ich dich bis ans Ende meiner Tage beschützen werde.

Sie sah ihm in die Augen und entspannte sich leicht. Die meisten Menschen verließen sich viel zu sehr auf das gesprochene Wort, aber Jody schien die Körpersprache ähnlich zu beurteilen, wie ein Gestaltwandler es tun würde.

Sie hob ihre Hand zu seiner, plötzlich ganz still. Die Luft zwischen ihnen knisterte und er lehnte sich näher an sie heran. Als Jodys Augen heller strahlten, hämmerte sein Puls wie wild. Seine Handflächen schwitzten und sein Herz klopfte laut. Innerlich peitschte sein Tiger mit seinem Schwanz hin und her und summte fröhlich vor sich hin.

Mein Gott, was stimmte denn mit ihm nicht?

„Es ist so friedlich." Jody wandte ihren Blick von seinem ab und ging weiter den Weg entlang.

Sein Tiger nickte zufrieden über ihren gedämpften Tonfall. *Siehst du? Nicht alle Menschen sind laut und lästig.*

Cruz entschied sich, sein Urteil für eine Weile zurückzuhalten.

Tu das. Denn sie ist unsere vorbestimmte Gefährtin. Unsere!

Cruz wäre weniger schockiert gewesen, wenn ihm jemand mit einem Ziegelstein auf den Kopf geschlagen hätte. Er wollte und brauchte keine Gefährtin.

Will sie. Brauche sie, beharrte sein Tiger mit einem tiefen kehligen Knurren.

Jody blieb stehen, klatschte in die Hände und krächzte: „Oh mein Gott."

„Nett, oder?", ließ ihn sein Tiger sagen.

„Nett? Es ist atemberaubend.“ Sie schaute auf und sah sich um, als sein Baumhaus im gedämpftem Licht vor ihnen Gestalt annahm.

Cruz tat etwas, das er nur selten tat – er blieb stehen und bewunderte sein Handwerk. Jedes Mitglied ihrer eng miteinander verbundenen Einheit hatte sich eine kleine Ecke am Koa Point ausgesucht. Sie gingen nur selten in die Bereiche der anderen, sondern trafen sich stattdessen auf neutralem Boden im Gemeinschaftshaus. Es war das perfekte Umfeld für eine Gruppe von willensstarken Gestaltwandlern, die gemeinsam durch dick und dünn gegangen waren. Jetzt wohnte ein jeder von ihnen in seinem eigenen individuellen Haus und Cruz liebte seines.

Es *war* ziemlich beeindruckend. Was mit einer einzigen Plattform begonnen hatte, auf der sich ein Tiger bei Tag sonnen konnte, war allmählich zu einer breiten Veranda ausgeweitet worden, das einen vier Stockwerke hohen Regenbaum umgab. Eine Wendeltreppe verband den ebenerdigen Wohnbereich mit der Veranda. An jeder Seite erstreckten sich Seilbrücken, die zu einer Reihe von Seitenplattformen führten – sowie verschiedene Zimmer in einem Haus, aber überhaupt nicht wie in einem normalen Haus. Im spartanischen Wohnbereich gab es eine Hängematte und einen Futon. Eine Plattform befand sich hoch oben im Blätterdach des Waldes, völlig ungeschützt vor den Elementen. Der perfekte Ort für seinen Tiger, um mit dem Schwanz zu wedeln und Wache zu halten. Eine weitere Seilbrücke führte zu einem überdachten Schlafzimmer, indem er sich in seiner menschlichen Gestalt ausstrecken konnte. Es war eine höllische Arbeit gewesen, die Doppelmatratze dort hinaufzuziehen, und die Kommode war ganz zerschrammt, aber es war sein Zuhause. Mit ein paar kleinen Handgriffen hier und da hatte er einen echten Tigerpalast ganz für sich allein geschaffen.

Zuhause, summte sein Tiger zufrieden vor sich hin.

Mit Ausnahme der anderen Jungs hatte er noch nie jemanden hier hinaufgebracht – und selbst das passierte selten genug.

Es gefällt mir, sie hier zu haben, sagte sein Tiger.

Cruz verzog das Gesicht, aber es war irgendwie schön, dabei zuzusehen, wie sie auf alles reagierte.

„Wer hat das gebaut?"

Seine Brust schwoll leicht an. „Ich."

„Sie?" Sie klang eher beeindruckt als ungläubig und Cruz konnte nicht widerstehen, sie auf all die kleinen Besonderheiten aufmerksam zu machen.

„Dort drüben gibt es eine Kochplatte, dort ist ein Bad ... "

Jody nickte und grinste. „Mein Vater würde diesen Ort mögen. Er hat uns ein Baumhaus gebaut, als wir noch Kinder waren, aber es kam diesem hier überhaupt nicht gleich."

Cruz' Tiger nickte zufrieden. *Vielleicht sind manche Menschen ja doch gar nicht so verrückt.*

Als sie sich in die Regenbogenhängematte sinken ließ und sich selbst einen Schubs gab, um in Schwung zu kommen, musste er gegen den unerklärlichen Drang ankämpfen, sich neben ihr mit hineinzulegen.

„Wow. Das hier ist viel besser als meine Unterkunft in Honokowai."

Er lachte laut und fing sich dann wieder. Was tat er denn, mit einer Menschenfrau herumzuscherzen, mit der er von Anfang an überhaupt nichts zu tun haben wollte?

Du amüsierst dich, erwiderte sein Tiger schnippisch. *Ist das so schlimm?*

Er räusperte sich und zeigte auf das Wohnzimmer. „Der Futon ist ziemlich bequem und im Badezimmer gibt es ein paar frische Handtücher." Er zeigte auf den von einer Laterne beleuchteten Pfad.

„Ich habe schon an einigen ausgefallenen Orten geschlafen, aber das hier ist die Krönung. Oh – Moment." Sie richtete sich in der Hängematte auf. „Wo werden Sie denn schlafen?"

Normalerweise schlief er im Schlafzimmerbereich oder auf einer der anderen Plattformen, die weiter oben hingen. Aber heute Nacht würde er ganz sicher nicht dortbleiben.

„Ich werde im Gemeinschaftshaus schlafen. Das mache ich oft", log er.

Sie sprang aus der Hängematte. „Ich kann Sie doch nicht aus Ihrem eigenen Haus vertreiben."

Genau. Das konnte sie nicht. Er würde nie wieder zulassen, dass Menschen sein Leben ruinierten.

Aber verdammt, sein Tiger hatte ganz andere Vorstellungen und ließ ihn dies auch ausdrücken. „Natürlich können Sie das. Hier, das können Sie sich leihen.“ Ohne nachzudenken zog er ein sauberes T-Shirt aus einer der Schubladen und legte es auf den Tisch, damit sie etwas hatte, worin sie schlafen konnte.

Das kann sie wirklich, summte sein Tiger.

Selbst seine menschliche Hälfte schmolz beim Gedanken an Jody, die in seine Kleidung gehüllt war, ein wenig dahin. Sie, umhüllt von seinem Duft.

Er ballte die Fäuste und schlug sie ein paarmal seitlich an seine Oberschenkel, während er versuchte, abzuschütteln, was auch immer über ihn gekommen war.

„Aber ... “, begann sie zu sagen.

Er kratzte mit dem Schuh über den Boden. Sie verstand es nicht. Wenn er sich irgendwo in Riech-, Seh- oder Hörweite von ihr aufhielt, wer wüsste dann schon, wozu sein Tiger ihn verleiten könnte?

„Es ist in Ordnung, glauben Sie mir“, sagte er. Ein Schnurren ertönte und die kleine Keiki wand sich zwischen seinen Beinen hindurch. Er hob das Kaliko-Kätzchen hoch und streichelte es, bis sich seine Augen vor Wonne schlossen. Er schloss seine ebenfalls und saugte die Wärme und Zufriedenheit in sich auf, die das kleine Fellknäuel ausstrahlte. Mit Keiki konnte er fast glauben, dass die Welt voller Güte und Hoffnung war.

Jody kicherte. „Sie schnurrt wie ein Tiger.“

Cruz riss die Augen auf. Hatte Jody etwa einen Verdacht? Aber nein. Die Augen der Frau waren weiter auf das Kätzchen gerichtet und ihr Lächeln war genauso unschuldig wie das von Keiki.

„Tiger schnurren nicht“, betonte er.

„Sie sind Katzen, oder nicht?“

„Schlagen Sie es nach. Tiger schnurren nicht.“

„Nun, die Kleine hier kann ganz ordentlich schnurren. Gehört sie Ihnen?“

„Mir? Nein. Katzen mögen es nicht, besessen zu werden.“

Cruz wusste genau, dass er ein Arschloch sein konnte, und damit hielt er die meisten Menschen für gewöhnlich auf Distanz. Aber Jody schien es nicht zu stören. Tatsächlich streckte sie die Hand aus, um Keiki zu streicheln, so als hätte Cruz sie dazu aufgefordert. Und das Witzige daran war, dass er auch nicht zurücktrat, so als hätte er sie *tatsächlich* dazu aufgefordert. So als *wollte* er, dass sich diese Frau ihm näherte.

Näher ...

Näher ...

Ihre Hände berührten sich, während sie beide Keiki streichelten, und Cruz senkte die Augenlider. Was dumm war, schlicht und ergreifend dumm, denn sie war ein Mensch, der in seinen persönlichen Raum eindrang. Er konnte jedoch nicht anders. Keiki zu streicheln beruhigte stets seine unruhige Seele. Und Keiki mit Jody gemeinsam zu streicheln hatte gleich die zehnfache Wirkung. Also standen sie da, wie ein stolzes Elternpaar, das sich über ein Neugeborenes kauerte, und über die winzigen Ohren, die Stupsnase und das Wunder des winzigen Herzschlags staunte.

Cruz atmete die süße Nachtluft ein und Jodys Duft mischte sich wie der einer exotischen Blume, die soeben inmitten der vertrauten Pflanzen der Heimat erblüht war, dazu. Dieser Wildrosenduft, der seine Nase kitzelte. Er schloss die Augen und atmete etwas tiefer ein.

„Süßes Kätzchen“, murmelte Jody.

Siehst du? Ich wusste, dass sie mich mag, schnurrte sein Tiger.

Gewöhnlich brauchte er eine Stunde, in der er auf und ab pirschte und von einem Schlafplatz zum anderen sprang, bis er sich beruhigen und entspannen konnte. Dies war der Grund, warum er so viele Plattformen gebaut hatte, die sich an verschiedenen Seiten des Baumhauses befanden. Aber heute Abend ... heute Abend hätte er die Augen schließen und sofort in einen tiefen Schlaf fallen können. In einen friedlichen, traumlosen Schlaf – die Art, wie er ihn schon seit Jahren nicht mehr gehabt hatte.

Dann sauste eine Fledermaus viel zu dicht über sie hinweg und er riss die Augen wieder auf.

Scheiße. Silas wartete.

„Ich muss gehen“, sagte er schroff und zog sich zurück. Aber nicht zu weit, denn jetzt, da er in Jodys unglaubliche blaue Augen gesehen hatte, zogen sie ihn in ihren Bann.

„Sind Sie sich sicher, dass das klargeht?“

Nein, er war sich nicht sicher. Aber er nickte trotzdem. „Es geht klar.“

Er legte Keiki in ihre Arme und löste sich widerwillig von ihr. Dann täuschte er ein Husten vor und zwang sich, die Holzbrücke zu betreten. Sein Körper schmerzte, als wäre es falsch, sie zurückzulassen. Aber scheiße. Er konnte Silas nicht noch länger warten lassen.

„Ich muss gehen. Ich wünsche Ihnen eine gute Nacht.“

Sie kuschelte sich auf die gleiche Weise mit dem Kinn an Keiki, wie es seine Mutter vor sehr langer Zeit stets mit seiner jüngeren Schwester getan hatte. Die gleiche Art, wie es seine Mutter wahrscheinlich auch mit ihm getan hatte, als er noch zu jung war, um sich daran zu erinnern.

Ich erinnere mich, murmelte sein Tiger. *In meinem Herzen erinnere ich mich.*

Und für ein paar Sekunden wurde der Teil in ihm ganz warm, in dem normalerweise nur Wut und Schmerz wohnten.

Jody kuschelte weiter mit Keiki und sah ihm nach. „Gute Nacht. Und vielen Dank. Für alles.“ Sie lächelte ihn schief an. „Glaube ich.“

Kapitel 5

Cruz verfluchte sich den ganzen Weg zum Gemeinschaftshaus zurück selbst.

Erstens, weil er Jody ins Baumhaus gebracht hatte. Zweitens, weil er viel zu lange in ihre Augen gestarrt hatte. Und wäre er sich nicht sicher gewesen, dass sie wirklich ein Mensch war, hätte er wetten können, sie wäre eine Hexe, denn sie hatte ihn verzaubert. Er hatte ihr sogar Keiki gereicht, anstatt das Kätzchen fortzuscheuchen. Was sollte das denn?

Drittens, verfluchte er sich für sein langes Trödeln, denn er hatte es mit einem Drachen zu tun und Drachen gefiel es nicht, wenn man sie warten ließ.

„Warum hast du so lange gebraucht?“, schnaufte Silas in dem Moment, als Cruz in Sichtweite kam. Sein Atem roch nach einem Hauch von Asche, so wie es immer geschah, wenn seine Geduld an ihre Grenzen stieß. Feuer zu speien war wahrscheinlich nicht weit davon entfernt, vermutete Cruz.

„Ich bin so schnell zurückgekommen, wie ich konnte“, log er. Auf dem Rückweg hatte er auf der Holzbrücke innegehalten – zweimal – um sich in die Richtung seines Hauses umzudrehen und die Nachtluft zu schnuppern. Er hatte einen kleinen Hauch von Jody darin wahrnehmen können.

Verdammt, verdammt, verdammt. Er würde sich nicht – *durfte* sich nicht – in einen Menschen verlieben. Das schuldete er den Familienmitgliedern, die er verloren hatte.

Silas grummelte und fuhr sich mit der Hand durchs Haar – ein Zeichen der Ruhe vor dem Sturm wie Cruz wusste. Der Drachengestaltwandler könnte seinen Zorn jeden Augenblick entfesseln. Silas hatte die Krisen der vergangenen Monate gut gemeistert, aber Cruz hatte ihn selten so aufgewühlt gesehen.

Silas' Augen glühten rot und die Mundwinkel zuckten. Was hatte Jody gesagt, das ihn so aus der Ruhe gebracht hatte? War es die Andeutung eines Juwels gewesen? Oder war es etwas, das damit überhaupt nicht im Zusammenhang stand? Ging es etwa um die Gerüchte, dass das Anwesen zu einem Luxus-Resort ausgebaut werden sollte? Letzteres war undenkbar. Wer würde denn die Wälder von Koa Point abholzen und all die offenen Flächen mit Bungalows und einem Golfplatz füllen? Wer könnte in Erwägung ziehen, einen Ort der Ruhe und des Zaubers wie diesen hier zu zerstören? Und Scheiße. Wohin würden Cruz und seine Freunde gehen?

Allein der Gedanke daran machte ihn wütend. Er vertrieb ihn aus seinem Kopf– zumindest für den Augenblick. Im Moment war Silas in einer seltenen Verfassung und Cruz wünschte sich, Nina oder Tessa wären hier. Die beiden wussten genau, wie sie Silas mit einer leisen Bemerkung oder einer dampfenden Tasse Tee beruhigen konnten. Cruz warf einen Blick auf die Kaffeemaschine. Irgendwie bezweifelte er, dass dies heute Abend funktionieren würde.

Und tatsächlich wirbelte Silas herum und entblößte die Spitzen seiner Zähne. „Was zum Teufel hast du überhaupt im Kapa'akea Klub gewollt?"

Cruz verlagerte sein Gewicht von einem Fuß auf den anderen. Eine gute Frage. Was genau hatte ihn dorthin geführt? Er verfolgte den gewundenen Pfad durch seine Erinnerungen, die ihm zuvor so logisch erschienen waren. Aber jetzt war er sich nicht mehr so sicher. Es begann alles mit seinem Informanten. Er schaute finster. „Erinnerst du dich an McGraugh?"

Silas nickte.

Cruz, Silas und die anderen Gestaltwandler von Koa Point hatten gemeinsam eine Spezialeinheit gebildet. McGraugh war ein Adlergestaltwandler, der für den Geheimdienst der Navy arbeitete, mit dem sie ein paarmal kollaboriert hatten. McGraugh hatte den Dienst vor kurzem verlassen, sich auf dem Festland niedergelassen und war nun, ähnlich wie Cruz und seine Kumpels, als Privatdetektiv tätig.

„McGraugh gab mir den Tipp, dass die Person, die meine Familie getötet hat, dort sein würde."

Silas zog eine Augenbraue hoch. „Du hast gesagt, du hättest deinen Frieden damit geschlossen.“

Cruz starrte auf den Boden. Er würde niemals Frieden damit schließen, dass er seine Familie nicht beschützt hatte. Oder damit, dass es ihm nie gelungen war, ihren Mörder zur Strecke zu bringen.

„Du hast gesagt, du würdest nicht länger Geister jagen“, fuhr Silas fort.

Cruz knirschte mit den Zähnen. Er hatte versprochen, nicht die gesamte menschliche Rasse zu vernichten, aber als er die Gelegenheit bekam, den eigentlichen Mörder zu töten, der geflohen war, hatte er nicht widerstehen können.

Jody ist nicht der Killer, betonte sein Tiger.

Er knurrte vor sich hin. „McGraughs Informationen waren immer gut.“

Dieses Mal nicht, beharrte sein Tiger.

„Also was ist passiert?“, forderte Silas zu wissen.

Cruz atmete tief durch und berichtete von den Ereignissen des Abends. Davon, wie er seine Position eingenommen und auf die Anhaltspunkte gewartet hatte, nach denen er Ausschau halten sollte. Wie Jody auf der Terrasse erschienen war und wie er gesehen hatte, dass der Kellner ihr diesen Drink gereicht hatte. Und dann … Er verstummte an dieser Stelle der Geschichte, weil er sich nicht sicher war, wie er die Instinkte erklären sollte, die an diesem Punkt über ihn gekommen waren.

„Was hat dich zurückgehalten?“ Silas musterte ihn genau. Zu genau.

Verdammt, wenn Cruz das nur wüsste. Sein Tiger hatte sich geweigert.

Wie sollte ich dich denn unsere Gefährtin töten lassen? knurrte das Biest.

Cruz blickte mit gerunzelter Stirn zu Boden. Wenn ihm das Schicksal eine menschliche Frau als seine vorbestimmte Gefährtin schickte, wollte es ihn nur verarschen. Darauf würde er nicht hereinfallen.

Er fuhr schnell mit der Geschichte fort – wie er den zweiten Schützen entdeckt hatte und dass Jody wieder hineingegangen war. Wie er dann selbst hinübergeeilt war, um sie aus der Schussbahn zu zerren, bevor der Scharfschütze ungehindert einen Schuss abgeben konnte.

Als er fertig war, verzog Silas das Gesicht. „Das gefällt mir nicht.“

Cruz schnaubte. Was sollte das denn heißen?

Silas sprach weiter, bevor Cruz auch nur zu Wort kommen konnte. „Ich denke jedoch, dass es richtig ist, sie hierzubehalten. Solange es dauert, der ganzen Sache auf den Grund zu gehen.“

Etwas passierte in Cruz' Brust – ein Teil von ihm wollte vor Freude springen, während der andere in Verzweiflung versank. Er musste Jody loswerden – ein für alle Mal – bevor sie seinen Tiger mit verrückten Vorstellungen von Liebe und vorbestimmten Gefährten umgarnte.

„Ich dachte, du wolltest dich nicht einmischen“, protestierte er. „Sie ist schließlich ein Mensch.“

„Wir brauchen Miss Monroe, wenn wir mehr über diesen Saphir herausfinden wollen. Wenn es sich um einen Seelenstein handelt ... “

Cruz fletschte die Zähne. „Du meinst, du willst eine unschuldige Frau als Köder benutzen? Komm schon, Mann. Das könnte sie direkt wieder ins Fadenkreuz bringen.“

„Du bist derjenige, der sie ins Fadenkreuz genommen hat, oder nicht?“

Ein Tiefschlag, aber Cruz verdiente ihn. Gott sei Dank hatte er nicht abgedrückt. Aber wenn er den Typen fand, der es getan hatte...

Silas machte eine strenge Geste, sodass Cruz seinen Blick wieder auf ihn richtete. „Du musst dich konzentrieren. Dieser Scharfschütze war wahrscheinlich ein Auftragskiller – aber nicht sonderlich professionell. Wir müssen herausfinden, wer das Ganze arrangiert hat. Und in der Zwischenzeit ist Miss Monroe bei uns sicherer als auf sich allein gestellt.“

Damit musste ihm Cruz Recht geben. Er stählte seine Nerven und versuchte, die Dinge zu durchdenken. „Die Frage ist, wer würde sie töten wollen?“

„Nein, die Frage ist, wer würde es dir anhängen wollen?“

„Mir?“

„Diese ganze Situation stinkt nach einem Komplott."

Sein Magen zog sich zusammen. „Willst du damit sagen, dass sich McGraugh gegen uns gewandt hat?"

Silas spitzte die Lippen. „Ich würde lieber glauben, dass ihm jemand falsche Informationen gegeben hat."

„Wer denn dann?"

Sie schwiegen beide für einen Moment.

„Wir müssen den Kellner finden, der ihr das Getränk serviert hat", sagte Silas schließlich. „Herausfinden, wer den Köder gelegt hat."

Cruz spürte die Hitze in seinem Gesicht aufsteigen. „Willst du damit sagen, dass mich jemand mit der Aussicht auf Rache geködert hat?"

„Das war nicht der einzige Köder", fügte Silas mit grimmigem Blick hinzu.

Cruz neigte fragend den Kopf.

„Sie. Jody", sagte Silas. „Sie ist auch ein Köder."

„Wow. Was?" Cruz schluckte die Wut hinunter, die aus dem Nichts in ihm aufstieg. „Warum Jody? Wer würde sich für sie interessieren?"

Silas zog seine Augenbrauen tiefer zusammen. „Du. Du magst sie."

Cruz' Herz klopfte wie wild und löste sein Widerwort einfach auf. „Ich ... ich ... " Natürlich mochte er sie nicht. Er war auf gar keinen Fall interessiert. Nicht im Geringsten.

Silas zog eine dünne Augenbraue hoch, die sagte, *Na sicher. Alles klar.*

Innerlich summte sein Tiger. *Ich mag sie wirklich. Sehr sogar.*

Cruz rang nach einer besseren Theorie – nach einer, die nichts mit ihm und einem Menschen zu tun hätte, zu dem er sich möglicherweise hingezogen fühlte.

„Schwachsinn. Es ist viel wahrscheinlicher, dass jemand versucht, die von Jody erwähnte Werbekampagne zu sabotieren. Wie nannte sie es doch gleich? Elements?"

Alle Farbe verschwand aus Silas' Gesicht, als er in die Ferne starrte.

Cruz neigte den Kopf und sah den Drachenwandler an. „Was? Es ist nur eine Werbekampagne."

Silas schüttelte den Kopf und murmelte so leise, dass Cruz es kaum hören konnte: „Moira."

Cruz erstarrte. „Moira?" Die Drachendame, die Silas' Herz gebrochen hatte? „Was hat sie denn damit zu tun?"

Silas sah finster aus. „Ich bin mir nicht sicher. Aber das war eine der Ideen, von denen sie immer sprach, die sie irgendwann einmal umsetzen wollte – eine Duftlinie, die auf den Elementen basiert – ‚Elements'."

Tiefe Linien zeichneten Silas' Gesicht und seine Wange zuckte. Was auch immer zwischen Silas und der Drachendame vorgefallen war, war passiert, bevor Cruz Silas kennengelernt hatte. Cruz wusste nur, dass er das Thema meiden musste, wenn er Verbrennungen dritten Grades entgehen wollte. Und er wusste auch, dass Moira Silas' Herz gequält hatte, bevor sie ihn völlig gefühllos für einen anderen Mann hatte sitzenlassen. So viel hatte Kai ihm erklärt, obwohl auch er nicht viel mehr wusste als das.

Moira ist oberflächlich, egozentrisch und manipulativ, hatte Kai einmal gesagt. *Die Frau ist Gift. Silas ist ohne sie besser dran.*

Cruz dachte darüber nach. Die meisten Männer waren ohne die Frauen, die sie sich als ihre Gefährtinnen wünschten, besser dran.

Nicht die meisten. Manche vielleicht. Schau dir doch nur Boone an. Nina ist perfekt für ihn, betonte sein Tiger. *Genauso wie Dawn perfekt für Hunter und Tessa perfekt für Kai ist. Sie waren noch nie zuvor so glücklich und ausgeglichen.*

Glücklich. Ausgeglichen. Cruz wiederholte die Worte in Gedanken. Nur weil es ein paar Pärchen gab, die tatsächlich wie füreinander geschaffen waren, bedeutete das nicht, dass es das Schicksal mit allen so gut meinte. Seine Freunde waren bei Weitem die Ausnahmen, verdammt. Er hatte jedenfalls nicht vor, eine Frau dermaßen anzuhimmeln.

Warum musstest du dann so oft blinzeln, als wir Jody zurückgelassen haben? fragte sein Tiger. Der Klugscheißer.

„Wenn Moira darin verwickelt ist … “, murmelte Silas, der nun in seinen eigenen Gedanken verloren war.

„Elements ist aber ein ziemlich geläufiges Thema“, betonte Cruz.

Silas starrte in die Nacht hinaus. „Sie hat immer genauso darüber gesprochen, wie Jody es beschrieben hat. Mit Fotoshootings an verschiedenen Orten. Models mit unterschiedlichem Aussehen, die je eines der Elemente repräsentieren.“ Er sah zwanzig Jahre älter aus, als er sein Gewicht von einem Fuß auf den anderen verlagerte. „Und was Jody darüber sagte, dass die Kampagne nicht genügend Aufmerksamkeit von der Presse bekommt … Moira liebt es, im Mittelpunkt aller Aufmerksamkeit zu stehen. Sie würde alles dafür tun. Und dann kommt noch hinzu, dass sie einen Saphir erwähnt hat … “

„Glaubst du, es könnte ein Seelenstein sein?“

Bei der Erwähnung der längst verschollenen Edelsteine mit magischen Kräften presste Silas seine Lippen zu einer dünnen Linie zusammen. „Wertvolle Juwelen kommen nicht einfach so zufällig vorbei. Es könnte durchaus sein, dass die anderen Seelensteine ihn rufen.“ Er blickte zu dem Hügel hinauf, an dem sich sein Haus befand. Irgendwo in der Felsenklippe hinter dem Haus befand sich der Standort seines Drachenhortes. Zumindest vermutete Cruz dies. Drachen liebten Schätze. Obwohl der größte Teil von Silas' Erbe von einem Drachenlord namens Drax gestohlen worden war, nahm Cruz an, dass der Gestaltwandler irgendwo ein paar Schatztruhen mit glitzernden Edelsteinen und Gold herumliegen haben musste. Das und die drei Seelensteine, die er im Auftrag der Frauen von Koa Point weggeschlossen hatte. Tessa, Nina und Dawn hatten alle ihr Leben riskiert, um diese Steine – einen Smaragd, einen Rubin und einen Amethyst – zu bekommen.

„Der Lebensstein, der Feuerstein und der Erdstein sind sicher hier“, fuhr Silas fort. „Es sind nur noch zwei der fünf Steine übrig. Der Windstein und der Wasserstein – ein Saphir.“

„Wasserstein?“ Cruz stellte sich ein Juwel vor, das Monsterwellen und Todesstürme heraufbeschwören konnte. „Wollen wir es wirklich mit einem weiteren Seelenstein aufnehmen?“

„Haben wir eine Wahl?“, erwiderte Silas schnippisch.

Cruz biss sich auf die Zunge. Er kannte seinen früheren Befehlshaber nur gelassen, gesammelt und berechnend. Aber Silas knirschte den Kiefer von links nach rechts, während er mit den Fingern nervös auf die Tischplatte trommelte. Hatte ihn die Last der Verantwortung schließlich mürbe gemacht? Cruz hatte dies noch nie zuvor in Betracht gezogen. Jetzt, als er darüber nachdachte, wurde ihm bewusst, dass ihre kleine Gemeinde am Koa Point schnell anwuchs. Hunter und Dawn gingen die Dinge langsam an, aber jeder wusste, dass es nur eine Frage der Zeit war, bis Boone und Nina – oder Kai und Tessa – Kinder bekommen würden. Dies lud in einer zutiefst beunruhigenden Zeit eine ganz neue Dimension von Verantwortung auf Silas' Schultern. Die Welt war ohnehin schon ziemlich chaotisch, aber die Frage der Seelensteine verkomplizierte alles exponentiell. Jeder skrupellose, gierige Gestaltwandler auf der Welt wäre hinter dem nächsten Edelstein her, der auftauchte.

Aber in Silas' Augen war mehr als nur Sorge zu sehen. Da war auch Schmerz. Moira musste ihn ziemlich übers Ohr gehauen haben, um Silas derart aufzuwühlen.

Cruz neigte den Kopf und sah Silas nun in einem neuen Licht. Ein sterblicher Mann, keine Maschine. Ein Mann, der genauso wie Cruz seinen Kopf – und sein Herz – verlieren konnte.

Noch ein Grund mehr für Cruz, sich der törichten Vorstellung einer Schicksalsgefährtin zu widersetzen.

Aber ... aber ... Sein innerer Tiger protestierte.

„Gleich morgen früh werde ich den Kellner ausfindig machen." Er stellte gedanklich eine Liste zusammen. „Dann werde ich im Wald herumschnüffeln, dort wo ich den zweiten Schützen gesehen habe. Vielleicht kann ich die Fährte seines Geruchs aufspüren."

Silas nickte. „Wir müssen Jodys Hintergrund überprüfen und uns auch diese Elements Kampagne genauer ansehen." Seine Stimme wurde rau und bitter.

„Glaubst du wirklich, dass Moira etwas damit zu tun haben könnte?"

Silas blickte auf die Palmen, die sich sanft in der nächtlichen Brise wiegten. „Ich weiß es nicht. Aber dieses Mal überlasse ich nichts dem Zufall."

Kapitel 6

Jody hatte nicht gelogen, als sie erwähnte, dass sie an ein paar wirklich ausgefallenen Orten geschlafen hatte. Aber eine Nacht in einem Baumhaus …

Zunächst lag sie mit weit offenen Augen auf dem Futonbett. Das Moskitonetz, das elegant um das Bett drapiert war, schloss die Insekten aus, jedoch nicht die Geräusche und Gerüche – und vor allem nicht die tanzenden Schatten der Nacht.

Ihre Nase zuckte vom würzigen Duft des Urwalds und ihre Ohren lauschten dem vielschichtigen Chor von Insekten und Vögeln. Ihr Blick huschte zu jedem raschelnden Blatt oder schwankendem Ast. Aber die Atmosphäre beruhigte sie eher, als dass sie sie beängstigte, und schon bald war sie eingeschlafen. Während sie schlief, wurde sie Zeugin des verrücktesten Durcheinanders von Träumen, das sie je erlebt hatte.

Sie hatte beängstigende Träume, in denen überall Schüsse fielen, und egal wie sehr sie es auch versuchte, sie konnte ihre Beine nicht bewegen. Aufregende Träume, in denen ein Sportwagen so schnell eine Autobahn entlangraste, dass die Sterne verschwammen. Verwirrende Träume, in denen ein ihr unbekannter Mann wie der engste Freund erschien, den sie je hatte, während sie ihren Freunden nicht trauen konnte. Auch sinnliche Träume – davon, sich mit einem dunkelhaarigen Mann mit grünlichgelben Augen, dessen sanfte Liebkosungen sie in nie gekannte Höhen trieben, im Bett herumzurollen.

Sie wachte kurz auf, schlief aber sofort wieder ein und tauchte in eine neue Runde von Träumen ein. In einem davon surfte sie vor der Kante einer perfekten, aquamarinblauen Welle. In einem anderen fegte sie den Fußboden des Geschäfts ihres Vaters mit einem stetigen zisch, zisch, zisch. Und in noch einem anderen ...

Jody wachte plötzlich auf und keuchte. Sie war im Traum Angesicht zu Angesicht mit einer riesigen, gestreiften Katze gekommen. Ein Tiger.

Sie blinzelte in die Dunkelheit. Heilige Scheiße. Wo war sie? Und was war dieses schnurrende Geräusch, das wie ein Bass im Orchester der Nacht erklang.

Etwas bewegte sich unter ihrer Hand und erschreckte sie. Aber es war nur ein winziges Kätzchen, das gähnte, blinzelte und sofort wieder einschlief.

„Keiki", murmelte sie und fügte ihre Erinnerungen wieder zusammen. Keiki war der Name des Kätzchens und sie befand sich auf Maui. Aber wow. War ein so winziges Wesen tatsächlich in der Lage ein so lautes Geräusch von sich zu geben? Oder hatte sie diesen anhaltenden, knurrenden Ton auch nur geträumt, so wie sie vom Gesicht des Tigers geträumt hatte?

Bäume schlossen sich über ihr und um sie herum und im Unterholz bewegte sich etwas. Etwas *Großes*. Oder war auch das ein Werk ihrer Fantasie? Eine der Plattformen über ihr schwankte, so als wäre sie erst kürzlich verlassen worden. Sie saß dort und starrte hinauf, während sie mit klopfendem Herzen das Laken an ihre Brust klammerte – teilweise aus Angst, aber auch aus Aufregung. Wie wäre es wohl, einem wilden Tier in der Natur so nahe zu kommen?

Sie schätzte, es wäre dem Surfen ähnlich. Dem Hochgefühl, das ihr niemals langweilig wurde, egal wie oft sie die noch nicht gebrochenen Wellen hinunterrauschte.

Sie lag noch eine Weile wach, bevor sich ihre Augenlider wieder schlossen. Als sie die Augen das nächste Mal öffnete, sangen die Vögel aus vollster Brust und läuteten den Morgen ein. Tatsächlich war es spät am Morgen – viel später als sie üblicherweise aufwachte. Es war jedoch auch eine höllische Nacht gewesen. Zwei Männer hatten versucht sie zu töten und einer von ihnen hatte sie schließlich mit nach Hause genommen.

Sie lachte laut auf. Wie sollte sie das ihrem Vater erklären?

„Dad!“, krächzte sie und reagierte plötzlich ängstlich. Hatte er von der Schießerei gehört? Machte er sich Sorgen? Schnell stand sie auf und suchte nach einem Telefon. Aber abgesehen von ein paar Lampen schien das Baumhaus keinerlei Strom zu haben.

Ein Stuhl war neben das Bett gezogen worden, auf dem sich ein Stapel mit Kleidung und ein Handtuch befand. Es war also tatsächlich jemand da gewesen, wenn auch kein Tiger. Sie griff nach den akribisch genau zusammengefalteten Kleidungsstücken und hob ein blaues T-Shirt an ihre Nase. Sie hoffte fast, dass es genauso gut roch wie das T-Shirt, in dem sie geschlafen hatte. Dem T-Shirt, das Cruz ihr gegeben hatte, haftete ein schwacher verlockender Hauch des Mannes an, und sie hatte sich die ganze Nacht darin eingekuschelt. Aber diese Kleidungsstücke rochen blumig frisch und nach Waschmittel, genau wie die kurze sportliche Hose und das Handtuch. Wirklich schade.

Sie nahm alle drei und lief herum. Im Bad gab es nur eine Toilette und ein Waschbecken, aber das leise Plätschern von Wasser lockte sie auf einen Pfad durch den Wald. Ein Pfad, der gerade breit und hoch genug war, dass sie entlangwandern konnte, ohne Blätter zur Seite schieben zu müssen. Jody schlenderte hierhin und dorthin und schaute sich um. Dieser Ort war wie eine Voliere – üppig, grün und lebendig mit einer Vielzahl von Vogelstimmen. Dann mündete der Pfad auf eine Lichtung und …

„Oh“, flüsterte sie entzückt.

Ein gurgelnder Strom staute sich in einer Reihe von Lavasteinen und schuf ein flaches Becken, das breit genug war, um in ein oder zwei Zügen hindurch zu schwimmen.

„Das ist ja unglaublich.“ Neben dem Wasserfall, der das Becken speiste, entdeckte sie ein Stück Seife und eine Flasche Shampoo. Das war Cruz’ Dusche?

Sie drehte sich langsam um und blickte zurück auf das Baumhaus mit seinen spinnennetzartig miteinander verbundenen Plattformen.

„Wahnsinn.“

Dieser ganze Ort ließ sie wie Robinson Crusoe fühlen – Robinson Crusoe im Luxusstil, so als hätte der Schiffbrüchige jahrelang Zeit gehabt, um das perfekte zweite Zuhause zu schaffen. Und Cruz hatte all dies selbst gebaut. Wer hätte gedacht, dass ein so schroffer, grimmiger Mann einen Garten Eden für sich selbst schaffen würde?

Vielleicht gab es im mysteriösen Mr. Khala ja doch einen Funken Hoffnung. Vielleicht gab es sogar eine Prise Optimismus in einem Mann, der sich in seiner eigenen Haut nicht völlig wohl zu fühlen schien. Ein Mann, der ein Kätzchen so zärtlich festgehalten und dabei die Augen geschlossen hatte, als wünschte er sich auf einen unsichtbaren Stern.

„Cruz Khala“, murmelte sie vor sich hin.

Auftragskiller? Retter? Architekt? Etwas von alledem, entschied sie. Zu Beginn hatte sie Angst vor ihm gehabt, aber alles, was er seit gestern Abend getan hatte, gab ihr das Gefühl, beschützt anstatt bedroht zu werden. Ja, sie hatte Menschen in der Vergangenheit zu schnell vertraut, aber ihr Herz und ihre Seele beharrten darauf, dass sie Cruz vertrauen konnte. Dass sie ihm vertrauen *musste*, um zu überleben.

Sie sah sich um. Dieser Ort konnte nicht abgeschiedener sein. Also zog sie sich aus und quietschte beim ersten Kontakt mit dem kalten Wasser. Langsam ließ sie sich hinabsinken und auf dem Rücken treiben. Sie betrachtete dabei den kleinen Fleck blauen Himmels, der durch das dichte Blätterdach über ihr sichtbar war. Doch ganz egal, wie sehr sie auch versuchte, ihre Gedanken freizubekommen, sie schweiften immer wieder zurück zu den widersprüchlichen Facetten von Cruz.

Sie seifte sich ein und wusch sich die Haare mit der biologisch abbaubaren Seife – ein Beweis dafür, dass Cruz nicht nur ein Herz für pelzige Kätzchen hatte, sondern auch für die Natur. Dann tauchte sie ein, um sich abzuspülen. Das Wasser fühlte sich frisch, sauber und weicher an als das Salzwasser, in dem sie so viel Zeit verbrachte. Insgesamt war es leicht – zu leicht – in diesem Becken zu entspannen und sich an die besten Teile ihrer Träume zu erinnern. Besonders an die sinnlichen Teile. Jody fuhr sich mit den Händen über den Körper und sagte sich dabei selbst, es ginge nur um Hygiene und nicht um eine heiße Fantasie. Eine Fantasie davon, wie ihr Gastgeber leise hinter ihr ins Wasser trat und ihr den Rücken einseifte. Wie er seine Hände über ihre Haut gleiten ließ ... mit den Lippen ihre Schulter berührte ... die Hände tiefer gleiten ließ ...

Sie schloss die Augen und erinnerte sich an das tiefe, knurrende Geräusch aus ihrem Traum. Es bildete den perfekten Hintergrund für die zunehmend heißeren Bilder, die ihr durch den Kopf gingen.

Ein Vogel flatterte auf, zwitscherte überrascht, und Jody erhob sich mit Wasser um sich spritzend in eine sitzende Position. Uff. Was war es an diesem Ort – und mit diesem Mann – das den Höhlenmenschen in ihr weckte? Und warum fühlte sie sich so beobachtet?

„Guten Morgen", ertönte eine tiefe Stimme vom Pfad aus.

Jody verschränkte die Arme über der Brust und wirbelte herum. Sie war sich nicht sicher, ob sie die Person grüßen oder anschreien wollte. Es war Cruz, der dort auf dem Pfad stand. Scheiße. So viel dazu, ihm zu vertrauen.

Aber der Mann sah so aus, als hätte er die ganze Nacht kein Auge zugetan, und schien wirklich überrascht zu sein, sie in seinem Pool zu finden – und noch dazu nackt.

„Guten Morgen", schaffte sie es zu sagen und war fest entschlossen, nicht nervös zu werden. Noch nicht einmal mit dem Mann, über den sie soeben fantasiert hatte. „Ich liebe Ihre Badewanne."

„Pool", korrigierte er sie mit einem leicht finsteren Blick.

„So friedlich. So privat", fügte sie hinzu und warf ihm einen Blick zu.

Der Hauch eines Lächelns zuckte an seinen Mundwinkeln, bevor er es schnell wieder verbarg. Der Mann konnte also wirklich lächeln. Konnte er auch lachen?

Sie streckte einen Arm aus, wobei sie darauf achtete, mit dem anderen ihre Brust zu bedecken. „Möchten Sie einer Dame ihr Handtuch reichen?" Sie schimpfte innerlich sofort mit sich selbst. Er war nicht irgendein Kerl, der wie sie auf ein paar gute Wellen wartete, und mit dem sie an einem sicheren öffentlichen

Ort herumscherzen konnte. Er war ein vollkommen Fremder und sie war ihm ausgeliefert.

Eine leise knurrende Antwort erklang aus seiner Brust. „Fangfrage?“

Sie lachte laut auf. „Nein.“

Seine Augen blitzten auf und sie fragte sich eine Sekunde lang, ob er ihre Gedanken lesen konnte.

Dann räusperte sie sich und fing sich wieder. „Ich hole es mir selbst.“

„Sicher.“ Er breitete die Arme weit aus, als wollte er sie herausfordern, voll sichtbar, tropfend und nackt vor ihm aus dem Pool zu klettern.

Als ob. Sie zeigte mit dem Finger auf ihn und drehte ihn im Kreis. „Und da Sie solch ein Gentleman und fabelhafter Gastgeber sind ... “

Cruz zog ein Gesicht, das sagte: *Ganz sicher nicht.*

„... werden Sie sich umdrehen. Jetzt.“ Sie ließ das letzte Wort wie einen Befehl klingen und tat ihr Bestes, dabei so auszusehen, als könne sie ihm die Augen auskratzen oder ihm mit bloßen Händen die Eier zerquetschen. Kurz gesagt, wie eine Frau, mit der man sich nicht anlegen sollte. Noch nicht einmal, wenn man ein knallharter Kerl wie er war. Was war schon dabei, dass sie nackt und im Grunde wehrlos war? Es war alles eine Frage der Einstellung.

Langsam nickte Cruz und drehte sich um.

Puh.

„Was für ein Gentleman“, murmelte sie, als hätte sie es die ganze Zeit über gewusst.

Cruz knurrte vor sich hin: „Was für eine Dame.“

Touché, hätte sie fast gekichert. *Touché*.

Irgendwie machte es Spaß, ihn zu provozieren. Sie wusste, dass sie mit dem Feuer spielte, konnte aber trotzdem nicht widerstehen.

Tropfend erhob sie sich. Bei einem Fotoshooting in der vorherigen Woche hatte sie sich unsicher gefühlt, egal wie sehr sie der Fotograf gedrängt hatte, sich sexy zu verhalten. Jetzt fühlte sie sich weiblich. Wunderschön. Fast sogar begehrenswert.

Sie fing sich wieder. Großer Gott. Jede vernünftige Frau würde auf die offenkundigen Alarmglocken hören, die ein Mann wie Cruz auslöste. Aber ihr Instinkt zog sie zu ihm, so als wäre er ... als wäre er ihr Schicksal.

Sie schob den Gedanken beiseite und nahm sich vor, sich diese sündige Hitze für das nächste Mal, wenn sie vor einer Kamera posieren musste, aufzuheben. Jetzt musste sie sich anziehen – und zwar schnell.

Sie wickelte sich in das Handtuch und rief: „Ich nehme nicht an, dass man beim Zimmerservice im *Chez Cruz* eine Haarbürste bestellen kann?“

Er drehte sich um, strich sich über das unordentliche Haar, das bis zu seinem Kragen reichte, und öffnete den Mund, um ihr zu antworten. Aber es kamen keine Worte heraus. Er stand einfach nur da und genoss ihren Anblick.

Jody holte tief Luft und starrte zurück. Der Wald schwieg – entweder das, oder ihre Ohren funktionierten nicht mehr. Ihre Stimme auch nicht, denn sie schaffte es nicht, auch nur ein Wort zustande zu bringen. Sie sah ihm tief in die Augen und hielt seinem Blick stand, während alles andere in Unschärfe verschwand. Und wieder stieg ihr ein leises, schnurrendes Geräusch in die Ohren. So leise, als würde die Erde nach ihr rufen. Aber was sagte sie? Sie bemühte sich, die Botschaft zu hören.

Er ... ist ... dein ...

Er ist was? Mein was? wollte sie schreien.

Cruz' Augen leuchteten wie aus einer anderen Welt und seine Brust hob und senkte sich mit tiefen, gleichmäßigen Atemzügen. Jody hielt ihr Handtuch noch fester. Hatte er das Flüstern auch gehört?

Was? wollte sie schreien. *Er ist mein, was?*

Was auch immer es war, kratzte unter der Oberfläche ihres Geistes, raste hinauf, um sich zu offenbaren, bevor es dann doch wie eine Welle über den Strand davonrollte. Ihr Herz schlug schneller und ihre Atemfrequenz erhöhte sich. Ein brummendes Geräusch drang an den Rand ihres Bewusstseins, das zu einem wütenden Summen wurde, bis sie ihren Blick von Cruz abwandte und hinaufblickte.

Über ihnen schwebte ein Hubschrauber. Und *puff!* der Zauber war verschwunden.

Cruz fluchte leise vor sich hin.

„Ihr Hubschrauber?“, fragte sie und wünschte sich, sie könnte in der Zeit zurückgehen, um herauszufinden, was soeben zwischen ihnen passiert war.

„Nein. Ein Touristenrundflug.“ Er sah sie mit traurigen Augen an, so als hätte er sich auch noch eine weitere gemeinsame Minute mit ihr gewünscht. „Sind Sie fast fertig?“

Sie nickte und zog das Handtuch höher. „Noch eine Minute, dann bin ich angezogen.“

Er nickte und drehte sich, nun wieder ganz kalt und hart, um. Aber jetzt, da sie einen kleinen Blick auf seine geheime, weichere Seite geworfen hatte, ließ sie sich nicht mehr täuschen.

Sie zog sich schnell die Kleidung an, kämmte sich mit den Fingern durchs Haar und ließ ihre Füße in den Blättern rascheln, um ihm das Zeichen zu geben, dass sie fertig war. Als Cruz sich umdrehte, wanderte sein Blick über ihren Körper. Sie hatte ihm absichtlich ihre rechte Seite zugedreht, um die lange, hässliche Verbrennungsnarbe entlang ihres Beines zu enthüllen. Eine Narbe, die vor sehr langer Zeit von einem Küchenunfall verursacht worden war. Ihren Surfer-Freunden machte sie überhaupt nichts aus, während Richard und der Fotograf von Elements die Stirn gerunzelt hatten, als würde es sich um einen tödlichen Makel handeln. Sie sorgten immer dafür, dass die Narbe in keiner der Aufnahmen zu sehen war. War Cruz nur ein weiterer Mann, der gern äußerlich perfekten Frauen nachjagte, anstatt Interesse an ihrem wahren Ich zu zeigen?

Sein Blick wanderte an ihrem Körper auf und ab. Er wurde an der Narbe kaum langsamer und ruhte schließlich auf ihrem Gesicht. Seine Lippen bewegten sich, aber dann blickte er stumm zu Boden.

Eine Minute später kratzte er mit dem Fuß über den Boden. „Bereit zu gehen?“

„Bereit“, murmelte sie, obwohl sie sich nicht sicher war.

Kapitel 7

Als Cruz sich auf den Weg machte, folgte Jody ihm. Sie drückte ihre Schultern durch, als sie die Holzbrücke überquerten. Es war an der Zeit, sein kleines Versteck zu verlassen und sich der realen Welt zu stellen. Sie warf einen Blick auf sein Gesicht, aber es war unergründlich.

Wege schlängelten sich hier und dort entlang um Rasenflächen und Baumgruppen herum. Die meisten von ihnen schienen auf die grasbedeckte Struktur zuzulaufen – dem zentralen Punkt des Anwesens, wo sie am Abend zuvor Silas kennengelernt hatte. Alles fühlte sich so surreal an. Erst am Vorabend war sie den Schüssen entkommen. Und an diesem Morgen stand sie barfuß im Gras auf einem luxuriösen Anwesen.

„Also … Koa Point, hm? Was bedeutet Koa?“

Seine Stimme war ein tiefer Bass, fast unmöglich zu hören. „Es ist eine Eliteklasse von Kriegern, benannt nach der härtesten aller Holzarten.“

Ihr Blick huschte über seinen durchtrainierten Körper. Ja, *Koa* passte auf jeden Fall.

„Silas ist in seinem Haus und überprüft ein paar Unterlagen“, murmelte Cruz als Antwort auf ihre unausgesprochene Frage.

Sie blieb stehen und stemmte die Hände in die Hüften. „Wessen Unterlagen überprüft er denn? Meine?“

Cruz machte eine vage Geste und zuckte vor Schmerz zusammen. Sie suchte seinen Rücken nach irgendeinem Anzeichen der Wunde ab, die er sich zugezogen hatte. Aber sie konnte nichts anderes ausmachen, als ausgeprägte Muskeln, die sein T-Shirt dehnten.

„Geht es Ihnen wirklich gut?“

„Warum sollte es mir nicht gut gehen?“

„Nun, Sie wurden angeschossen.“

Er zuckte mit den Schultern. „Wie ich schon sagte. Die Kugel hat mich kaum gestreift.“

„Stimmt. Na sicher. Kaum gestreift“, murmelte sie.

Aber Cruz bog einfach auf einen anderen Pfad ab – weg vom Gemeinschaftshaus und hin zur Garage. „Also ... wir fangen in Ihrer Unterkunft an ... “

Ihr Magen knurrte und sie errötete.

Cruz neigte den Kopf. „Verdammt. Ich habe Sie nicht gefüttert, nicht wahr?“

Sie verschränkte die Arme. „Hey, ich bin doch kein Zootier. Und machen Sie sich keine Sorgen. Ich komme schon zurecht.“

Sein Blick verdunkelte sich. „Machen Sie keine Witze über Zootiere.“ Mit einer Geste seiner großen Hand bedeutete er ihr, zum Gemeinschaftshaus zurückzukehren.

Jody mochte den Gedanken an eingesperrte Tiere auch nicht, aber wow. Cruz war diesbezüglich wirklich empfindlich. Der Mann schien bezüglich vieler Dinge empfindlich zu sein. Sie folgte ihm in einiger Entfernung, nur für alle Fälle.

„Es ist wirklich in Ordnung. Ich glaube, ich habe in der Wohnung eine Kleinigkeit zu essen ... “ Das hatte sie nicht, aber sie wollte keine große Sache daraus machen.

Cruz betrat den funkelnden Küchenbereich des Gemeinschaftshauses. „Sind Haferflocken in Ordnung?“

Sie nickte und hätte erwartet, dass er einen Fertigbeutel in die Mikrowelle warf. Dann stand sie erstaunt dort, als er ein halbes Dutzend frischer Zutaten hervorholte und begann, eine Mango zu schälen.

„Mögen Sie Mango und Kokosnuss?“, fragte er.

„Sicher.“ Sie versuchte, ihn nicht anzustarren. Dieser Mann war ein wandelnder Widerspruch. Sie hätte ihn für einen hastigen Typen gehalten, der nur schnell etwas Milch über sein Müsli schütten würde. Aber tatsächlich war alles in ihrem Blickfeld ein Widerspruch – sogar der Kühlschrank. Bis jetzt hatte sie nur Cruz und Silas auf dem Anwesen gesehen – zwei große, harte Kerle, die nicht gerade sentimentale und soziale Schwingungen ausstrahlten. Doch die Edelstahltüren des Kühlschranks waren mit Smiley-Magneten, Rezeptkarten und Fotos dekoriert. Sie lehnte sich vor und betrachtete den Schnappschuss eines glücklichen Paares, das Seite an Seite am Strand saß. Auf einem anderen Foto waren einen Mann und eine Frau zu sehen, die im Cockpit eines Hubschraubers die Daumen hochstreckten. Ein drittes Foto zeigte eine auffällig schöne Frau in einer Polizeiuniform mit einem riesigen Mann an ihrer Seite. Jody war sich sicher, dass im Hintergrund die gewölbte Garage zu sehen war, in der Cruz am Abend zuvor geparkt hatte. Waren diese Leute Besucher oder teilten sie sich das Anwesen mit Cruz und Silas? Und wenn es so war, war einer von ihnen der Eigentümer?

Am Kühlschrank hing ebenfalls ein ausgeschnittener Zeitungsartikel, der die verkohlten Überreste eines Hubschraubers zeigte. Jemand hatte zwei Zeilen mit rot unterstrichen – *Feuriger Absturz auf Molokini. Pilot war nicht in der Lage, die Kontrolle zurückzugewinnen.* Daneben stand gekritzelt: *Toll geflogen, Kai.*

Es war eine freundliche Stichelei unter Freunden, vermutete sie. Sie sah Cruz erneut an. Etwas sagte ihr, dass er ein großartiger Freund wäre – und ein bitterer Feind.

„Wenn Sie einen Smoothie wollen, bedienen Sie sich.“ Cruz zeigte auf den Mixer und einen Obstkorb.

Es war fast unheimlich, dass der Mann alle ihre liebsten Dinge zum Frühstück zu kennen schien.

Schicksal, flüsterte eine leise Stimme in ihrem Kopf.

Sie schüttelte den Kopf und nahm sich vor, nicht auf das Geräusch der Palmwedel zu hören, die im Wind rauschten. Cruz stellte einen Topf auf den Herd, während sie einen Smoothie aus Pampelmuse, Blutorangen und den Erdbeeren zubereitete, die sie auf Cruz' Hinweis im Kühlschrank gefunden hatte.

„Was sagt die Polizei zum gestrigen Abend?“ Sie füllte die geschnittenen Früchte in den Mixer. Und wow. Es war viel zu leicht, sich hier wie zu Hause zu fühlen und so, als würden sie und Cruz jeden Morgen Seite an Seite Frühstück zubereiten.

„Sie halten es unter Verschluss, zumindest im Moment. Sie haben allerdings jemanden verhaftet.“

Sie erstrahlte. „Großartig! Dann bin ich jetzt sicher, ja?“

Cruz schüttelte in einer knappen Verneinung kurz den Kopf, als er die Flamme des Herdes einstellte. „Das bezweifle ich. Sie haben einen der Angestellten des Resorts verhaftet."

„Und?"

Er verzog das Gesicht. „Es ist einer der Parkwächter, Toby. Der Typ würde keiner Fliege etwas zuleide tun."

Sie fügte Saft hinzu und drückte auf den *An*-Knopf, was das summende Geräusch des Mixers durch den Raum klingen ließ. Sobald der Motor gleichmäßig dröhnte, schaltete sie ihn aus, öffnete den Deckel und leckte einen Spritzer des Gemisches von ihrem Finger.

„Ich fühle mich wie ein Vampir", scherzte sie und leckte den leuchtend roten Saft von ihren Lippen. „Möchten Sie welchen?"

Cruz starrte sie an, bevor er seinen Blick wieder zum Topf herumriss.

Was? wollte sie fragen. *Was habe ich denn gesagt?*

Aber Cruz war kein Mann, den man drängen durfte, also trank sie schnell ihren Smoothie und sprach erneut über das Objekt der polizeilichen Untersuchung. „Warum sollten sie den Parkwächter verhaften, wenn er unschuldig ist?"

Cruz zuckte mit den Schultern. „Entweder sind sie Idioten oder es wurde Toby angehängt."

„Ihm angehängt?", Sie hätte sich fast verschluckt. „Wer würde denn so etwas tun?"

Cruz sah sie mit mattem Blick an. „Wie wäre es mit denselben Leuten, die Sie tot sehen wollen? Dieselben Leute, die dafür gesorgt haben, dass ich falsche Informationen bekommen habe. Wer weiß denn schon, wie weit die gehen würden?"

Dabei verlor sie ihren Appetit. Aber ein Hauch des Geruchs der Haferflocken ließ sie wieder hungrig werden. Sie schwieg und nippte an ihrem Smoothie, während Cruz den Haferbrei zu Ende kochte und sie – erneut – überraschte, als er ihn in eine Plastikschüssel füllte.

„Können Sie unterwegs essen? Wir müssen Ihre Unterkunft überprüfen, bevor es jemand anderes tut."

„Sicher", sagte sie und wurde nun erneut besorgt.

Der Mann war ihr wirklich ein Rätsel – in einer Sekunde war er schroff und in der nächsten nichts als rücksichtsvoll.

Sie beeilte sich, ihm zur Garage zu folgen, wobei sie unterwegs einen Löffel Haferbrei kostete. Er war warm, süß und reichhaltig. Genau das Richtige, um sie auf einen Tag einzustimmen, der ganz sicher nicht leicht werden würde.

Cruz führte sie in die letzte Bucht an der linken Seite der langen gewölbten Garage. Mit einer Handbewegung bedeutete er ihr, in den Wagen zu steigen – dieses Mal in ein rotes Ferrari Cabriolet. Der Lamborghini stand daneben und in der Garagenbucht nebenan befand sich ein Oldtimer Jaguar. Wie viele Wagen besaß der Mann denn? Oder gehörten sie Silas – oder wer auch immer dieses Anwesen sein Eigen nannte?

„Das mache ich auch immer“, witzelte sie.

Cruz warf ihr einen fragenden Blick zu.

„Jeden Tag ein anderes Auto fahren. Aber dienstags ist immer Rolls Royce-Tag. Ich hebe mir meinen rosa Ferrari für freitags auf.“

In Wahrheit hatte sie kaum die Hälfte ihres zehn Jahre alten Chevys abbezahlt, aber es war schön, so zu tun, als ob.

Cruz sah sie einen Augenblick lang an. „Mittwoch ist Rolls Royce-Tag.“

Sie starrte ihn an und brach in Gelächter aus. „Du machst wohl Witze.“

Er schenkte ihr ein winziges Grinsen. „Ja. Aber im Ernst – wir brauchen ein anderes Fahrzeug, nur für den Fall, dass uns gestern Abend jemand in dem Lamborghini gesehen hat.“

„Oh.“ Vielleicht war er ja wirklich ein Detektiv oder Privatermittler oder so etwas.

Sie ging zur Beifahrerseite herum und versuchte, cool zu wirken. Als sie sich setzte, drückte sie die Knie zusammen. Sollte sie mit dem Haferbrei kleckern, würde er so auf ihr und nicht auf dem Ledersitz landen.

„Warum sollte die Polizei Dinge geheim halten?“, fragte sie, als Cruz sich mit einer geübten Bewegung in das tief liegende Fahrzeug gleiten ließ.

Er reichte ihr die Handtasche, die sie am Vorabend in dem anderen Auto liegengelassen hatte, und sie errötete aus irgendeinem Grund.

„Ich glaube nicht so sehr, dass sie es sind, sondern eher der Kapa'akea Klub", erwiderte er. „Sie scheinen ihr Bestes zu tun, um alles zu vertuschen."

„Sie versuchen einen Mordversuch zu vertuschen? Würden die Gäste denn nicht Fotos auf sozialen Plattformen veröffentlichen und allen ihren Freunden davon erzählen?"

Cruz ließ den Motor an und fuhr mit quietschenden Reifen rückwärts aus der Garage. Jody hielt die Haferflocken fest, als er in der Einfahrt zum Tor hinauf beschleunigte.

„Diese Klubmitglieder sind nicht die Typen, die diese Art Nachricht verbreiten würden, das können Sie mir glauben. Da dort nächsten Monat ein professionelles Golfturnier stattfinden soll, sind sie wahrscheinlich besorgt, Leute abzuschrecken." Er schüttelte angewidert den Kopf. „Sie lieben es, Leute aus ihrem Klub auszuschließen, wollen aber gleichzeitig damit angeben."

„Im Ernst?"

„Im Ernst."

Das Tor zum Anwesen schloss hinter ihnen und einen Augenblick später raste Cruz bereits die Straße hinunter.

„Oh!", kreischte sie zwischen zwei Löffeln von Haferflocken. „Mein Vater. Ich sollte ihn anrufen, falls er sich Sorgen macht."

„Ich bezweifle, dass er etwas gehört hat, aber Sie können trotzdem anrufen."

Sie zog ihr Handy heraus, als Cruz einen Gang höher schaltete und die Hauptstraße entlangraste. Sie ignorierte die Liste verpasster Anrufe, wählte und wartete, während sie in das grelle Sonnenlicht blinzelte, das vom Ozean reflektiert wurde.

„Wild Side Surf Shop. Hallo?"

Jody konnte sich ein Grinsen nicht verkneifen. „Hi, Dad. Ich wollte mich nur kurz melden."

Sie wartete darauf, dass er in besorgt väterliches Gezeter ausbrach, aber anscheinend hatte Cruz recht. Die Schießerei war tatsächlich unter Verschluss gehalten worden.

„Hallo meine Süße. Wie geht es dir? Überlebst du deinen Model-Job?"

Jody holte tief Luft. Sie hatte ihrem Vater nur deshalb von dem Modelvertrag erzählt, weil sie es nicht ertragen konnte, Geheimnisse vor ihm zu haben. Und er hatte seine

Enttäuschung recht gut versteckt. Er hatte sie immer davor gewarnt, sich an den Meistbietenden zu verkaufen, und sie hatte stets auf ihn gehört. Aber wenn sie sich sein Gesicht an dem Tag vorstellte, an dem sie ihren Gehaltsscheck mit ihm teilen würde, hellte sich ihre Stimmung wieder auf.

„Es ist fast geschafft."

„Hattest du schon Gelegenheit surfen zu gehen?"

Nicht annähernd genug. Jody drehte ihr Gesicht in Richtung See und roch die Meeresbrise. Sie konnte den Wellengang regelrecht spüren. „Ich hoffe, dass ich es heute schaffe."

„Dann mach ein paar gute Fotos, wenn du schon dabei bist. Der Laden braucht ein paar aufregende neue Aufnahmen in den vorderen Schaufenstern."

Der Wild Side Surf Shop, das wusste sie, brauchte viel mehr als ein paar aufregende neue Fotos, damit das Geschäft überlebte. Die Kunden waren ihnen treu und das Geschäft lief, aber seine erstklassige Lage an einem inzwischen trendigen Strandabschnitt machte den Laden anfällig für Übernahmeversuche durch größere Unternehmen.

„Ich verspreche es dir", sagte sie und fügte stillschweigend noch ein paar zusätzliche Versprechen hinzu. Mit dem Geld, das sie verdiente...

„Anständige Fotos", witzelte ihr Vater. „Keins von diesen Fotos, das nur – wie nennt man es heutzutage? – das nur deine Vorzüge zeigt. Keine Vorzüge, hörst du mich? Ich will Fotos, die zeigen, wie gut mein Baby surfen kann."

Jody lachte. „Ich werde dafür sorgen, dass meine Vorzüge bedeckt bleiben."

Cruz sah sie mit hochgezogener Augenbraue seitlich an. Sie zeigte nach vorn und murmelte: „Schauen Sie nach vorn."

„Ja, Ma'am", sagte er mit dem Anflug eines Grinsens.

„Ist jemand bei dir?", fragte ihr Vater.

Jody zuckte zusammen. Wie zum Teufel sollte sie das erklären? *Genau genommen sitze ich mit einem völlig Fremden in einem Ferrari. Ich habe die letzte Nacht tatsächlich in seinem Baumhaus geschlafen. Nicht, dass er mich angefasst hätte. Er hat mich nur dazu getrieben, die ganze Nacht über Sex zu fantasieren. Und er hat mir zum Frühstück Haferbrei gekocht, der fast so lecker ist wie der, den Mom früher immer zubereitet hat …*

Sie spitzte die Lippen und wechselte das Thema. „Ein Freund. Wie geht es Eileen?“

Der Tonfall ihres Vaters wurde dunkler. „Deiner Schwester geht es den Umständen entsprechend gut.“

Dem Umstand, dass ihre letzte Fruchtbarkeitsbehandlung fehlgeschlagen war, fügte Jody gedanklich hinzu. *Weitere paar tausend Dollar, die sie sich ohnehin nicht hatte leisten können, gingen damit den Bach runter.*

„Aber du kennst sie ja. Sie ist eine Monroe und sie gibt nicht auf. Sie erwägen andere Möglichkeiten.“

Möglichkeiten, die sich Eileen und ihr Mann nicht leisten konnten. Jody nickte und ballte ihre Finger zu einer Faust. Nun, sie war auch eine Monroe und auch sie würde nicht aufgeben. Aber sie wollte nicht ins Detail gehen – nicht, wenn Cruz neben ihr jedes Wort mithören konnte.

„Hey, ich lass dich besser gehen. Ich wollte nur schnell Hallo sagen“, sagte sie, als Cruz um eine weitere Kurve der Autobahn raste. „Bis ganz bald?“

„Bis bald, Süße. Hab‘ einen schönen Tag. Oh - und schau‘, ob du Teddy ausfindig machen kannst.“

Hoppla. Das hatte sie schon vergessen. Sobald sie etwas Freizeit hätte – und sich sicher war, dass niemand versuchte, sie umzubringen – würde sie, wie versprochen, die lebende Legende des Surfbrett-Shapings ausfindig machen.

„Das werde ich. Hab dich lieb. Tschüss.“

Ein Schmerz traf sie, sobald sie das Gespräch beendet hatte. Gott, es wäre so einfach, in ein Flugzeug zu steigen und nach Hause zu fliegen. So einfach, das zu tun, was sie am liebsten tat – ihrem Vater im Geschäft zu helfen und in ihrer Freizeit surfen zu gehen. Keine Fotoshootings, keine Verrückten, die versuchen würden sie zu töten, keine Wettkämpfe. Sie liebte das Surfen, aber nach drei Jahren in den Reihen der Profis hatte sie den hektischen Zeitplan und die langen Flüge langsam satt. Vielleicht war es an der Zeit, sich niederzulassen, ein ruhigeres Leben zu führen und selbst Surfbretter zu entwerfen.

Natürlich war Seal Beach nicht mehr der Ort, der er früher einmal gewesen war, und ein Teil von ihr sehnte sich nach einem ruhigeren Plätzchen. Mit einem langsameren Tempo.

Sie neigte den Kopf nach hinten und wandte ihr Gesicht der Sonne zu. Ein Ort wie Maui wäre schön. Vielleicht sogar mit einem Mann an ihrer Seite. Vielleicht könnte sie einen Job bei Teddy Akoa bekommen, Surfbretter entwerfen und Cruz öfter sehen. Kalifornien war ganz in Ordnung, aber Maui erschien ihr wie das Paradies.

Sie unterbrach ihre ausufernden Gedanken. In Kalifornien hatte zumindest noch nie jemand auf sie geschossen.

„Kennen Sie Teddy Akoa?“, fragte sie und aß noch einen Löffel Haferbrei.

„Meinen Sie Akoas Surf Fabrik?“ Cruz nickte. „Er ist ein komischer alter Kauz.“

Sie lächelte, denn ihr Vater hatte fast die gleichen Worte benutzt. Der Teil mit der *Fabrik* musste jedoch eine Übertreibung sein, denn Teddy Akoa produzierte nicht mehr als ein oder zwei Bretter pro Monat. Trotzdem war seine Arbeit Insidern auf der ganzen Welt bekannt.

„Ich war viermal auf Maui, aber es ist mir nie geglückt, ihn aufzuspüren. Stellt er wirklich maßgefertigte Surfbretter in einer Hütte am Strand her?“

Cruz zuckte mit den Schultern. „Es würde mich nicht überraschen. Er bleibt für sich. Er wohnt weiter unten an der Küste.“

Jody wünschte sich, Cruz könnte einfach umdrehen und sie dorthin bringen, damit sie den großartigen Mann selbst treffen konnte. Sie seufzte leise auf und schaute nach vorn, als sie sich mit der Realität abfand. Sie hatte keine Zeit für frivole Abstecher, nicht solange sie noch immer eine Zielscheibe auf dem Rücken hatte.

„Wann sollen wir in das Resort fahren?“, fragte sie.

Cruz schüttelte den Kopf. „Ich war schon dort.“

„Sie waren was?“ Jody warf einen Blick auf die Uhr am Armaturenbrett. Wann hatte er denn die Zeit dazu gefunden?

Cruz sprach ohne mit der Wimper zu zucken weiter. „Sie reden nicht. Der Kellner, der Ihnen das Getränk gereicht hat –

das Zeichen, dass Sie als Zielperson für mich identifiziert hat – sagt, er wäre von einem anderen Kerl damit beauftragt worden. Und dieser Kerl sagt, ihm wurde der Auftrag von noch einer weiteren Person gegeben, die sich zufällig nicht daran erinnern kann, wer das Getränk überhaupt für Sie bestellt hat."

Jody starrte ihn an. „Wann sind Sie heute Morgen aufgestanden?"

Den dunklen Ringen unter seinen Augen nach zu urteilen, hätte die Frage eigentlich lauten müssen, wie spät er am Vorabend zu Bett gegangen war. Cruz sagte jedoch kein Wort.

„Hey", flüsterte sie. „Danke. Für alles." Offensichtlich war der Mann nicht daran gewöhnt, sich um jemand anderen als sich selbst zu kümmern. Aber er versuchte, ihr zu helfen – das tat er wirklich. Er hatte sie vor einem bewaffneten Schützen gerettet, ihr angeboten bei sich zu übernachten, er hatte ihr Frühstück gemacht ...

Ohne nachzudenken berührte sie seinen Arm. Innerhalb zweier Herzschläge verblassten die Falten auf seiner Stirn. Er hörte auf, mit den Zähnen zu knirschen und Jody – nun, wow. Sie spürte es auch. Ein warmes Gefühl der Verbundenheit und des Wohlbefindens, das sie nicht erklären konnte. Sie schloss die Augen und atmete tief ein. So wie sie es tat, wenn sie den Frieden eines ruhigen Morgens an einem abgelegenen Strand willkommen hieß.

Wow. Cruz hatte wirklich eine Wirkung auf sie. Und sie scheinbar auch auf ihn.

Deine Mutter und ich ... wir wussten es einfach. Sie konnte sich an die Worte erinnern, die ihr Vater mit feuchten Augen gesprochen hatte.

Jody holte tief Luft. Ihr Vater glaubte an Seelenverwandte und ihre Großtante Tilda ging sogar noch einen Schritt weiter und schwatzte über das Schicksal. Aber Tilda glaubte an viele Dinge, wie auch Vampire, Geister und Meerjungfrauen, was nur bewies, wie verrückt sie war.

Jody hatte also nicht wirklich an das Schicksal geglaubt, aber verdammt. Jetzt war sie wirklich versucht.

Eine Hupe ertönte und sie öffnete gerade rechtzeitig die Augen, um Cruz dabei zu erwischen, wie er das Auto zurück in ihre Fahrspur lenkte. War auch er für einen Augenblick oder zwei wie weggetreten gewesen?

Oder drei ... oder vier ... denn als er sie ansah und sich ihre Blicke trafen, wurde die Welt schon wieder langsamer.

Tut! Tut!

Cruz konzentrierte sich erneut auf die Straße und starrte die nächsten paar Kilometer der kurvenreichen Küstenstraße stur geradeaus, bis die Apartments vom Honokowai in Sichtweite kamen.

„Das dort?" Er zeigte auf das vierte Gebäude und sprach in schroffen, abgehackten Silben.

Jody nickte und stieg aus dem Auto. Sie strich sich mit den Händen über die Arme und sah sich um, bevor sie mit Cruz zum Eingang des Gebäudes ging. Ihr gingen die Worte durch den Kopf, die er am Vorabend zu ihr gesagt hatte. *Was passiert, wenn der Schütze sie aufspürt?*

Cruz streckte den Hals. Mit zusammengekniffenen Augen und professionellem Blick beäugte er Balkone und Fenster der bewirtschafteten Apartments.

Er ist ein Scharfschütze. Ein Auftragskiller, schrie eine kleine Stimme in ihrem Hinterkopf.

Er hat dich gerettet. Du kannst ihm vertrauen, warf eine zweite Stimme ein.

„Verdammt." Sie gab den Schlüsselcode ein zweites Mal ein und eilte in die kühle, mit Teppichboden ausgelegte Lobby. Sie ging auf den Aufzug zu, drückte den Knopf mehrfach und wippte dabei die ganze Zeit nervös mit ihrem Fuß auf dem Boden.

„Packen Sie einfach ein, was Sie brauchen, und wir fahren zurück nach Koa Point", murmelte Cruz, als sich die Fahrstuhltüren öffneten.

Als sie ihre Unterkunft im sechsten Stockwerk erreicht hatten, bedeutete ihr Cruz, zur Seite zu treten. Er drückte seinen Körper gegen die Wand an der Tür und stieß die Tür mit einem scharfen Tritt auf, sobald sie den Code in die Tastatur eingetippt hatte.

„Wow. Sind Sie Polizist oder so etwas?"

„Spezialeinheit", schnaufte er und spähte vorsichtig hinein.

Spezialeinheit? Das erklärte die Adleraugen und durchtrainierten Muskeln, aber nicht den Ferrari, den Lamborghini oder was er auf Maui tat.

„Schlechte Nachrichten", sagte er und sie erstarrte. „Die Wohnung wurde durchsucht."

Es lief ihr kalt den Rücken hinunter, als sie über seine Schulter blickte. „Wo?"

„Sehen Sie es sich doch einmal an. Es ist das reinste Chaos."

Sie spitzte die Lippen und schob ihn zur Seite. „So schlimm ist es auch wieder nicht."

Er starrte sie an, als sie eintrat und im Vorbeigehen eine Shorts und ein Handtuch vom Boden aufhob. Sie hatte es eilig gehabt, zur Party zu gelangen. Na und?

„Sie meinen, das hier ist normal?" Er klang entsetzt.

Sie funkelte ihn an und er funkelte zurück. Normalerweise konnte sie es mit jedem Kerl aufnehmen. Aber wow, diesen Kerl konnte man genauso wenig niederstarren wie eine Katze. Eine sehr große, potenziell tödliche Katze.

Eine ganze Minute später befreite sie sich aus der ausweglosen Situation, indem sie das Gesicht verzog. „Sie klingen wie mein Vater."

Aber er lachte nicht so, wie ihr Vater es getan hätte. Er pirschte einfach durch die winzige Wohnung, stieß Türen auf und kontrollierte Schränke, während sie ihre Kleidung einsammelte. Sie war gerade dabei, ihren Neoprenanzug von einem Stuhl auf dem Balkon zu holen, als es an der Wohnungstür rüttelte. Sie erstarrten beide.

Cruz sah sie mit einem Gesichtsausdruck an, der fragte: *Erwarten Sie jemanden?*

Sie trat von der Tür zurück. Nein, das tat sie nicht.

Cruz schlich sich vor und sah so gefährlich wie immer aus.

„Mr. Spezialeinheit", flüsterte sie. „Bringen Sie nicht die Putzfrau um, in Ordnung?"

Er runzelte die Stirn, entspannte sich jedoch nicht im Geringsten. Und auch Jody tat es nicht, als zum zweiten Mal jemand am Türgriff rüttelte.

Eine Putzfrau würde klopfen und sich ankündigen, wie ihr dann bewusst wurde. Wer auch immer dort draußen war, wollte sich einschleichen.

Cruz forderte sie auf, in Deckung zu gehen, als er sich darauf vorbereitete, die Tür aufzureißen. Jody drängte sich an eine Wand und klammerte sich an ihrer Reisetasche fest. Gott, erst war auf sie geschossen worden und dann wurde sie freiwillig entführt. Was würde als Nächstes passieren?

Kapitel 8

Cruz spannte jeden Muskel an und machte sich bereit anzugreifen. Wut strömte durch seine Adern und sein Herz trommelte wild. Wer versuchte, in Jodys Wohnung einzubrechen?

Es war berauschend – berauschender als alles andere seit seiner Zeit bei der Spezialeinheit. Was seltsam war, denn er kämpfte gerade nicht für sein Land. Er wollte nur eine Frau beschützen, die er kaum kannte.

Nur? knurrte sein innerer Tiger. *Was meinst du denn mit ‚nur'?*

Das Gefühl der Wut war auch ungewöhnlich. Normalerweise arbeitete er ruhig und professionell. Das letzte Mal, als er auch nur annähernd so aufgewühlt gewesen war, war ...

Er schluckte. Das war damals, als seine Familie getötet worden war.

Wie aus dem Nichts schoss ihm eine Erinnerung durch den Kopf – Jody, die den blutroten Smoothie von ihren Lippen leckte. *Gott, ich fühle mich wie ein Vampir.*

Sie hatte es im Scherz gesagt, aber es hatte alle möglichen Zweifel in ihm wiedererweckt. Wie zum Beispiel die Tatsache, dass die Dorfbewohner in der Nähe des Tatortes Vampire und Gestaltwandler für das abscheuliche Verbrechen verantwortlich gemacht hatten. Natürlich hätten sie das nur gesagt, um sich selbst zu entlasten, aber ...

Cruz ballte seine Fäuste, während er beobachtete, wie der Türgriff wackelte. Wenn er nicht aufpasste, würden sich seine Fingernägel in Krallen verwandeln. Jody ging ihm definitiv unter die Haut. Der Instinkt, sie zu beschützen, war genauso stark wie der Instinkt, seine Familie zu rächen.

Sie geht uns auf gute Weise unter die Haut, murmelte sein Tiger.

Jede ihrer Bewegungen, jedes Wort, das sie sprach, sandte ein Kribbeln durch seine resignierten Knochen und trieb die Dunkelheit fort, die seine Seele umgab. Allein die Art, wie sie ihr Haar zurückwarf und in den Himmel schaute, weckte in ihm den Wunsch, hinaufzusehen und in den Wolken nach Figuren zu suchen.

Sieh mal, da ist eine Rakete, hatte sein Vater an einem ruhigen Sommertag vor sehr langer Zeit gesagt, als sie sich Seite an Seite ausgestreckt hatten.

Ich sehe einen Elefanten, hatte er geantwortet.

Seine Schwester hatte es eine Schlange genannt, während seine Brüder nur Schafe gesehen hatten. Aber es schien nicht wichtig zu sein, weil es alles nur Spaß gewesen war. Spaß, so wie Jody.

Sie ging ihm definitiv unter die Haut. Sie brachte gute Erinnerungen zurück, und drängte die schlechten zurück. Sie brachte ihn sogar von Zeit zu Zeit zum Lächeln. Er fand bereits Gefallen daran, dem leisen Geklimper ihrer Armbänder und dem sanften Geräusch ihrer Schritte zu lauschen.

Geben Sie uns ein paar Tage, hatte Silas zu Jody gesagt.

Cruz atmete tief durch. In ein paar Tagen wäre er mit dieser Frau bereits völlig überfordert. Sogar jetzt reizte und neckte ihn ihr Wildrosenduft und das sanfte Klangbild ihrer Stimme machte alle möglichen prickelnden Dinge mit seiner Seele.

Warum ist das etwas Schlechtes?, wollte sein Tiger wissen.

Weil es nie funktionieren würde. Weil er Menschen hasste. Weil er in einer Welt der Dunkelheit lebte, während sie ein sonniges Universum der Hoffnung und des Lichtes bewohnte.

Er biss die Zähne zusammen. Zuerst würde er denjenigen töten, der sich hinter dieser Tür befand – es sei denn, es handelte sich tatsächlich um die Putzfrau, was er bezweifelte. Und dann würde er einen Weg finden, wie er sich gegen Jodys Reize schützen konnte.

Mit Hass? Mit Angst? knurrte sein Tiger.

Cruz spottete. Er hatte vor nichts Angst.

Noch nicht einmal davor, dich zu verlieben?

Jemand flüsterte hinter der Tür und lenkte seine Aufmerksamkeit zurück auf den Eindringling. Ein leises Klicken ertönte, als jemand den Code eingab, und ein Mann öffnete die Tür. Blitzschnell packte Cruz ihn beim Handgelenk und sandte ihn zu Boden. Als Jody aufschrie und der Mann auf dem Boden stöhnte, hatte Cruz bereits den zweiten noch größeren Mann mit dem Gesicht voran an die Wand gestoßen.

„Oha“, protestierte der große Kerl, obwohl es undeutlich klang, da seine Lippen gegen die Wand gepresst waren.

„Richard?“, kreischte Jody den Mann am Boden an.

Cruz sah sie stutzig an. Wer zum Teufel war Richard? Er blickte auf den ersten Mann am Boden. Ein stämmiger Kerl mit einem Polyester-Hawaiihemd, der nach abgestandenem Zigarettenrauch stank. Ein Typ, den er von irgendwoher kannte.

Sein Tiger knurrte. *Das ist der Widerling.*

„Kennen Sie den Kerl?“, schnaufte er.

Nun, natürlich kannte Jody den Widerling. Er hatte sie im Kapa’akea Resort mit ihm sprechen sehen.

Jody zog ein Gesicht, das eher dem Widerling galt als ihm. „Er ist der Produktmanager für das Fotoshooting.“

„Ruf die Polizei, Jody. Schnell“, drängte der Widerling, als er sich von Cruz wegrollte.

Jody stemmte die Hände in die Hüften. „Sicher. Ich rufe die Polizei und sage ihnen, dass du und dein Gangsterfreund in meine Wohnung eingebrochen seid.“

„Wir sind nicht eingebrochen. Wir hatten den Code.“

„Und wo genau habt ihr den bekommen?“

Die Frau war sogar noch schöner, wenn sie wütend war. Cruz grinste trotz seines Zorns.

„Wir wollten nach dir sehen“, protestierte Richard. Er stand langsam auf und hielt die Hände hoch.

„Du und wer will nach mir sehen?“ Jody funkelte den zweiten Typ an und war nicht im Geringsten von seiner Größe eingeschüchtert.

Die Muskeln des Mannes zuckten und Cruz packte ihn fester, was dem Mann die klare Botschaft sandte, dass er sich besser nicht rühren sollte.

„Ich und mein Leibwächter“, sagte Richard.

Cruz hätte fast gelacht. Der Typ, den er an die Wand gedrückt hielt, hatte zwar Muskeln, es fehlte ihm jedoch an Reflexen und an grundlegendem Training.

„Dein *was?*“, kreischte Jody.

„Mein Leibwächter. Ich wurde gestern Abend fast erschossen.“

„Moment mal. Ich bin diejenige, die gestern Abend fast erschossen wurde.“ Sie verstummte, bevor sie noch *Arschloch* hinzufügen konnte.

Der Widerling wischte sich die verschwitzte Stirn ab. „Ich gehe kein Risiko ein.“

Cruz’ Blut kochte über. „Und was ist mit Jody?“

Der Widerling sah sich verwirrt um. „Was soll mit ihr sein?“

Hätte Jody Cruz keinen warnenden Blick zugeworfen, hätte er diesem Mann direkt an Ort und Stelle einen Kinnhaken verpasst.

„Was ist mit Jodys Sicherheit?“, wiederholte er und knirschte die Worte zwischen den Zähnen hervor.

Er verspürte ein brennendes Gefühl in seinen Augen – die ersten Anzeichen des verräterischen Gestaltwandlerglühens. Er blinzelte heftig und versuchte, die Wut zurückzudrängen. Aber es war ein vergeblicher Kampf, bis Jody seinen Arm berührte und damit seine brodelnden Emotionen wieder beruhigte. Cruz blinzelte, als ein neues Bild vor seinem inneren Auge aufstieg. Anstatt sich das Blutbad vorzustellen, das er anrichten wollte, sah er nun Sonnenstrahlen, die an diesem perfekten Nachmittag in seinem privaten Stück Dschungel durch die Bäume schienen. Das wilde Trommeln seines Herzens verlangsamte sich leicht und er öffnete die Fäuste.

Er atmete noch zweimal tief durch und öffnete dann die Augen – mit Blick auf Jody.

Wow. Ihre Augen sind so blau, gurrte sein Tiger. *Wie der Sommerhimmel.*

Cruz hätte fast vergessen, wo er sich befand, als der Widerling wieder zu sprechen begann und den Zauber zwischen ihnen brach.

„Ich schwöre, dass ich Jody auch einen Leibwächter besorgen wollte“, sagte Richard.

Jede Wette, dachte Cruz.

„Ich brauche keinen“, bellte Jody zurück.

Richard sah finster aus und zeigte mit dem Daumen auf Cruz. „Ach nein? Wer ist dieser Typ?“

Ein verschmitztes Grinsen huschte über Jodys Gesicht und sie verschränkte die Arme. „Vielleicht ist er *mein* Leibwächter.“

Die Art, wie sie *mein* betonte, ließ Cruz ganz warm ums Herz werden und lenkte ihn völlig ab. Erst einen Augenblick später kamen die Worte bei ihm an und er riss die Augen weit auf. Ihr *was?*

„Nein, mal im Ernst“, protestierte Richard. „Wer ist er?“

Jetzt sah Jody wirklich wütend aus und Cruz war es ebenfalls. Ihre Blicke trafen sich und seine Gedanken rasten. Sie meinte es ernst. Sie wollte ihn als ihren Leibwächter haben.

Sag ja. Ja! heulte sein Tiger.

Aber das bedeutete, Tag und Nacht bei ihr zu bleiben, solange es dauerte, den Schützen zu finden und den Fall abzuschließen. Es bedeutete, ihren berauschenden Duft zu riechen. Ihre anmutigen Bewegungen zu beobachten, ihrer fröhlichen Stimme zu lauschen. Es bedeutete, Dinge zu fühlen, auf die er nicht vorbereitet war.

Es bedeutete auch, seine Familie zu verraten. Einen Menschen in sein Herz zu lassen.

Nein, tut es nicht. Es bedeutet zu leben. Vielleicht sogar zu lieben, flüsterte sein Tiger.

„Wann hattest du Zeit, dir einen Leibwächter zu suchen?“, wollte Richard wissen.

Jody sah Cruz mit einem Ausdruck an, der sagte, *Er hat mich gefunden.*

Sein Herz sprang und sein innerer Tiger flüsterte. *Ich habe dich nicht gefunden. Das Schicksal hat mich zu dir geführt.*

Cruz schluckte schwer und beantwortete Jodys unausgesprochene Frage mit einem winzigen Nicken. *Ja, ich werde dein Leibwächter sein. Selbst wenn es mich tötet.*

Er stieß den großen Kerl einmal mehr warnend gegen die Wand, ließ ihn dann los und trat vor. Er baute sich vor ihm auf und zwang Richard dadurch, zurückzutreten – weit zurück.

„Wie sie schon sagte. Ihr Leibwächter.“ Und genau wie Jody ließ er das *Arschloch* am Ende des Satzes weg.

Jody starrte ihn an, als hätte sie nicht erwartet, dass er sich dieser Herausforderung stellen würde. Und irgendwie tat ihm das weh. Sie hatte nicht erwartet, dass er das Richtige tun würde. Aber zum Teufel, er hatte es selbst auch nicht erwartet.

Also verdammt. Zu was für einem Scheißkerl war er in den letzten paar Jahren nur geworden?

Jody zeigte mit einem anschuldigenden Finger auf Richard. „Was genau willst du hier?“

„Ich wollte nach dir sehen. Sicherstellen, dass du für das Fotoshooting bereit bist.“

Jodys Kinnlade kippte hinunter. „Du machst wohl Witze. Auf mich wurde gestern geschossen und du willst einfach zur Tagesordnung übergehen?“

Richard zuckte mit den Schultern. „Die Show muss weitergehen, Baby.“

Nicht dein Baby. Cruz konnte sehen, wie das Widerwort über Jodys Gesicht huschte.

Richard rückte näher und Jody rümpfte die Nase. „Genau genommen sind wir bereit, heute Nachmittag weiterzumachen. Es sei denn natürlich, du willst, dass ich den Vertrag zusammen mit deinem Gehaltsscheck an jemand anderen übertrage. Wie würde dir das gefallen?“

Jodys Gesicht verzog sich zu einer angespannten, wütenden Maske.

„Wie würde es dir gefallen, wenn der Gehaltsscheck an jemand anderen ginge?“, stichelte Richard erneut. „Jemand, der seiner Schwester oder Mutter oder wem auch immer damit helfen könnte ...“

„Meine Mutter ist tot“, sagte Jody in einem völlig ernüchterten Ton.

Cruz riss den Kopf herum. Er kannte den Schmerz, der sich hinter Jodys gleichförmiger Stimme verbarg. Er kannte das Gefühl eines Loches im Herzen und das Bedauern über all die wichtigen Dinge, die ungesagt geblieben waren. Worte wie *Ich liebe dich* und *Ich danke dir* und *Entschuldigung für alles, was du in meiner Kindheit durchmachen musstest.*

Siehst du? sagte sein Tiger. *Menschen trauern auch.*

Richard fuchtelte mit der Hand herum. „Wie dem auch sei. Der Punkt ist … “

Cruz sah rot. Wie dem auch sei? Er stellte sich ihm in den Weg. „Jetzt hören Sie mir mal zu … “

„Ich schaffe das, Cruz“, zischte Jody und ballte die Fäuste. Sie funkelte sie beide an. „Keine Fotos heute. Thema erledigt.“

Richard war zu verschreckt, um zu protestieren, aber Cruz konnte sehen, wie sich die Zahnräder im Kopf des Mannes drehten. Er würde sich irgendeine hinterhältige Methode ausdenken, um Jody zum Posieren für die Fotos zu zwingen – oder er würde sie feuern.

„Morgen.“ Jody stellte sich entschieden zwischen sie. „Ich denke, ein Tag ist angemessen, meinst du nicht auch?“

Richard zog ein Gesicht. „Der Oberboss will Ergebnisse sehen und sie will sie bald.“

Cruz beugte sich vor. *Sie?* War das Moira?

„Wir müssen so schnell wie möglich für Furore sorgen und diese Kampagne in die Nachrichten bringen. Besonders jetzt, da sich diese zweitklassigen Inselpolizisten weigern, mich eine Pressekonferenz abhalten zu lassen. Wir können noch nicht einmal Nutzen aus den Ereignissen des gestrigen Abends ziehen.“

Bei den Worten *zweitklassige Inselpolizisten* und *Nutzen* war Cruz bereit, auszurasten. Dawn, die Gefährtin seines Kumpels Hunter, war eine Inselpolizistin und zwar eine verdammt gute. Und was den Nutzen eines Anschlags auf Jodys Leben anging …

Sie berührte seinen Arm und er holte tief Luft.

„Zwei Tage“, knurrte Cruz Richard an. „Mindestens.“ Dann sah er Jody tief in die Augen. „Als Ihr *Leibwächter* bestehe ich darauf.“

Schon als er das Wort allein aussprach, wollte sein Tiger am liebsten so laut brüllen, dass die Leute auf der großen Nachbarinsel es hören könnten.

Ihr Leibwächter. Ihrer. Endlich kapierst du es auch.

Jodys Gesichtsausdruck war zunächst stahlhart und grimmig, aber je länger sie dort standen, desto weicher wurde er. In

Cruz rührten und regten sich alle möglichen Emotionen, von denen er noch nicht einmal gewusst hatte, dass er sie besaß.

„Zwei Tage“, schnaufte Richard. Mit dem Rücken zur Wand schlich er auf seinen angeheuerten Schläger und die Tür zu. „Dienstagmittag. Zumindest gibt mir das mehr Zeit, dieses verdammte Juwel zu besorgen.“

Cruz spitzte die Ohren. Vielleicht war das ein gutes Zeichen. Wenn es Komplikationen beim Beschaffen des Juwels gegeben hatte, könnte das möglicherweise bedeuten, dass die anderen Seelensteine ihn nicht gerufen hatten.

„Sei mittags bereit – sonst“, erwiderte Richard schnippisch. „Ich werde dir den Ort telefonisch mitteilen. Und du Idiot“, maulte er seinen Leibwächter an, „bist gefeuert.“

Cruz wollte die beiden am liebsten zur Tür hinausschieben, aber er hielt sich zurück, wenn auch nur knapp. Er begnügte sich damit, die Tür hinter ihnen zuzuschlagen. Er blieb noch einen Moment der Tür zugewandt stehen, bis er sich wieder unter Kontrolle gebracht hatte. Dann drehte er sich um und …

Jody ließ die Schultern hängen. Sie starrte auf das hektische Muster des Teppichs und schlang ihre Hände fest ineinander. Selbst direkt nachdem auf sie geschossen worden war, hatte sie nicht so unglücklich ausgesehen. Wie ein Vogel mit gestutzten Flügeln, der durch das Gitter eines Käfigs starrte. Es schmerzte ihn, sie so zu sehen. Er griff nach Jodys Hand, so wie sie nach seiner Hand gegriffen hatte, als er sie brauchte.

Einen Moment später warf sie ihr Haar zurück und war wieder ihr gewohntes selbst.

„Arschloch.“ Sie starrte auf die Tür. Schnell riss sie die Hände hoch. „Ich meine ihn. Nicht Sie.“

Cruz musste unwillkürlich grinsen.

Kapitel 9

Jody war froh, einen Leibwächter zu haben – vor allem einen mit dunklen, aufblitzenden Augen, muskelbepackt und mit einem wilden Äußeren, das sie völlig davon ablenkte, dass jemand sie töten wollte. Aber ein Leibwächter, der darauf bestand, wie ein Raubtier um jede Ecke zu pirschen, schien ihr ein wenig übertrieben.

Dieser Mann war zu Beginn schließlich ihr potenzieller Killer gewesen und ein Teil von ihr hatte immer noch damit zu kämpfen. Ein weitaus größerer Teil von ihr vertraute ihm jedoch, so verrückt dies auch erscheinen mochte. Tief in ihrem Inneren wusste sie, dass er ihr nichts Böses wollte. Sie schlang sich ihre Tasche um die Schulter und folgte dicht hinter Cruz.

„Halten Sie das wirklich für notwendig?"

„Sie wollten einen Leibwächter. Jetzt haben Sie einen", sagte er, ohne einen Blick zurück zu werfen.

Als sie diese Idee ausgesprochen hatte, hatte sie sich damit selbst genauso überrascht wie ihn. Und einmal mehr hatte sie die Dinge nicht genau durchdacht. Sollten sie die Bedingungen besprechen? Die Bezahlung? Gott, konnte sie sich das Honorar überhaupt leisten, wie hoch auch immer es wäre? Sie bezweifelte es. Und verdammt, sie sollten das wirklich klären. Sie hatte auf die harte Tour gelernt, was schwammige Absprachen bedeuteten.

Oder vielleicht auch nicht, denn sie wollte mit Cruz nicht über Geschäfte reden. Sie wollte auch nicht seine Klientin sein. Sie wollte seine ... seine ...

Sie blieb gedanklich erneut stecken. Was wollte sie sein? Seine Freundin? Sein zukünftiger One-Night-Stand? Mehr als das?

Sie ertappte sich dabei, wie sie auf seine muskulösen Schultern starrte, und schluckte. Vielleicht sollte sie es doch lieber bei *Klientin* belassen.

„Müssen wir hier wirklich so herumschleichen?“, fragte sie, als er in den Eingangsbereich der Wohnung spähte und seine Faust als eine Art Zeichen hochhielt. Mr. Militär in höchster Alarmbereitschaft.

Sie legte ihre Hand auf seine Schulter. Großer Fehler, denn sie hätte fast angefangen, den Muskel zu massieren und vor sich hin zu schnurren.

„Möchten Sie, dass noch einmal auf Sie geschossen wird? Auf geht's.“

Er hetzte sie über den Parkplatz und ins Auto. Noch bevor sie sich auch nur angeschnallt hatte, ließ er den Motor an und raste los.

„Aber hallo“, murmelte sie und hielt sich an der Tür fest. Vielleicht war der Vorabend doch keine Ausnahme gewesen. Vielleicht fuhr Cruz immer wie ein Verrückter.

Sie verschränkte die Arme und sah, wie struppiges Gebüsch und eine Reihe von Ferienwohnungen verschwommen an ihnen vorbeirauschten. Eine Minute später öffnete sie trotzdem wieder den Mund. „Wie genau sind Sie Leibwächter geworden?“

Er drehte sich um und schoss ihr einen Blick zu, der zu seinem Tonfall passte. „Es begann auf einer Party in einem exklusiven Klubhaus ... “

Sie schlug ihm auf den Arm. „Ich meine, wie Sie in diese Branche eingestiegen sind.“

Er seufzte. „Wollen Sie das wirklich wissen?“

Ja, das wollte sie. Sie wollte alles über diesen faszinierenden Mann erfahren. Diesen Mörder-Beschützer. Diesen wandelnden Widerspruch auf zwei Beinen.

„Das will ich, wirklich“, flüsterte sie.

Einen Augenblick lang wurde sein Blick weicher und die Schwingungen, die zwischen ihren Körpern hin und her flogen, versuchten die Anziehungskraft zwischen ihnen noch zu verstärken. Dann blinzelte Cruz, lehnte sich zurück und schnaufte eine seiner Nicht-Antworten.

„Wie sind Sie zum Surfen gekommen?“

Die Frage hatte sie zum Schweigen bringen sollen. Zumindest nahm sie das an. Aber zum Teufel, sie könnte fröhlich den ganzen Tag darüber reden.

„Mein Vater hat es meinen Schwestern und mir beigebracht. Er war selbst eine Zeit lang Profisurfer. Und seine Eltern haben auch gesurft. Haben Sie jemals einen dieser alten Filme gesehen, in denen die Frauen auf den Schultern der Männer balancierten, während sie surfen?" Sie lachte laut auf. „Das haben meine Großeltern gemacht. Also bin ich genau genommen mit dem Surfen aufgewachsen." Sie gestikulierte in Richtung Ozean, während sie weiterrasten. „Ich habe es schon immer geliebt und dachte mir, es wäre ein toller Job. Man bestimmt seine eigenen Arbeitsstunden. Man ist draußen in der Sonne, im Wasser und reitet die Wellen. Und wenn man die perfekte Welle erwischt ... " Sie schloss die Augen und stellte sich vor, sie befände sich innerhalb der Röhre einer sich brechenden Welle. Das Rauschen des Wassers, der Temperaturabfall in dieser der Schwerkraft trotzenden Luftkammer. Das Gefühl, eine der größten Kräfte der Natur auszunutzen. Sie holte tief Luft, öffnete die Augen und führte den Gedanken zu Ende. „Es ist ein Job, aber gleichzeitig ist es auch kein Job."

Sie machte sich mental auf den Vortrag bereit, der nun sicher folgen würde. *Ist es denn wirklich ein Job, Nummer elf bei der Surf Tour der Frauen zu sein? Wann werden Sie anfangen, richtig Geld zu verdienen?* Ihr Vater hatte dies nie gesagt, aber fast alle anderen, die sie getroffen hatte.

Cruz schwieg und verdaute ihre Worte für den nächsten halben Kilometer, bevor er ihr schließlich antwortete.

„Ich verstehe es nicht."

„Was verstehen Sie nicht?"

Er zeigte mit der Hand in die Richtung zurück, aus der sie gekommen waren. „Dieses Arschloch – Richard, meine ich."

Oh, sie wusste genau, wen er meinte.

„Warum arbeiten Sie für ihn?", beendete Cruz seine Frage.

Jody runzelte die Stirn. *Weil ich nicht auf meinen Vater gehört habe?*

Sie versuchte es mit der Art von Antwort, die die meisten Menschen verstehen würden. „Es gibt da so eine Sache, die man Geld nennt. Vielleicht müssen Sie sich auf Ihrem schicken Anwesen keine Sorgen über solche Dinge machen ... "

„Es ist nicht mein Anwesen", fiel er ihr ins Wort. „Und glauben Sie mir, ich weiß alles über Geld. Ich weiß, was harte Arbeit ist. Ich verstehe nur nicht, wie Sie sich derart selbst verkaufen können."

Sie verschluckte sich an ihren nächsten Worten und stieß dann mit einem Finger gegen das Lenkrad. „Fahren Sie rechts ran. Halten Sie an. Halten Sie den Wagen sofort an."

Er riss in einer beschwichtigen Geste seine Hand in die Luft, aber sie wollte nichts davon wissen.

„Halten Sie den Wagen an", befahl sie.

Eine quälend lange Sekunde fragte sie sich, ob er sie ignorieren würde. Er hielt jedoch bei der nächsten Gelegenheit an, das musste sie ihm lassen.

„Oha, warten Sie", protestierte er.

Sie war so kurz davor, aus dem Auto zu springen und die Tür zuzuschlagen, aber sie tat es nicht. Jedenfalls noch nicht.

„Ich verkaufe mich nicht", zischte sie und starrte auf ihr Spiegelbild im Spiegel der Sonnenblende. „Ich verkaufe mich nicht."

„Nein? Warum modeln Sie dann, obwohl Sie es nicht ausstehen können?"

Sie verschränkte die Arme. Er würde es nie verstehen. „Vielleicht will ich reich werden."

Er sah sie an – sah sie wirklich an, auf eine Art, wie sich niemand bei der Party die Mühe gemacht hatte. Dann schnaubte er. „Lügnerin."

Beim überzeugten Klang seiner Stimme musste sie fast lächeln. Es fühlte sich gut an, dass jemand an sie glaubte, selbst wenn es ein Mann war, den sie kaum kannte.

„Vielleicht will ich berühmt werden", sagte sie und stellte ihn auf die Probe.

Er stellte den Motor ab und drehte sich zu ihr um. „Wenn Sie berühmt werden wollten, wären Sie es schon."

„Was soll das denn heißen?"

Er wedelte mit der Hand herum. „Ich habe gesehen, wie sich ein paar Frauen auf ihren eigenen YouTube Kanälen und solchen Plattformen vermarkten. Sie könnten doch Ihre Vorzüge verkaufen."

„Vorzüge?", protestierte sie schrill wie eine wütende Katze.

Cruz riss die Hände hoch. „Ihr Ausdruck, nicht meiner."

Sie verzog das Gesicht. Verdammt. Sie müsste vorsichtiger sein, was sie in seiner Nähe sagte.

„Ich wette, Sie bekommen viele Angebote", fuhr er fort.

Sie rieb ihre Hände über die Narbe an ihrem Bein. Tatsächlich stimmte das. Seit sie fünfzehn gewesen war – ungeachtet der Narben. Aber ihr Vater hatte sie vor aggressiven Agenten geschützt und dafür gesorgt, einen vernünftigen Menschen aus ihr zu machen.

Du brauchst sie nicht, hatte ihr Vater sie immer gewarnt. *Sie rauben dem Sport seine Seele. Sie rauben ihm den Spaß.*

Wie recht er gehabt hatte. Produkte zu vertreten, an die sie nicht glaubte, machte keinen Spaß. Die Elements-Duftreihe hatte für diesen Auftrag einen prominenten Fotografen engagiert – einen Mann, der für mehrere Badeanzug-Ausgaben von *Sports Illustrated-* fotografiert hatte. Aber verdammt. Sie hatte immer eine andere Vorstellung davon gehabt, wie sie es auf die Seiten dieses Magazins schaffen würde.

„Ich weiß, wie es läuft." Cruz' Stimme wurde kälter. „Wenn man gut aussieht, kann man für nichts anderes als des Ruhmes wegen reich und bekannt werden. Aber Sie scheinen mir eigentlich nicht die Art Person zu sein, die so etwas will."

Sie starrte ins Sonnenlicht, das auf den Wellen glitzerte. Einige ihrer engsten Freunde kannten sie nicht so gut wie Cruz sie kannte.

„Warum machen Sie es dann?", fragte er dieses Mal etwas leiser.

Sie rieb sich mit den Fäusten über die Oberschenkel und wog ab, ob sie es ihm erzählen sollte. Sie hatte es noch nicht einmal ihrem Vater erklärt, um Himmels willen. Was möglicherweise der Grund dafür war, dass sie es Cruz nun erzählte. Sie musste es sich von der Seele reden.

„Meine Familie braucht das Geld."

Er sah nicht überzeugt aus.

„Mein Vater ... “, begann sie, verstummte dann aber doch. Dies war nicht nur ihr Geheimnis. Es war auch das ihres Vaters. Sollte sie es Cruz wirklich verraten?

Hätte Cruz sie gedrängt und nachgehakt oder hätte er auf etwas bestanden, hätte sie vielleicht dichtgehalten. Aber er saß einfach nur da und ließ sie so viel – oder so wenig – von ihrer Geschichte erzählen, wie es ihr lieb war.

„Mein Vater ist mein Hauptsponsor – nun, der Surfladen ist es. Auf diese Weise kann ich bei der Tour antreten, ohne in zu vielen Verträgen gefangen zu sein. Schon zu seiner eigenen Zeit hat mein Vater es gehasst, wie kommerziell die Profi Tour geworden war. Jetzt ist es noch schlimmer. Besonders die Surf Tour der Frauen, wo uns einige der Sponsoren noch nicht einmal als Athleten ansehen – eher als wandelnde Titten und Ärsche. Ich habe sogar schon ein paar von ihnen gehört, die das zugeben – natürlich nicht vor der Kamera.“ Sie sah finster aus und erinnerte sich an das erste Mal, als sie erkannt hatte, wie recht ihr Vater doch hatte. „Vom Laden meines Vaters gesponsert zu werden, kam beiden Seiten zugute, denn es hat wirklich eine Menge Aufmerksamkeit auf sein Geschäft gelenkt.“

Wo liegt dann das Problem? schien Cruz' gerunzelte Stirn zu fragen.

„Das Problem besteht darin, dass es so viel Aufsehen erregt hat, dass ihn größere Unternehmen nun aufkaufen wollen. Und die haben auch das Geld, um den Laden einfach unter ihm wegzukaufen. Bislang hat er durchgehalten und ich dachte, dass alles in Ordnung wäre, aber ich habe erst vor kurzem herausgefunden, dass er das Geschäft mit einer Hypothek belastet hat.“

„Ihr Vater hat ein Problem, von dem er Ihnen nie erzählt hat?“

Sie verzog das Gesicht. Nein, ihr Vater war nicht süchtig und hatte auch keine Schulden bei einem Kredithai oder so etwas. „Problem? Ja, er hat allerdings ein Problem. Er liebt uns zu sehr.“

Jetzt sah Cruz wirklich verwirrt aus.

„Er hat mich gesponsert, damit ich zu meinen eigenen Bedingungen surfen und das Beste aus meiner Begabung machen kann. Ein Stück weit liegt es vielleicht auch daran, dass er damals nicht das Beste aus seiner eigenen Chance machen konnte."

„Warum konnte er es nicht?"

Sie konnte sich ein Lächeln nicht verkneifen, denn die Geschichte ließ sie immer innerlich erstrahlen. „Er hat das professionelle Surfen aufgegeben, nachdem er meine Mutter, meine Schwester und mich kennengelernt hatte. Meine Mutter war alleinerziehend mit zwei kleinen Kindern. Aber eines Tages trafen sich meine Mutter und Ross auf einer Brücke. Technisch gesehen ist er also mein Stiefvater, aber für mich war er immer nur Dad." Sie strahlte jetzt, denn sie liebte es, sich diese Szene vorzustellen, obwohl sie selbst nur vage Erinnerungen an diesen Tag hatte. „Das Auto meiner Mutter war mitten auf einer Brücke mit einer Panne liegen geblieben und niemand hielt an, um ihr zu helfen. Niemand. Sie saß dort mit zwei weinenden Kindern auf dem Rücksitz fest, bis mein Vater vorbeikam." Sie lachte leise. „Er sagt immer, dass es Schicksal war."

„Schicksal ... " Cruz' Gesicht wurde ernst. Todernst.

Jody nickte. „Und meine Mutter hat immer gesagt, es wäre Liebe auf den ersten Blick gewesen."

Die meisten Männer würden bei so etwas mit den Augen rollen, aber Cruz musterte sie nur mit zusammengepressten Lippen.

„Sein Pritschenwagen war nicht viel besser als unser Auto, aber er schleppte uns damit nach Hause, weil meine Mutter sich noch nicht einmal eine Versicherung leisten konnte. Und, nun ... der Rest ist Geschichte. Sie verliebten sich, haben geheiratet und er adoptierte meine Schwester und mich. Er hörte auf, professionell zu surfen und eröffnete seinen eigenen Laden, um unseren Lebensunterhalt zu verdienen. Und es hat funktioniert. Zunächst kamen wir kaum über die Runden, aber dann lief es immer besser." Jody holte tief Luft. Wenn es so weiterging, würde sie dem armen Cruz bald von jeder Gute-Nacht-Geschichte erzählen, die ihr ihr Vater je vorgelesen hatte. Und davon, wie er ihr die Tränen abgewischt hatte, als ihre Mutter an Leukämie gestorben war. Und wie er seine eigenen Tränen im Stillen vergoss, bevor er sich wieder aufraffte und dafür sorgte, dass ihr Leben nach alledem weiterging.

„Die haben meiner Mutter gehört." Sie zeigte ihm ihre Armbänder. Es handelte sich um flache, schmale Armreifen aus Titan, in die ein geometrisches Muster eingraviert war. Familienerbstücke, die Tilda, die Tante ihres Vaters, ihrer Mutter an ihrem Hochzeitstag geschenkt hatte. „Sie hatte sechs davon und wir bekamen jeder zwei. Ich nehme sie nie ab."

Cruz saß regungslos da und sah sie an.

Sie räusperte sich. „Jedenfalls sind meine Schwestern und ich mit der Arbeit im Laden aufgewachsen."

„Schwester oder Schwestern?"

„Schwestern. Ich habe eine ältere Schwester und eine jüngere. Mom und Dad bekamen sie zwei Jahre nach ihrer Heirat. Meine ältere Schwester arbeitet immer noch im Laden."

Also was ist das Problem? Cruz fragte sie zwar nicht, aber es stand ihm ins Gesicht geschrieben.

„Meine ältere Schwester und ihr Mann versuchen bereits seit Jahren, Kinder zu bekommen. Ihnen gehen die Möglichkeiten aus. Mike ist Schweißer, aber er hat gerade erst angefangen, und die Behandlungen, denen sie sich unterziehen, sind teuer. Also hat mein Vater eine Hypothek auf das Geschäft aufgenommen, um ihnen Geld zu leihen. Aber er hat uns von dem Teil mit der Hypothek natürlich nichts erzählt." Sie hatte versucht, deswegen wütend auf ihren Vater zu sein, aber es war ihr nie richtig gelungen. „Wie ich schon sagte, mein Vater liebt uns zu sehr. Er hat sein Geschäft für uns aufs Spiel gesetzt. Und jetzt steigt die Vermögenssteuer für das Geschäft an und er hat sich keinen Spielraum mehr gelassen, um die Differenz ausgleichen zu können. Also dachte ich mir, dass ich nur dieses eine Mal diesen Vertrag annehme und mich um alles kümmere."

„Warum Sie?"

Sie starrte ihn an. „Warum nicht ich? Mein ganzes Leben lang hat mein Vater für uns Opfer gebracht. Es ist an der Zeit, dass ich ein Opfer für ihn bringe und gleichzeitig versuche, meiner Schwester zu helfen. Vielleicht glauben Sie ja, ich würde mich selbst verkaufen, aber der Meinung bin ich nicht."

Ein Lastwagen raste auf der Straße an ihnen vorbei und der Sportwagen wurde durchgeschüttelt. Aber Cruz blinzelte nicht. Er sah sie an, als wäre sie eine neue Spezies, der er noch nie zuvor begegnet war.

„Sie verkaufen sich nicht", flüsterte er. Jody atmete aus. Komisch, wie gut es tat, dies jemand anderen sagen zu hören. Sie warf ihren Kopf zurück und starrte in den perfekten blauen Himmel. Ein Java-Fink flatterte in einem verschwommenen, blaugrauen Farbton vorbei und sie lächelte.

„Wunderschön", murmelte sie. „Schauen Sie nur. Dieser Vogel ist wunderschön. Maui ist wunderschön. Das Leben kann wunderschön sein, wenn man sich nur auf die richtigen Dinge konzentriert." Das hatten ihr ihre Eltern beigebracht.

Cruz hingegen schaute in den Seitenspiegel und beobachtete, wie sich die Wolken über den zerklüfteten Berggipfeln zusammenzogen. „Manchmal ist das Leben schön. Und manchmal ist es beschissen."

Sie war fast versucht, ihm auf den Arm zu schlagen, weil er den Moment ruiniert hatte. Aber sein Blick konzentrierte sich auf etwas in weiter Ferne und seine Mundwinkel waren nach unten gezogen. Plötzlich wollte sie ihre Hand um seine Wange schließen und ihn fragen, was er getan oder gesehen – oder verloren – hatte, dass er sich so fühlte.

„Manchmal ist es beschissen", stimmte sie ihm zu. „Aber meistens ist es wunderschön. Ich stelle mir vor, wie meine Schwester ein Baby in ihren Armen hält und weiß, wie kostbar das für sie wäre. Und sogar noch besser – ich stelle mir vor, wie sie das Baby meinem Vater reicht, und wie überglücklich er wäre. Und *das* ist wunderschön."

Cruz sah sie an. In seinen Augen leuchtete ein Hauch von – Hoffnung? Verleugnung?

„Im Ernst?", fragte er. „Ein Baby in eine so verkorkste Welt zu bringen ist wunderschön?"

Sie nickte entschieden. „Wunderschön. Und jetzt sprechen Sie mir nach, Mr. Cruz Khala. Das Leben ist wunderschön. Die Liebe ist wunderschön. Sie müssen nur daran glauben." Und nach einem Moment fügte sie hinzu: „Cruz, ist es in Ordnung, wenn wir uns duzen?"

Einer seiner Mundwinkel zuckte nach oben, während sich der andere nach unten zog. „Normalerweise duze ich Kundinnen nicht, aber wie du willst, Jody Monroe.“ Er schenkte ihr den Hauch eines Lächelns. „Daran glauben, hm?“

Das Wort klang fremdartig, so als hätte er es gerade erst gelernt. Oder als versuchte er, es zu lernen.

„Ja. Hast du das schon mal probiert?“ Sie hatte es als Neckerei gemeint, aber je länger sie ihm in die Augen sah, desto ernster fühlte sich dieser Moment an. Desto mehr verlangsamte sich die Zeit. Und desto mehr fragte sie sich, ob dies die Art war, wie sich ihre Mutter gefühlt hatte, als sie Ross Monroe an diesem Tag auf der Brücke getroffen hatte.

Cruz schüttelte langsam den Kopf. „Nein. Zumindest schon eine Weile nicht.“

„Vielleicht solltest du es“, flüsterte sie leise, um sie nicht aus diesem magischen, mystischen Gefühl des Augenblicks zu reißen.

Cruz' Brust hob und senkte sich mit jedem tiefen Atemzug. Seine Stimme brummte leise: „Vielleicht sollte ich das.“

Kapitel 10

„Hey, was ist denn in dich gefahren?“, drängte Silas Cruz.

Cruz wurde in die Gegenwart zurückgerissen und versuchte, sich zu erinnern, wo er war. Richtig – im *Akule Hale*, dem Gemeinschaftshaus von Koa Point. Er stützte die Füße an der Unterkante des Hockers ab, den er zum Frühstückstresen herangezogen hatte, und die Dienstagszeitung lag vor ihm auf dem Tisch. Eine dampfende Tasse Kaffee stand neben seinem Ellbogen und der reichhaltige Duft erweckte dutzende Erinnerungen in ihm. Daran, wie sein Vater und seine Mutter in der Küche des Hauses standen, in dem Cruz aufgewachsen war. Ein Ort in weiter Ferne und tiefster Erinnerung.

Wie immer schief, würde seine Mutter mit dieser Mischung aus Verehrung und Verzweiflung zu seinem Vater sagen, auf diese Weise, die sie im Laufe der Jahre perfektioniert hatte. Dann würde sie viel Aufhebens um seine Krawatte und sein Jackett machen. Sie hatte diesen Tonfall auch bei Cruz angewandt.

Gut, dass ich dich habe, würde sein Vater antworten und ihr einen Abschiedskuss geben. *Und dich und dich und dich,* würde er sagen und abwechselnd ein jedes seiner Kinder küssen.

Cruz schloss die Augen. So viele schöne Erinnerungen, aber auch so viel Schmerz. Und verdammt. Je mehr Zeit verging, desto mehr hatte er sich auf dunkle anstatt auf gute Erinnerungen eingelassen.

Das Leben ist wunderschön. Die Liebe ist wunderschön. Sie müssen nur daran glauben.

Er trank einen Schluck Kaffee – vorsichtig, um sich nicht zu verbrühen. Aber hoppla. Der dampfende Kaffee war lauwarm. Er war anscheinend wieder in Gedanken versunken gewesen.

Das war ihm in den letzten Tagen oft passiert. Manchmal hatte er den Schmerz über den Verlust seiner Familie noch einmal durchlebt. Und manches Mal hatte er den Sonnenschein bewundert, den Jody scheinbar stets mit sich trug.

Jody. Lass uns an Jody denken, sagte sein Tiger, und zog jüngere Erinnerungen vor. Gute Erinnerungen.

Also ja. Er hatte viel zu viel Zeit damit verbracht, über sie nachzudenken. Die beiden hatten den Sonntag damit verbracht, ihren Widerling von einem Manager zu konfrontieren und dann ihre Schritte im Klub zurückzuverfolgen. Trotz seiner besten Bemühungen war es ihm nicht geglückt, Hinweise auf den Schützen zu finden. Dann hatten sie sich fast den ganzen nächsten Tag lang nach Koa Point zurückgezogen. Cruz hatte telefonisch ermittelt, während Jody an der Küste und im Wasser trainierte und atemberaubende Manöver auf den Wellen am privaten Surfstrand von Koa Point vollführte. Nicht, dass Cruz sie beobachtet hätte oder so etwas.

Nun, in Ordnung – vielleicht hatte er ihr eine Weile zugesehen. Wie hätte er ihr auch widerstehen sollen? Sie ließ es so verdammt mühelos aussehen, wie sie diese Wellen ritt. Sogar die Art, wie sie hinauspaddelte, faszinierte ihn. Linker Arm, rechter Arm, linker Arm, den ganzen Weg durch die heranrollende Brandung. Und gerade wenn er dachte, dass die nächste Welle Jody zurückstoßen würde, duckte sie sich und glitt mit ihrem Brett unter der aufkommenden Welle hindurch. Dann tauchte sie auf der anderen Seite wieder auf, ohne dabei auch nur zu spritzen.

Und das war nur ihr Hinauspaddeln. Ihr dabei zuzusehen, wie sie auf ihrem Surfbrett lag und auf die perfekte Welle wartete, war ebenso faszinierend. Ruhig und geduldig wartete sie genauso, wie ein Tiger auf seine Beute warten würde. Sie beobachtete. Wartete. Spannte die Muskeln an und war wie aus dem Nichts bereit, auf die perfekte Welle zu springen. Sie paddelte vor leicht schäumendem Wasser los, das so aussah, als würde nichts daraus werden. Aber das Weißwasser stieg an, kletterte höher und verfolgte Jody in einem rasanten Wettlauf in Richtung Ufer. Im Bruchteil einer Sekunde, nachdem sich der Kamm erhob und brach, erhob sich auch Jody, sprang auf die Füße und raste die Wellenfront hinunter.

Natürlich hatte er in seiner Zeit schon viele Surfer gesehen. Aber er hatte nie wirklich innegehalten und einen studiert, vor allem keinen, der so gut war wie Jody.

Es war atemberaubend. Aufregend. Berauschend. Und zum Teufel, er beobachtete sie nur vom Ufer aus. Wie würde es sich anfühlen, eine rauschende Wasserwand hinunterzufliegen, die sich mit solcher Kraft und Geschwindigkeit bewegte?

Er hatte keine Ahnung, aber verdammt. Es sah unglaublich aus.

Die größten Wellen ritt Jody diagonal. Von der kräuselnden Lippe kommend, bohrte sie sich immer tiefer in die Röhre unter der sich brechenden Welle. Auch Cruz ging in die Hocke und lauschte dem Tosen der Wellen. Er konnte das Salzwasser praktisch auf seinen sonnengetrockneten Lippen schmecken. Wie laut es dort drin für Jody sein musste, konnte er sich nicht vorstellen. Ein donnerndes Rauschen? Ein anhaltendes Zischen? Auf ihrem Gesicht lag ein Blick völliger Glückseligkeit, während sie durch den immer enger werdenden Wassertunnel rauschte, bis Mutter Natur schließlich aufgab und sie gehen ließ. Jody würde auf der schwindenden Welle weitersurfen, unmerklich Schwung holen und über das hintere Ende ihres Surfbrettes umdrehen. Dann ließ sie sich auf ihr Surfbrett fallen, um wieder hinaus zu paddeln und von vorn zu beginnen.

Natürlich machte sie alle paar Wellen etwas anderes. Manchmal ritt sie die gesamte Welle in einem langen mühelosen Zug bis ans Ende. Ein anderes Mal verdrehte sie die Hüften und wirbelte das Brett herum. Dabei zeichnete sie eine weiße Linie über die aquamarinblaue Wasserwand, – wie ein Künstler, der sein Meisterwerk signiert. Und manchmal sprang sie von der Lippe einer Welle ab und schoss in die Luft. Als würde sie nicht der Schwerkraft unterliegen. Wie ein Vogel. Ihre Füße blieben dabei fest auf ihrem Surfbrett, obwohl sie fast kopfüber stand. Sie riss dann den Kopf herum, um ihre Landung genauso einzuschätzen, wie es eine Katze bei einem Sturz tun würde. Wenn sie landete, beugte sie die Knie, korrigierte ihre Balance und stürzte sich direkt in die nächste Drehung.

Hin und wieder machte sie einen Fehler und der schäumende

Kamm einer Welle verschluckte sowohl die Frau als auch das Brett. Die Welle donnerte weiter, so als würde sie ihren Sieg verkünden, aber Jody tauchte einen Augenblick später lachend wieder auf und amüsierte sich köstlich.

Das Leben ist wunderschön. Sie müssen nur daran glauben.

Cruz musste beeindruckt den Kopf schütteln. Jody sagte diese Worte nicht nur. Sie lebte sie.

Du musst nur daran glauben, wiederholte sein Tiger, als sie sich umdrehte und wieder hinauspaddelte.

Cruz blinzelte ein paarmal und räusperte sich. In Ordnung. Er hatte also etwas Zeit damit verbracht, Jody beim Surfen zu beobachten. Na und?

„Du musst aufhören, dich so auf die Vergangenheit zu fixieren.“ Silas lief auf und ab und riss Cruz' Fokus zurück auf die Dinge, die an diesem Dienstagmorgen an Koa Point zu erledigen waren.

Cruz hielt seinen Blick auf den Kaffee gerichtet. Tatsächlich war er auf die geschmeidige, schlanke Menschenfrau fixiert, die seinem Herzen näher und näher kam. Eine menschliche Frau, zu der er sich definitiv überhaupt nicht hingezogen fühlte. Nicht im Geringsten.

Nicht, wenn sie auf ihre so besondere Art lächelte – direkt aus dem Herzen heraus. Nicht, wenn sie ihn ein paarmal gestreift hatte, als sie dicht an ihm vorbeiging, und dabei Stromschläge durch seinen Körper gesandt hatte. Noch nicht einmal, wenn sie nachts auf seinem Futon lag und in den Himmel starrte. Denn ja, er war ein oder zweimal in Tigerform an ihr vorbeigeschlichen und hatte sie beobachtet. Leibwächter mussten ihre Klienten im Auge behalten, nicht wahr?

„Stimmt“, murmelte er.

Silas nickte zufrieden, als hätte Cruz seinen Kommentar bestätigt – was auch immer der gewesen war.

„Also lass es uns noch einmal durchgehen.“ Silas lief auf und ab. Sein Hin und Her machte Cruz ganz verrückt.

„Gute Idee“, sagte Kai, Silas' Cousin. „Ich kann dir nämlich immer noch nicht folgen.“

Kai und seine Gefährtin Tessa waren am Vorabend spät von ihrem Ausflug nach Big Island zurückgekehrt – zu spät, als dass Cruz oder Silas ihnen die Einzelheiten hätten erklären können. Dies wollten sie jetzt nachholen.

Cruz runzelte die Stirn. Er mochte mit Jody besessen sein, aber Silas war auf seine Ex-Verlobte Moira fixiert. In den vergangenen zwei Tagen war der Drachengestaltwandler mürrisch, ausgemergelt und verschlagen gewesen. Er hatte in seiner Drachenform Marathonflüge unternommen, die die halbe Nacht lang andauerten. Das Schlagen der mächtigen Flügel war bis zu Cruz' Rastplatz im Dschungel zu hören gewesen. Er hatte auch flüchtige Blicke auf Silas' Schatten erhascht, der über die Bäume hinwegfegte. Moira hatte Silas vor Jahren betrogen und die Wunden waren tief. Offene Wunden, wie es aussah, die nicht geheilt waren, wie Cruz es vermutet hätte.

„Was hat Moira mit alledem zu tun?“, fragte Kai.

„Moira besitzt und vertreibt die Elements-Duftlinie“, sagte Silas. „Ich habe eine Weile gebraucht, um mich durch die Mittelmänner zu forsten, die sie eingesetzt hat, aber gestern konnte ich die letzte Verbindung bestätigen. Sie steckt tatsächlich dahinter.“

Kai kratzte sich die Stirn. „Moira besitzt also Elements und Jody ist eins der Models. Und jemand hat versucht, Jody zu töten ...“

Cruz sah finster aus. Er hatte sich ein zweites Mal ins Kapa'akea Resort geschlichen und war noch immer nicht in der Lage gewesen, eine Spur des Schützen zu finden. Noch nicht mal den Hauch einer Fährte und auch keinerlei Fußabdrücke, abgesehen von denen der Polizei. Es war verblüffend. Welche Art von Killer hinterließ noch nicht einmal eine Duftfährte?

„Und großer Gott. Was ist denn mit McGraugh passiert?“, fuhr Kai fort.

Cruz schüttelte den Kopf, weil er die letzte Nachricht ihrer Freundin Ella, einer Wüstenfüchsin, noch immer nicht verdaut hatte.

Silas stieß einen schweren Seufzer aus. „Ella hat unsere Ermittlungen vom Festland aus unterstützt. McGraugh wurde vor zwölf Stunden ermordet in seinem Büro aufgefunden. Laut Ella behauptet die Polizei, es wäre ein schiefgegangener Einbruch gewesen, aber sie bezweifelt es.“

„Moira ... Auftragskiller ... Models ... wo passen wir da rein?“, fragte Kai.

„Ich wünschte, ich wüsste es“, sagte Silas. „Moira muss wissen, dass wir hier auf Maui stationiert sind. Sie versucht möglicherweise, uns zu provozieren – oder uns etwas anzuhängen. Cruz war selbst kurz davor, Jody zu töten. Und wenn er es getan hätte ... “

Cruz starrte auf seine Schuhe. Gott, er war verdammt nah dran gewesen.

„... wäre er vielleicht erwischt worden. Stellt euch mal den Ärger vor, den wir hätten, wenn die halbe Polizei von Maui an Koa Point gegen uns alle hier ermitteln würde.“ Silas stellte seine Kaffeetasse mit einem heftigen Schlag ab. „Das wäre wirklich das Letzte, was wir brauchen.“

Cruz schaute finster. Abgesehen von gelegentlichen Strafzetteln für zu schnelles Fahren hielt sich jeder auf Koa Point an das Gesetz. Sie waren Gestaltwandler, ein Geheimnis, das niemals enthüllt werden durfte.

„Weiß Moira über den Edelstein Bescheid?“

Cruz wollte am liebsten stöhnen. Eine weitere Komplikation, die er nicht brauchte. „Moira muss von den drei Seelensteinen wissen, die wir hier haben. Aber nach allem, was Jody sagt, bezweifle ich, dass Moira von dem Juwel weiß, das der Produktmanager einzufliegen versucht. Es ist alles seine Idee und er will seinen Vorgesetzten das Geheimnis selbst verraten, um möglichst große Wellen zu schlagen.“

Silas stand angestrengt auf und schaute auf seine Uhr. „Ich werde Ella anrufen und hören, was sie sonst noch so entdeckt hat. Und danach werde ich versuchen herauszufinden, welches Juwel dieser Richard einfliegen will.“

Kai und Cruz sahen ihm hinterher und tauschen stumme Blicke aus. Dann lehnte sich Kai vor: „In Ordnung und jetzt erzähl mir, was hier wirklich vor sich geht.“

Cruz runzelte die Stirn. „Das haben wir doch gerade.“

Kai zog eine Augenbraue hoch. „Habt ihr das? Denn ich verstehe immer noch nicht, warum du hier glattrasiert wie bei einer ersten Verabredung herumsitzt, während Silas wie ein Tiger im Käfig hin und her stromert. Verzeih mir das Klischee.“

Cruz wollte gerade protestieren, als Kai etwas hinter ihm entdeckte und murmelte: „Lass mich mal raten. Sie ist der Grund."

Cruz wirbelte übereifrig herum. Ja, es war Jody, die Tessa gerade an der ruhigsten Stelle im Wasser vor ihrem Privatstrand das Surfen beigebracht hatte. Jody hielt mitten in ihrem Satz zu Tessa inne und konzentrierte sich auf ihn. Ihre Blicke trafen sich und ...

Sein Atem stockte und das Blut rauschte.

Gefährtin, grummelte sein Tiger.

Jody stolperte, fing sich jedoch schnell wieder und schlenderte so lässig wie möglich weiter.

Cruz bemühte sich, ebenfalls lässig zu sein. Aber jedes Mal, wenn er sie sah, verschlug es ihm den Atem. Und das nicht wegen ihrer Kleidung, der Schminke oder der Art, wie sie sich frisierte, denn diese Dinge bemerkte er nur selten. Es war das Funkeln in ihren Augen, der Schwung in ihrem Schritt und das Grinsen auf ihrem Gesicht. Ja, sie war wunderschön, aber sie hätte in einem ganz anderen Körper leben können und ihm trotzdem den Atem geraubt. Es lag alles an ihrer Persönlichkeit, an ihrer lebendig lockeren Art, mit dem Leben umzugehen, ja es sogar zu feiern.

„Das war großartig", sagte Tessa, als die beiden in den Schatten des Gemeinschaftshauses traten. „Ich könnte den ganzen Tag surfen."

„Ich auch", seufzte Jody. „Aber ich muss zu dem Fotoshooting. Bist du bereit zu gehen?", fragte sie Cruz.

Er stand sofort auf. „Startklar."

Startklar, knurrte sein Tiger und leckte sich die Lippen.

Cruz schimpfte innerlich. *Dummes Biest. Du weißt genau, dass du sie nicht haben kannst.*

Er hatte versucht, seine Gefühle für Jody klar zu trennen. Es gelang ihm nicht immer, aber er probierte es. Seine Tigerseite konnte Jody so sehr begehren, wie sie wollte, aber seine menschliche Seite war klüger als das.

Ein Grollen des Protests baute sich in seiner Brust auf.

„Wie bitte?" Jody sah sich um.

Er vertuschte es mit einem Husten und trank den letzten Schluck seines Kaffees aus. „Nichts. Ich bin startklar.“ Er duckte sich unter der Kante des Strohdachs hindurch und warf einen Blick zum Himmel. „Ich bin mir nur nicht sicher, ob das Wetter beim Fotoshooting mitspielt.“

Jody verzog den Mund zu einem schiefen Grinsen. „Lass uns die Daumen drücken.“

„Bis später“, rief Tessa.

Auf ihrem Weg in die Garage beobachtete Cruz Jody aus den Augenwinkeln heraus. Ihre Armbänder klirrten, während sie ging, und die Brise spielte in ihrem Haar. Sie musste sich in der Außendusche abgespült haben, denn ihr Duft roch eher nach Wildrosen als nach Salz, und es machte seinen Tiger ganz wild.

„Mit welchem Wagen fahren wir heute?“, witzelte sie und machte eine ausschweifende Handbewegung über die Buchten der Garage.

Cruz zögerte. Der Land Rover hatte getönte Scheiben, sodass niemand die Insassen sehen konnte. Der Ferrari war normalerweise Boones Fahrzeug. Und Cruz bevorzugte den Lamborghini wegen seiner Geschwindigkeit.

„Die Dame entscheidet“, sagte er.

„Die Dame entscheidet?“ Sie täuschte ein gelangweiltes Seufzen vor. „Nun, ich nehme an, der Lamborghini muss diesmal reichen.“

Nun musste selbst Cruz grinsen und er winkte sie hinein. Eine Minute später rauschten sie die Straße hinunter. Die Küstenlinie auf der *Makai*-Seite und die Zuckerrohrfelder auf der anderen Seite verschwammen geradezu. Dann blieben sie hinter einem langsamen Mietwagen stecken und er konnte es sich nicht verkneifen, vor sich hin zu knurren.

„Du magst Menschen nicht besonders, oder?“, fragte Jody.

Visionen von seinen Lieben, die leblos mit weit aufgerissenen schockierten Augen am Boden lagen, schossen durch seine Gedanken. Oder so hatte er sich den Ort des Verbrechens zumindest vorgestellt. Da er zum Zeitpunkt des Geschehens in einem Kriegsgebiet stationiert gewesen war, hatte er es nicht selbst sehen können.

Deshalb hasste er Menschen natürlich. Sie hatten seine ganze Familie kaltblütig ermordet.

Seine Nackenhaare stellten sich auf, aber als er tief einatmete, beruhigte Jodys zarter Duft seinen Puls. Ohne darüber nachzudenken streifte er mit der Hand gegen ihre und das half ebenfalls.

Er zuckte mit den Schultern und hatte Schwierigkeiten, aus den widersprüchlichen Emotionen, die in seinem Inneren aufstiegen, Sinn zu machen. „Menschen sind irrational."

„Sagt der Typ, der in einem Baumhaus wohnt." Sie lachte.

Seine Lippen bewegten sich, aber sein Gehirn konnte einfach keine Antwort finden. Also gab er auf. Vielleicht musste er aufhören, über alles so angestrengt nachzudenken. Und in Ordnung, vielleicht waren Menschen nicht die einzigen irrationalen Wesen auf der Erde. Aber er mochte sein Baumhaus, verdammt noch mal.

Jody mag es auch, fügte sein Tiger mit einem zufriedenen Unterton hinzu.

„Geht es dir gut?", fragte sie einen Augenblick später, ganz sanft und besorgt. „Was auch immer dich so aufwühlt ... "

Du, wollte er sagen. *Du wühlst mich so auf.*

„... du solltest es besser hinter dir lassen." Sie machte eine symbolische Wurfbewegung über ihre Schulter.

Wenn es doch nur so einfach wäre.

Vielleicht ist es das, flüsterte sein Tiger. *Vielleicht solltest du es einfach probieren.*

„Du musst etwas lockerer werden. Öfter lachen."

Er verzog das Gesicht, aber sie grinste nur und begann, ihm einen Witz zu erzählen: „Weißt du, wie man einen Surfer pünktlich in die Schule kriegt?"

Cruz sah sie an. Es war irgendwie niedlich, diese Art, wie ihre Mundwinkel zuckten, bereit, über ihren eigenen Witz zu lachen.

„Sag ihm, dass die Wellen nicht gut sind." Sie grinste über die Pointe und ging direkt zum nächsten Witz über: „Was ist der Unterschied zwischen einem Surfer und einer großen Pizza?"

Cruz trommelte mit den Fingern aufs Lenkrad.

„Eine große Pizza kann eine fünfköpfige Familie ernähren.“ Sie kicherte. „Oh, oh. Ich kenne einen guten.“

„Na endlich“, murmelte er und versuchte, nicht zu lächeln.

„Warum ist Surfen wie Sex?“

Er sah sie erwartungsvoll an. Das musste er hören.

„Wenn es gut ist, ist es wirklich, wirklich gut. Und wenn es schlecht ist, ist es immer noch ziemlich gut.“

Sie scherzte den ganzen Weg den Honoapi'ilani Highway entlang und durch die Luxus Resorts von Makena weiter. Ihre Augen leuchteten wie die eines kleinen Mädchens und Cruz konnte sich ein Lachen nicht verkneifen.

Aber die Freude in ihnen verblasste, je näher sie der Auffahrt zu dem abgelegenen Strandabschnitt kamen, an dem sie Richard und den Fotografen treffen würden.

Oder besser gesagt, Richard, den Fotografen und eine Reihe von anderen Leuten, von denen sich Cruz wünschte, er hätte sie nie treffen müssen.

„Da bist du ja endlich“, begrüßte Richard sie schnippisch und schnipste seinen Zigarettenstummel in den Sand des unberührten Strandes.

In der Ferne erklang ein Donnern – eine Sturmwolke, die aufzog.

„Endlich?“, murmelte Jody vor sich hin.

Eine Frau eilte mit fröhlich herumwedelnden Händen auf sie zu. „Warten Sie nur, bis Sie das Outfit sehen, das ich für Sie ausgesucht habe!“

Jody sah aus, als könne sie durchaus warten, aber sie trottete trotzdem pflichtbewusst zu dem am Straßenrand geparkten Wohnwagen hinüber. Nun, sie ging los, drehte sich jedoch dann noch einmal zu Cruz um. Ihre Augen waren traurig und ihre Schultern hingen herab, so als würden sie sich für immer trennen. Es drehte Cruz den Magen um. Sie hatten in den vergangenen zweiundsiebzig Stunden nicht sehr viel Zeit getrennt verbracht und selbst wenn sie nicht zusammen gewesen waren, hatten sie sich jedoch beide an Koa Point aufgehalten. Die Zeit schien sich dort in die Länge zu ziehen, während sich Distanzen kürzer anfühlten. So hatte es sich, selbst wenn sie draußen surfen war, nicht so angefühlt, als wäre sie weit weg. Aber jetzt ...

Ihre Lippen bewegten sich, aber es kam kein Ton heraus.

„Also wo ist der Edelstein?“, fragte der Fotograf, Guy.

Richard meckerte. „Wir haben ihn schlussendlich doch nicht bekommen. Der Schweinehund sagte, er könnte ihn für uns beschaffen, hat es dann aber doch nicht getan.“

Cruz hatte sich so sehr auf Jody fixiert, dass er die Worte kaum wahrnahm. Als er es schließlich tat, war er seltsam erleichtert. Offensichtlich hatte sich Silas geirrt, dass die drei Seelensteine, die sie bereits an Koa Point aufbewahrten, einen weiteren Seelenstein zu sich gerufen hatten. Und das war auch gut so. Die Seelensteine brachten Ärger mit sich und Jody hatte schon genug davon.

„Kommen Sie?“, rief die Garderobenfrau.

„Ich komme.“ Jody drehte sich langsam um.

Cruz sah ihr eine lange Minute nach, bevor er Richard, den Fotografen, und die anderen anwesenden Männer mit einem Funkeln im Blick anstarrte, das sagte: *Denkt noch nicht einmal daran.*

Sie gehört mir, fügte sein Tiger hinzu und schlug mit seinem Schwanz.

Fünf Augenpaare starrten in Unterwerfung zu Boden und Cruz schnaufte zufrieden.

„Bewegt euch“, bellte Richard die anderen an. „Wir müssen das Fotoshooting hinter uns bringen, bevor es zu regnen beginnt.“

Cruz machte sich auf den Weg, die Gegend zu sichern, und hoffte, dass der Sturm so schnell wie möglich über sie hereinbrechen und das Fotoshooting verkürzen würde. Er schnüffelte in der Luft herum, inspizierte jeden Pfad und musterte jeden Hügel, der die Bucht umgab. Richard hatte einen Assistenten an der Einfahrt der Schotterstraße platziert, um ungebetene Besucher abzuweisen – und Cruz war sich absolut sicher, dass Richard dies ohne die erforderliche Genehmigung tat. Aber es passte ihm. Je weniger Leute die Gegend durchstreiften, desto besser.

Er stieß mit dem Fuß den Dreck am Boden herum und schnüffelte zum zehnten Mal in der Luft. Keine Anzeichen von Eindringlingen, aber die hatte es an dem Abend im Resort auch nicht gegeben. Dann machte er sich auf den Weg, um die Gegend ein zweites Mal zu durchkämmen. Er hatte versichert, Jody zu beschützen, und er hatte es auch gemeint.

Er kam gerade von seiner dritten Runde zurück, als die Tür des Wohnwagens aufgerissen wurde und eine Frau fröhlich rief:

„Wir sind bereit."

Es war die Garderobenfrau – oder vielleicht die Friseurin. Cruz war sich nicht sicher. Es war ihm auch egal, als er Jody heraustreten sah.

„Wunderschön, Schätzchen", rief Guy, der Fotograf. „Lasst uns anfangen."

Cruz klappte die Kinnlade hinunter. Die Frau vor ihm sah hinreißend aus. Unbestreitbar, atemberaubend, umwerfend schön. Aber sie war nicht Jody. Nicht die Jody, die er kannte.

Ihr Haar war auf zerzaust gestylt worden, irgendwie so, als käme sie gerade vom Surfen zurück. Ihre Lippen waren einen Hauch zu rot, die Wimpern einen Tick zu dunkel. Und ihr Bikini – zwei winzige Liladreiecke und ein hochgeschnittener Stringtanga – nun, der war mindestens vier Größen zu klein. Jody hätte sich so etwas nie selbst ausgesucht. Das wusste er; er hatte die locker sitzende, bequeme Kleidung gesehen, die sie aus der Ferienwohnung mitgebracht hatte.

„Hinreißend. Jeanette, etwas mehr Schattierungen. Wir wollen, dass diese Titten betont werden", sagte der Fotograf und ließ eine Kaugummiblase zerplatzen.

Jody zuckte zusammen.

Cruz knurrte. Meinte der Mann das ernst?

Anscheinend schon und Cruz war machtlos, die Verwandlung der feurigen Frau, die ihn so faszinierte, zu kaum mehr als einem Stück Fleisch aufzuhalten. Guy führte sie zum Ufer hinüber und drehte sie bei der Schulter. Tatsächlich *schob* er sie wie eine Topfpflanze hin und her und gab die ganze Zeit Befehle von sich.

„George, bring das Licht dort drüben hin. Und leg etwas Seegras um den Felsen da. Jeanette, was können wir mit ihren

Ohren machen?“

Cruz kniff die Augen zusammen. Was stimmte mit Jodys Ohren nicht?

Die Maskenbildnerin eilte hinüber und sprühte erst etwas und griff sie dann mit einem kleinen Pinsel an.

„Alles bereit. Auf die Knie, Baby“, sagte der Fotograf.

„War das ein Donnern?“ Die Maskenbildnerin blinzelte zum Himmel hinauf.

Nein, das war er gewesen, der sich ein Knurren kaum verkneifen konnte. Welches Recht hatte dieses Arschloch, Jody zu befehlen, sie solle auf die Knie fallen? Es war alles so derb. So offenkundig sexuell. So, so ... falsch.

Jody gefiel es auch überhaupt nicht. Ihre Augen sprühten vor Wut.

„Ähm, Boss?“, wagte George, der Assistent zu sagen. „Wie wäre es, wenn wir mit den Aufnahmen auf den Felsen beginnen? Das Licht ist perfekt dafür.“

Cruz entschied, dass George in Ordnung war. Richard und den Fotografen wollte er am liebsten töten.

Guy streckte seine Hände wie einen Fotorahmen nach vorn. „Keine schlechte Idee. Spring auf den Felsen dort, Schätzchen.“

George bot Jody eine hilfreiche Hand an, aber sie ignorierte sie und sprang in einem leichten Satz auf den ein Meter hohen Felsbrocken. Cruz würde jede Wette eingehen, dass sie eine Klippe erklimmen könnte, wenn sie es müsste.

„In Ordnung, gut. Dreh dich ein bisschen“, sagte Guy, der immer noch auf seinem Kaugummi kaute. „Ein bisschen mehr ... rechtes Bein zurück ... weiter. Perfekt.“

Dann schaltete sich Richard ein. „Moment. Was es mit den Armbändern? Jeanette?“ Seine Stimme senkte sich zu einer Drohung.

„Nicht meine Idee“, beeilte sich Jeanette, sich selbst zu verteidigen.

Jody verzog das Gesicht. „Ich trage sie immer. Das habe ich dir beim letzten Mal schon gesagt.“

Cruz starrte auf die Armbänder, als ihm eine Erinnerung durch den Kopf schoss – Jody, die an den Armbändern spielte, als sie über ihre Mutter gesprochen hatte.

Die haben meiner Mutter gehört. Ich nehme sie nie ab.

„Sie werden die Fotos ruinieren. Lass sie verschwinden“, bellte Richard. „George, wir brauchen die Lichtmessung, verdammt noch mal.“

Einen Moment lang sah Jody trotzig aus, aber sie schaffte es irgendwie, die Worte, die ihr auf der Zungenspitze lagen, hinunterzuschlucken. Dann biss sie sich mit den Zähnen auf die Unterlippe und zog langsam die Armbänder ab.

„Ich nehme sie.“ Jeanette griff nach oben.

Jody schaute hinunter und er konnte ihre Gedanken praktisch lesen. *Aber sie haben meiner Mutter gehört.* Dann blickte sie an Jeanette vorbei und sah Cruz direkt an. „Hältst du sie für mich?“

Ohne nachzudenken trat er vor und als er die Hand ausstreckte, streiften ihre Finger übereinander. Es sandte ein Kribbeln seinen ganzen Arm hinauf.

Verdammt, es waren nur ein paar Armbänder. Warum hatte er das Gefühl, dass sie ihm gerade ein königliches Erbstück anvertraut hatte?

Er schob sie in eine der tiefen Taschen seiner Hose, schloss den Knopf darüber und klopfte sanft darauf, um sie wissen zu lassen, dass sie sicher waren.

Jody lächelte und für einen Moment erstrahlte seine ganze Welt. Aber dann öffnete Richard erneut seinen Mund und machte alles kaputt.

„Also gut, los geht's. Wir haben keine Zeit zu verlieren.“

Ein Donnergrollen erklang über den Bergen und unterstrich seinen Punkt. Das Licht war spektakulär mit einem perfekt blauen Himmel über dem Meer und dem Rand aufsteigender, unheilvoller Wolken im Osten.

„Kinn hoch, Augen zu mir. Verlagere dein Gewicht auf das hintere Bein.“ Guy wedelte mit einer Hand herum. „Nicht krumm dastehen, Baby.“

Nenn mich nicht Baby, funkelten Jodys Augen.

„Rechte Hand an die Hüfte. Gib mir Negativraum.“

Cruz ballte eine Faust und tat es erneut. Er würde diesem Mann liebend gern etwas Negativraum geben, was auch immer das war.

„Streiche mit den Händen über dein Haar und verwirbele die Enden“, fuhr der Fotograf fort. „Perfekt. Alles außer dem Gesichtsausdruck. Schau mich nicht an wie ein Axtmörder. Gib mir Sex. Hunger. Begierde.“

Jodys Kieferpartie versteifte sich noch mehr. Sie sah eher wie eine Eiskönigin als ein Sexkätzchen aus, aber wer konnte ihr das verdenken?

„Jetzt komm schon“, rief Richard über die Schulter des Fotografen hinweg. „Du spielst die Geschichte, erinnerst du dich?“

Jody rollte mit den Augen und Cruz fragte sich, was für eine Geschichte das wohl sein sollte. Eine Frau, die ihren Stolz hinunterschluckte, um für ein sexistisches Arschloch zu arbeiten?

„In Ordnung, lass uns das ein wenig untermauern. Spring von dem Felsen und geh bis etwa Knietiefe ins Wasser.“

Jody tat, was er verlangte, und für eine Sekunde dachte Cruz, sie würde abhauen und aufs Meer hinausschwimmen.

„Perfekt. Jetzt dreh dich um und komm auf mich zu.“

Jody ging, während der Fotograf sich rückwärts bewegte. George folgte ihm mit einem übergroßen weißen Regenschirm, der irgendetwas mit dem Licht zu tun hatte.

„Komm schon. Ich muss *spüren*, wie du diesen Strand hinaufkommst“, sagte Guy. „Wir müssen in deinen Augen sehen, wie sehr du es dir wünscht.“

Alles was Cruz in Jodys Augen sah, war grimmige Resignation.

„Mach das noch einmal. Und vergiss die Geschichte nicht. Du bist eine Meerjungfrau, die an den Strand gespült wurde.“

Cruz bedeckte sein Gesicht mit einer Hand und schüttelte den Kopf. Selbst er könnte sich eine bessere Geschichte als diese ausdenken.

„Schwing deine Hüften. Gib mehr Attitüde.“

Cruz verbarg ein Grinsen. Sie gab ihm Attitüde, so viel stand fest.

„Zurück. Mach es noch mal. Aber tauche dieses Mal unter. Ich brauche mehr Meerjungfrauen-Schwingungen“, beharrte der Fotograf und ließ eine weitere Kaugummiblase zerplatzen.

Jody tauchte ein und hielt ihren Kopf nach hinten geneigt, als sie wieder aufstand. Salzwasser spülte in tausend kleinen Flüsschen und Wasserfällen über ihren Körper.

Cruz öffnete leicht den Mund und die Zeit verlangsamte sich, um dann plötzlich schneller zu verfliegen. Das Eintauchen hatte ein wenig von dem Model abgespült und mehr von der echten Jody an die Oberfläche gebracht. Ihr Haar war ein bisschen weniger perfekt, das Make-up gedämpfter. Und wow, sie war wirklich wunderschön.

„Wunderbar, Süße. Jetzt komm auf mich zu." Der Fotograf zeigte auf sie. „Dieses Mal langsamer. Erinnere dich an die Geschichte. Etwas hat dich hierhergelockt, obwohl du dir nicht sicher bist, was es war."

Dieser Teil war gar nicht so abwegig, wie Cruz zugeben musste. Die Überlieferungen der Gestaltwandlerwelt, waren voll von Geschichten über Helden oder Heldinnen, die ihren Instinkten folgten, um ihr Schicksal zu erfüllen. Es gab sogar Geschichten von Meerjungfrauen, obwohl diese inzwischen ausgestorben waren, wie viele andere Gestaltwandlerarten auch.

„Du hattest immer wieder denselben Traum", erzählte Guy, während die Kamera klickte. „Aber, wenn du aufwachst, kannst du dich kaum daran erinnern, was es war. Nur daran, dass es an diesem Strand passierte."

Cruz zog eine Grimasse. Er hatte viele wiederkehrende Träume und er erinnerte sich an jeden einzelnen im Detail. An die Albträume über seine Familie und in jüngster Zeit an die heißen Träume von sich und Jody, im Bett ineinander verschlungen ...

... neben seinem Bett ...

... in den Untiefen des Felsenbeckens ...

Jodys Blick fiel auf ihn und wurde wärmer. Er fragte sich, ob auch sie sich ein anderes Ende ihrer Begegnung im Felsenpool an ihrem ersten Morgen an Koa Point gewünscht hatte.

„Das ist der Blick, den wir wollen!", jubelte Richard. „Genau dieser Blick. Hast du den drauf, Guy?"

„Darauf kannst du deinen Arsch verwetten. Mach es noch einmal. Gib mir Feuer, Baby. Feuer."

Jody sprang ins Wasser zurück, tauchte unter, drehte sich um und stolzierte mit schwungvollerem Schritt auf den Strand zu.

Cruz stand vollkommen still da. Jetzt war er derjenige, der das Feuer spürte.

„Es geht doch. Spiel damit. Spiel damit. Sei die Meerjungfrau. Suche nach deinem Schicksal."

Jodys Blick schweifte über den Strand, als der Kameraauslöser wie verrückt klickte. Cruz beobachtete sie. Menschen benutzten das Wort *Schicksal* so leichtfertig. Wussten sie überhaupt, welche Macht es besaß?

„Okay, lass uns das noch einmal wiederholen."

Jody wiederholte die Aus-dem-Wasser-aufsteigen-Aufnahme noch ein dutzend Mal und wurde bei jedem Durchgang wärmer mit der Kamera. Die Steifheit verflog aus ihren Gliedern und ihr Ausdruck wurde immer sehnsüchtiger, so als würde sie die Geschichte wirklich glauben. Cruz musste zugeben, dass auch er sich in die Geschichte hineingezogen fühlte. Bei den vielen Wiederholungen und der Singsang-Stimme des Fotografen nahm die Szene vor seinem inneren Auge Gestalt an – mit einer Zugabe. Er war der Mann, zu dem sich die Meerjungfrau hingezogen fühlte. Er war ihr Schicksal.

„Einmal noch. Du bist die Meerjungfrau und du folgst einer unsichtbaren Kraft, die dich hierhergelockt hat."

Jody schlenderte langsam auf den Strand zu, während Wassertropfen ihre perfekten Kurven akzentuierten.

„Du bist hungrig. Gib mir hungrig, Baby. Gib mir Verlangen."

Jody zögerte einen Augenblick und ihr Blick schweifte lustlos über den Strand. Aber dann landeten ihre Augen auf Cruz und das Feuer in ihrem Ausdruck wurde um hundert Grad heißer.

„Das ist es! Perfekt", rief der Fotograf und ging zwischen Jody und Cruz in die Hocke. „Jetzt weißt du, was dich hierhergelockt hat."

In einer winzigen kaum wahrnehmbaren Bewegung leckte sich Jody die Lippen.

„Ja! Ja! Das ist, was wir wollen“, sagte Guy. „Dieses Bedürfnis. Dieses Verlangen.“

Dieses Verlangen führte fast dazu, dass Cruz’ Hose viel zu eng wurde, aber er konnte seinen Blick nicht von ihr abwenden. Jodys Brust hob und senkte sich mit jedem Atemzug und ihre Brustwarzen wurden unter dem Stoff des Bikinis hart.

„Du bist heiß. Du bist hungrig ... “, murmelte der Mann weiter.

Cruz starrte Jody an und stellte sich vor, alle anderen um sie herum wären nicht da. Er stellte sich vor, Jody käme genauso nass und hungrig auf ihn zu, aber bei ihm Zuhause, wo sie etwas Privatsphäre hatten. So als wäre sie direkt aus ihren stillen Fantasien im Felsenpool zu ihm ins Bett gekommen.

Sie neigte ihr Kinn ganz leicht und der Tiger in ihm knurrte in seinem Inneren, als ein Bild vor seinem inneren Auge aufstieg. Jody wäre selbstbewusst, aber unterwürfig genug, um ihm die Führung zu überlassen. Er würde sie auf die Matratze legen, ihre Arme über den Kopf heben und ihr all die Liebe schenken, die sich eine so heißblütige Frau je erträumen konnte.

Der Fotograf klatschte einmal in die Hände und senkte die Kamera. „Ich könnte mir keinen besseren Durchgang wünschen. Lasst uns zur nächsten Aufnahme übergehen, solange das Licht noch hält.“

Jody zuckte zusammen wie jemand, der aus einem Traum gerissen wurde. Cruz ebenso. Die Luft knisterte und er konnte nicht sagen, ob die Elektrizität vom bevorstehenden Sturm oder der puren Chemie zwischen ihnen beiden herrührte.

Jeanette reichte Jody eine Flasche Wasser und sie stürzte es sich hinunter. Cruz schüttelte sich leicht und drehte sich um, um die umliegenden Hügel zu mustern. Er sollte über Jodys Leben wachen, anstatt sie so anzuschmachten. Und verdammt, sie war ein Mensch. Er konnte doch unmöglich ernsthaft all diesen Fantasien in seinem Kopf nachlaufen.

„In Ordnung, jetzt geh auf die Knie.“ Der Fotograf schnippte mit den Fingern und Cruz wirbelte herum.

Jody sah ihn an, nicht Guy. Langsam fiel sie auf die Knie. Ein Windstoß fegte durch die versteckte Bucht und spielte mit ihrem Haar.

Cruz' Mund wurde trocken. Lieber Gott, wie sollte er Jody ansehen und sich nicht vorstellen, sie wäre seine? Er blickte hinauf und betete, der aufziehende Sturm möge ihn aus seinem Elend – seinem süßen, süßen Elend – befreien, bevor es zu spät war.

Zu spät, lachte eine leise Stimme in seinem Hinterkopf.

Kapitel 11

Sand zerkratzte Jody die Knie und Salzwasser prickelte auf ihrer Haut. Die Hitze der Sonne auf dem Strand verbrannte ihr die Schienbeine, aber das war nichts im Vergleich zu der Hitze, die durch den Rest ihres Körpers strömte. Sie schluckte erneut, aber das Gefühl ging einfach nicht weg, ebenso wenig wie die wilden Fantasien.

„Leg deine Hände unter deine Brüste und drück sie etwas nach oben“, sagte der Fotograf.

An jedem anderen Tag hätte sie ihn dafür auf der Stelle stehenlassen. Das oder sie hätte Guy die Kamera aus den Händen gerissen und sie Richard um die Ohren gehauen, der schon wieder lüstern blickte. Nichts war es wert, für solche Aufnahmen zu posieren. Aber Cruz war da. Er sah sie mit funkelnden Augen und leicht geschwollenen Lippen an und ihre Hände fanden sofort die richtige Position.

Hier Cruz, hörte sie sich in Gedanken sagen. *Für dich. Gefällt dir, was du siehst?*

Eine Schweißperle rollte langsam an seiner Schläfe hinunter und seine Mundwinkel zuckten. Ja, ihm gefiel allerdings, was er sah.

Natürlich war es verrückt, einen Mann zu begehren, der zugegeben hatte, sie einst im Visier seines Gewehres gehabt zu haben. Aber alles, was sie je von ihm gesehen hatte, war Cruz' übermäßig beschützendes Verhalten. Er hatte sie vor einer Kugel geschützt und sie in seinem Haus schlafen lassen. Er hatte ein dutzend Mal bewiesen, dass er sich trotz all seiner Schroffheit und Feindseligkeit gegenüber der Welt um sie sorgte. Tief in seinem Inneren sorgte er sich. Um sie. Um Keiki. Um seine Freunde.

Also ja. Sie würde sich erlauben, einen Mann wie diesen zu begehren.

Die Kamera klickte weiter, aber sie hörte es kaum. Der Fotograf murmelte Anweisungen. Sie gehorchte, während der Rest ihres Gehirns sich ein Dutzend Möglichkeiten ausmalte, wie sie und Cruz das Verlangen, das sich in den letzten Tagen in ihr angestaut hatte, befriedigen konnten.

„Neige den Kopf", sagte Guy.

Sie senkte die Augenlider, als sie sich vorstellte, Cruz zu berühren – ihn zu schmecken – ihn zu lecken.

„Streich dir das Haar zurück … "

Sie stellte sich vor, es wären Cruz' Hände, die dies für sie taten, und wie er sie festhielt, während er seine Hüfte bewegte.

„Schieb den linken Bikiniträger von deiner Schulter … "

Donner grollte über den oberen Hängen der Berge. Waren die Berggötter zornig oder waren sie einverstanden?

Sie stellte sich vor, wie Cruz den Bikiniträger zur Seite schob und ihre nackte Haut berührte. Sie konnte sich gerade noch stoppen, bevor sie dem Fotografen mehr gab, als er verlangt hatte. Gott, was war denn über sie gekommen?

Sie schwankte auf ihre Fersen zurück. Ja, sie hatte schon früher Fantasien über Männer gehabt. Und ja, sie hatte diese Fantasien auch ausgelebt. Aber das waren alles nur verspielte Affären zum Spaß gewesen. Kein Mann hatte ihr jemals das Gefühl gegeben, sie würde sterben, wenn er sie nicht berührte. Niemand hatte sie jemals vergessen lassen, wo sie war und was sie tat.

Niemand außer Cruz. Er stand direkt hinter der Schulter des Fotografen und starrte sie ebenfalls an. Seine Hände waren zu Fäusten geballt und er hatte den Körper angewinkelt, um die Erektion zu verbergen, die er nur schwer in seiner Tarnhose verstecken konnte.

Gott, wie sehr sie ihn wollte. Und er begehrte sie auch.

Der Donner grollte, dieses Mal näher. Ein langes, tiefes Grollen, das über die Hänge des Haleakala rollte. Es war gerade Warnung genug, um ihre eigene Zurechnungsfähigkeit zu prüfen. Cruz hatte zugegeben, dass es einen Moment gegeben hatte, indem er sie töten wollte. Warum um alles in der Welt sollte sie ihm vertrauen?

Die Temperatur kühlte sich ab und Gänsehaut breitete sich auf ihrer Haut aus, während das Feuer in ihrem Körper weitertobte.

„Scheiße. Wir verlieren das Licht“, sagte Richard.

Jody warf Cruz einen Blick zu. Der Himmel mochte dunkler werden, aber seine Augen blitzten sie mit einer Mischung aus Versprechen und Sehnsucht an.

Guy wedelte mit der Hand. „Nur noch ein paar Aufnahmen. Neige den Kopf nach hinten, Schätzchen. Ganz nach hinten.“

Jody krümmte sich und der Fotograf gackerte regelrecht vor Freude.

„Perfekt. Neige den Kopf in diese Richtung. George, gib mir so viel Licht, wie du kannst. Gott, Elements wird diese Aufnahmen lieben. Mach weiter so, Schätzchen.“

Violett-schwarze Wolken wirbelten über ihnen und verdrängten den blauen Himmel. Diese Wolken konnten jeden Augenblick platzen und sie bis auf die Knochen durchnässen. Energie knisterte und wirbelte um sie herum wie ein streunendes Biest. Cruz war genau das – hart und unruhig. Stets auf der Lauer.

„Jetzt schau nach oben. Direkt in die Kamera. Halte diesen Ausdruck“, rief der Fotograf.

Sie schaute an der Kamera vorbei auf Cruz mit seinem schwelenden Blick. Eine Einmannsturmwolke, die all ihre Energie auf sie konzentrierte.

Ich will dich, flüsterte sie in Gedanken. *Ich brauche dich.*

Es war egal, ob er ihre Worte hörte oder nicht. Er würde ihre Körpersprache mit Sicherheit verstehen.

Cruz' Körper versteifte sich. *Pass auf, was du dir wünschst,* blitzte es in seinen Augen auf.

Oh, sie würde aufpassen. Sie würde zusehen, wie er sich die Kleider vom Leib riss, gefolgt von ihren eigenen – wenn sie nur die Chance dazu bekäme.

„Scheiße. Es fängt an zu regnen“, sagte George.

„Die letzten paar Aufnahmen“, beharrte Guy und drückte weiter ab.

Jody war erstaunt, dass die Regentröpfchen auf ihrer nackten Haut nicht augenblicklich zischten und verdampften.

Ich kann mit dir umgehen, Mister, ließ sie ihre Schultern zu Cruz sagen.

Seine Lippen bildeten eine schmale Linie. Wahrscheinlich hatte er einen dieser dunklen Ritterkomplexe, der ihn glauben ließ, zu viele schreckliche Dinge gesehen oder getan zu haben, um eine holde Maid wie sie zu verdienen.

Sie hätte fast laut gelacht. Was für eine Maid sie doch war.

„Behalte diesen Verführerin-Blick bei. Weiter so“, flehte der Fotograf, und richtete sich in einem neuen Winkel aus.

Sie ignorierte ihn völlig und sah Cruz mit hochgezogener Augenbraue an. Sie, eine Verführerin? Ha.

Cruz' Nasenlöcher bebten. Okay, vielleicht funktionierte diese Verführerin-Sache doch. Und zum Teufel, ihr selbst gefiel es auch gut. Nur noch ein paar Minuten länger und sie würde allein vom Blick in die Augen dieses Mannes einen schreienden Orgasmus bekommen.

Aber sie wollte mehr. Sie wollte es in echt erleben.

„Guy“, murmelte George, als die Tröpfchen zu Regen wurden.

Guy rannte um sie herum. „Nur noch ein paar mehr Aufnahmen mit dem klaren Teil des Himmels ... “

Der Himmel war ungefähr genauso klar wie ihre Gedanken, aber Jody war es egal.

„Richard?“, rief die Friseurin. „Der Anruf, auf den du gewartet hast, ich habe sie in der Leitung.“

Richard eilte davon. Gut so.

„Kannst du dich strecken und die Arme hochheben?“, fragte der Fotograf. „Ja, genau so. Ganz genau so.“

Jody warf den Kopf zurück, als der Regen über ihre Brust tröpfelte. Junge, war das ein gutes Gefühl. Reinigend, so als würden ihr die Sünden ihrer schmutzigen Gedanken begangen hatte, vergeben werden. So als wären es keine Sünden, sondern ein ganz natürliches Begehren.

Ein Donnerschlag erschütterte den Himmel und die Regentropfen wandelten sich zu einer wahren Sintflut. Guy bedeckte seine Kamera mit seinem T-Shirt. „In Ordnung, das war's. Lauft los, Leute. Lauft.“

Der Himmel explodierte und schüttete eimerweise Wasser hinunter. Jody rannte los und lachte vor lauter Freude. All diese Kraft des Himmels. All dieses Verlangen in ihrem Körper.

Eine Hand schloss sich um ihre, und obwohl sie ohne hinzusehen wusste, dass es Cruz' Hand war, schaute sie ihn trotzdem an. Sein Haar klebte vom Regen nass an seinem Gesicht, das T-Shirt haftete an seiner Brust und er sah sie an wie ... wie...

„Was?“, rief sie über das Getöse des Regens hinweg.

Er öffnete den Mund und schloss ihn dann wieder. Sie hätte die Worte am liebsten aus ihm herausgeschüttelt. Aber dann tat Cruz etwas völlig und absolut Überraschendes. Etwas viel, viel Besseres als ihr zu sagen, was ihm durch den Kopf ging.

Er lächelte.

Ein riesiges, unverhohlenes Lächeln, wie das eines Kindes auf der Achterbahn, das gerade das größte Abenteuer seines Lebens erlebte. Ein echtes Lächeln von ganzem Herzen. Mit anderen Worten – aus seinem verborgensten, geheimsten Territorium. Wie schade, dass sie kein Fotograf war, denn dies wäre die Aufnahme des Tages gewesen.

Aber zum Teufel. Sie konnte etwas Besseres tun, als ein Foto zu schießen. Sie konnte ihn küssen.

Also tat sie es.

Sie blieb stehen und küsste ihn direkt auf den Mund, während der Donner grollte und die Wellen über den Strand schlugen. Sie schloss ihre Arme um seine Schultern. In Gedanken stellte sie sich vor, ihre Beine um seine Taille zu schlingen. Es gelang ihr gerade noch, sich von ihm zu lösen und einem sehr überraschten Cruz ihren besten verführerischen Blick zuzuwerfen.

„Nur eine Sekunde!“ Sie verschwand im Wohnwagen, um ihre Sachen zu holen.

Sie wäre fast mit Richard zusammengestoßen, der ihr mit der Hand signalisierte, innezuhalten, während er noch immer mit einem Ohr am Telefon hing. „Großartige Neuigkeiten. Wir können das Juwel für Morgen bekommen.“

Sie beachtete ihn nicht, sondern rannte wieder hinaus, griff nach Cruz' Hand und eilte los. Bei jedem ihrer hastigen Schritte wurden ihre Beine mit Schlamm bespritzt, aber sie hatte noch nie so viel Spaß gehabt. Der Schotterweg, der zum Strand hinunterführte, wurde bereits von breiten braunen Sturzbächen, die bergab flossen, überschwemmt.

„Warte, Jody. Wir können den Edelstein doch noch bekommen", rief Richard aus der Wohnwagentür.

„Auf gar keinen Fall", rief sie über ihre Schulter zurück. „Ich bin fertig."

Tatsächlich fing sie gerade erst an – sie fing mit all den schmutzigen Dingen an, die sie mit Cruz machen wollte. Aber was die Arbeit als Model betraf, war sie fertig.

„Wir könnten ein Bonus-Fotoshooting machen", schrie Richard. „Ich bezahle dir mehr. Denk doch nur ... "

Sie schloss ihren Griff um Cruz' Hand und rannte weiter. Es gab nur eine Sache, an die sie denken konnte, und die war, mit ihm intim zu werden. Aber verdammt. Wie sollte sie es denn aushalten, bis sie wieder bei ihm zu Hause waren? Selbst die 200 Meter bis zum Parkplatz schienen ihr schon zu lang, um zu warten.

„Lässt du mich dieses Mal in Ruhe fahren?", brüllte Cruz über das Geräusch des Regens hinweg.

Jody lachte. Sie würde ihn noch viel mehr tun lassen als das.

Sie trennten sich in der letztmöglichen Sekunde und sprangen jeweils an den gegenüberliegenden Seiten des Wagens hinein und aus dem Regen heraus. Nach dem Zuschlagen der Türen bewegte oder sprach keiner von ihnen für einen erstarrten Moment. Aber in der Sekunde, als sich ihre Blicke trafen ...

Jody beugte sich zu ihm – oder besser gesagt, sie stürzte sich praktisch über den Schaltknüppel hinweg – und drückte ihren Mund auf Cruz' Lippen. Einen Augenblick später folgte der Rest ihres Körpers und sie kletterte mit gespreizten Beinen über ihn. Regen trommelte auf das Dach und übertönte nur schwer ihr gieriges Wimmern und Cruz' heftiges Atmen. Sie ließ ihre Hüften auf seinen kreisen und stöhnte laut auf.

Cruz schmeckte so gut. Er roch so gut. Er fühlte sich so gut an. Überwältigend gut. Seine Hände an ihren Hüften ließen sie wissen, wie sehr er sie begehrte. Die Hitze, die von seiner Brust ausstrahlte, die sich unter ihrer hob und senkte, tat es ebenfalls. Ganz zu schweigen vom unverkennbaren Druck seiner Erektion zwischen ihren Beinen.

Rinnsale von Regenwasser strömten von ihrem Körper auf seinen herab. Das würde eine Riesensauerei geben. Sie unterbrach den Kuss und griff nach dem Handtuch, das sie sich geschnappt hatte. Aber Cruz knurrte und zog sie zurück, um seinen Mund erneut auf ihren zu drücken.

Ich will dich hier haben, sagte diese Geste. *Ich brauche dich hier.*

„Das Auto ...“, murmelte sie zwischen sehnsüchtigen Küssen. Wäre es ihr zehn Jahre alter Chevy gewesen, den sie zu Hause fuhr, hätte sie nicht gezögert.

Aber Cruz wurde kein bisschen langsamer. Seine Zunge strich in kräftigen besitzergreifenden Zügen über ihre und seine Augen blitzten mit kaum kontrolliertem Verlangen auf. Innerhalb einer Minute beschlugen die Fenster und schotteten sie von der Außenwelt ab.

„Gott, Cruz ...“

Es gab so vieles, was sie sagen wollte, und keine Möglichkeit, es richtig auszudrücken. Aber ihr Körper schaffte es ziemlich gut, ihm die Botschaft zu übermitteln. Sie rieb ihren Unterleib an seinem und drückte ihre Brust gegen ihn. Es war, als wäre sie ein Gewittersturm, ganz ähnlich dem, der draußen tobte und all seine aufgestaute Energie auf einmal freisetzte.

Dann stupste Cruz sie zurück und sah sie an. Er sah sie einfach nur an.

Jody hielt den Atem an und fragte sich, was er als Nächstes tun würde. Sie von sich stoßen? Darauf bestehen, einen besseren Ort zu finden? Oder ob er ihr sagen würde, er wäre zur Vernunft gekommen und hätte seine Meinung geändert?

Seine Augen blitzten auf, als er einen Finger unter ihren Bikiniträger schob und ihn langsam über ihre Schulter hinunterzog.

Meine, schienen seine Augen zu verkünden. *Du gehörst mir allein.*

Ja, wollte sie schreien. *Ja, ja, ja.*

Der nasse Stoff ihres Bikinis klebte hartnäckig an ihrer Haut, bis Cruz den Träger bereits bis über ihren Ellbogen hinuntergezogen hatte. Schließlich rollte das Material zur Seite. Und genau wie zuvor wartete er – ein kurzes Zögern, wie die Pause vor einem Donnerschlag. Er atmete ein. Und ... los ...

In einem Augenblick hatte sie Cruz in die gelbgrünen Augen gesehen. Im nächsten warf sie den Kopf zurück und schrie auf, als sich sein Mund über ihrer Brustwarze schloss.

„Ja ... “, stöhnte sie.

Der Mann bewegte sich so schnell wie eine Katze und sie wand sich unter ihm, während er sie verzehrte. Er saugte die Brustwarze in seinen Mund und knabberte mit den Lippen daran – ein hartes, beharrliches Knabbern, das sie Sterne sehen ließ. Er schloss eine seiner großen Hände über ihrer Brust und knetete ihr williges Fleisch, während er die andere um ihre Hüfte schlang und sie gegen seine Erektion drückte.

Sie stöhnte etwas Unverständliches, weil sie ihn überall gleichzeitig spürte. Beinahe überall – ihr Körper schrie nach einem weiteren Berührungspunkt.

„In mir. Ich muss dich in mir spüren.“

Sie ließ ihr Becken über seinem Schwanz kreisen und wünschte, er würde genauso wenig Kleidung tragen wie sie. Sie wünschte sich, sie könnte schnell seinen Reißverschluss öffnen und ihre Körper sich miteinander verbinden lassen.

„Bald“, murmelte er mit einer rauen, aufgewühlten Stimme, die sie unglaublich erregte. Dann widmete er sich wieder ihrer Brust, umkreiste und knetete sie mit den Fingern und seiner Zunge.

Es war unglaublich. Und verdammt, alles ging so schnell. Wie ein führerloser Zug, der über die Gleise raste. Eine andere Art von *schnell*, als der kichernde, fummelnde Spaß, den sie mit jedem anderen Mann gehabt hatte. Und es war nicht so sehr *Spaß*, als dass es *intensiv* war. Ihr Herz überschlug sich regelrecht in ihrer Brust. Ihr Körper verschmolz mit seinem und ihre Nervenenden feuerten dutzende Botschaften gleichzeitig ab.

Mehr. Brauche mehr.

Gut. So gut.

Genau da. Fester. Näher …

Sie sollte es wirklich überdenken, bevor sie zu weit ging, aber das wollte sie nicht.

Manchmal ist es besser, nicht zu denken, hatte ihr Vater bei ihren ersten Surfstunden gesagt, die er ihr vor so langer Zeit gegeben hatte. *Tu es einfach.*

Sie unterdrückte ein unartiges Kichern. Sie war sich ziemlich sicher, dass ihr Vater sie nicht *so etwas* im Sinn hatte.

Cruz widmete sich ihrer linken Brust und machte sich nicht einmal die Mühe, den Stoff des Bikinis zur Seite zu schieben.

„Oh ja … “

Je mehr er an ihr saugte und knabberte, desto mehr verlor sie die Kontrolle. Die Reibung des Bikinis steigerte ihre Lust noch und sie lehnte sich so weit zurück, dass ihr Kopf gegen das Autodach stieß.

„Mmm“, murmelte er. „Salzig.“

„Salzig gibt es bei mir gratis dazu“, schaffte sie es zu sagen und krümmte sich ihm entgegen, um ihm besseren Zugang zu gewähren.

„Geschmackstest.“ Er schob den Stoff zur Seite. „Ohne … “

Seine Lippen schlossen sich über ihrer Brustwarze und er presste sie fest zusammen. Hart, so als hätte er diese Muskeln genauso trainiert wie den Rest. Dann ließ er sie lange genug los, um mit dem Stoff über ihr empfindliches Fleisch zu reiben. Es machte sie völlig wild.

„Jetzt mit“, flüsterte er mit seiner tiefen, hungrigen Stimme. Er bedeckte die Brust mit dem Bikini und kostete sie erneut.

Jody schloss die Augen und rieb sich an seinem Körper. Mit seiner freien Hand zog und drückte er in einer leicht pumpenden Bewegung an ihr und gab das Tempo vor.

Ich habe hier das Sagen, erklärte diese Bewegung. *Ich kontrolliere deine Lust.*

Jody wimmerte und übergab ihm jegliche Kontrolle. Sie erkannte instinktiv, dass es mit Cruz keinen anderen Weg gab. Und wenn man bedachte, welch ein Meister er war … hatte sie damit auch keine Not.

„Was gefällt dir besser?“, fragte er mit einem heiseren Flüstern.

Ihr verwirrtes Gehirn versuchte, Sinn daraus zu machen. Meinte er etwa mit oder ohne Bikini?

Sie strich mit den Händen über seine Brust, griff nach seinem T-Shirt und zog es nach oben, bevor er protestieren konnte. „Ohne. Definitiv ohne.“

Er grinste – ein aufrichtiges, *du bist witzig und ich liebe es*-Grinsen – und half ihr. Was eine gute Sache war, denn der durchnässte Stoff ließ sich nur mühsam entfernen und die V-Form seines Oberkörpers machte es nicht leichter. Jody lachte, als es ihr schließlich gelang, das T-Shirt auszuziehen, und warf es beiseite.

„Wie siehst du denn nur aus.“

Er zog eine Augenbraue hoch. „Wie ich aussehe?“

„Ja, du. Du bist ganz nass und glitschig.“

Seine Augen blitzten mit erneutem Verlangen auf. „Nass und glitschig, was?“

„Du hast schmutzige Gedanken“, schimpfte sie und beugte sich vor, um ihre Brust zu seinem Mund zu führen.

„Genau. Ich bin derjenige mit den schmutzigen Gedanken.“ Er leckte über ihre Brustwarze und ließ seine Zunge darüber gleiten, wie es ein Kind mit einem schmelzenden Eis tun würde.

Das smarte Widerwort, das ihr bereits auf der Zunge lag, verpuffte in dem Moment, als er ihre Brust berührte. Sie würde vor Ekstase explodieren. Mein Gott, sie würden das Auto völlig einsauen. Sie selbst war bereits ein einziges Durcheinander und Cruz hatte noch nicht einmal …

Sie stöhnte, als er seine linke Hand zwischen ihre Beine gleiten ließ. Sie erzitterte und jeder Muskel in ihrem Körper wurde weich, zog sich zusammen und schmolz erneut dahin.

„Ich glaube, dir gefallen meine schmutzigen Gedanken“, flüsterte sie.

„Mir gefällt mehr als deine schmutzigen Gedanken.“

Der Regen prasselte wie polynesische Trommeln aufs Autodach und machte sie völlig verrückt vor Verlangen.

„So gut …“

Er zeichnete ihre Schamlippen nach und ließ dann einen Fingerknöchel über ihre Klitoris gleiten. Sie stöhnte auf.

„Ja …“

Der Saum ihres Höschens bewegte sich unter seiner Hand und ihr Körper schmerzte vor Sehnsucht.

„Bitte … mehr …“

„Mehr hier?“, neckte er sie und umkreiste ihre Klitoris. „Oder hier?“ Er glitt weiter nach hinten zu ihrem Eingang zurück.

„Fangfrage?“

Er lachte leise. Er bewegte die ganze Hand unter ihr und gab ihr damit ein wenig von beidem, bevor er schließlich einen Finger hineinschob.

Jody ließ ihren Kopf zurückfallen. Gott, das fühlte sich gut an. So gut …

Cruz kreiste mit der Hand und schob einen zweiten Finger hinein. Er murmelte vor sich hin: „Du bist wunderschön. So eng …“

Sie fühlte sich nicht eng an. Sie fühlte sich völlig bereit für die Monstererektion, die gegen ihren Oberschenkel drückte. Er könnte auf die doppelte seiner beträchtlichen Größe anschwellen und sie hätte immer noch Platz für mehr. Dann schluckte sie –irgendetwas sagte ihr, dass es tatsächlich eine Dehnübung werden könnte, ihn in sich aufzunehmen. Allein der Gedanke an das süße Brennen ließ sie laut aufstöhnen.

„Gut?“, flüsterte er.

„Genial.“

„Lass es mich noch besser machen.“

„Nur zu“, murmelte sie und ließ ihr Becken an seiner Hand kreisen. Sie trieb seine Finger tiefer. Tiefer …

Er krümmte die Finger in ihr und sie stöhnte laut auf. Als sie sich vorbeugte, schlossen sich seine Lippen über der empfindlichen Haut ihres Halses.

„Ich werde dich so gewaltig kommen lassen“, murmelte er an ihrer Haut.

Sie hätte ihm gern eine schlagfertige Antwort gegeben. Aber verdammt. Er hatte recht und sie wusste es. Und obwohl sich ihre Lippen bewegten, war der einzige Ton, den sie erzeugen konnte, ein sehnsüchtiges Stöhnen.

Das quälende Verlangen baute sich immer mehr in ihr auf und trieb sie in aufsteigende Höhen. Jeder Muskel in ihrem Körper wand sich, als sie gegen ihre Erlösung ankämpfte. Der Wolkenbruch draußen war ein Dröhnen in ihren Ohren. Cruz sichere Bewegungen trieben sie immer weiter und weiter bis über ihre Grenzen hinaus, sodass sie erneut aufschrie.

„Genauso ... “, flüsterte Cruz und stieß seine Finger tief in sie hinein, als sie erzitterte und kam.

Ekstase spülte über sie wie eine Welle. Eine riesige Sturmwelle, die sie von ihrem Surfbrett riss und ihr ins Gesicht lachte. Wie die Natur, die sie daran erinnerte, wer das Sagen hatte – oder besser gesagt, Cruz, der sie daran erinnerte, dass er ein Mann war, der zu seinem Wort stand.

Ich werde dich so gewaltig kommen lassen ...

Der Mann hatte keine Witze gemacht. Sie war wirklich wie Wachs in seinen Händen. Gerade als sich ihre Muskeln langsam von der Hitzewelle im Inneren ihres Körpers beruhigt hatten, traf sie ein Nachbeben und sie krümmte sich mit erneutem Stöhnen. Cruz stieß noch zweimal zu, bevor er sie sanft zur Erde zurückgleiten ließ.

Sie sackte an seinem Körper zusammen und keuchte an seinem Hals.

„Gut?“ Das Wort brummte aus seiner Brust und die Schwingung vibrierte durch ihren Körper.

Sie küsste seinen Hals. „Ziemlich gut.“

„Ziemlich gut?“

Sie lachte laut auf. „Wie sehr soll ich denn dein Ego streicheln?“

Cruz' Atem kitzelte ihr Ohr. „Vielleicht nur ein kleines bisschen.“

Sein Tonfall war sanft, aber er schloss seine Arme enger um sie. Sie dachte an sein Baumhaus, versteckt im Wald. An die dunklen, warnenden Blicke, die er jedem zuwarf, der es wagte, sich seinem persönlichen Raum zu nähern. An die Art, wie er mit Keiki gekuschelt hatte.

Vielleicht hatte ihr Leibwächter ein wenig zu viel Zeit allein verbracht. Vielleicht brauchte er wirklich ein paar stärkende Worte. Oder sogar mehr als Worte. Vielleicht brauchte er Liebe.

Sie zog den Kopf zurück und schaute ihm tief in die Augen. Ihr Haar fiel völlig chaotisch herab, aber es schloss die Außenwelt aus und das war gut. Sie legte beide Hände um sein Gesicht und ließ ihre Lippen über seine gleiten.

„Das war mehr als gut. Es war großartig."

Seine gelbgrünen Augen schienen zu glühen und seine Hände schlossen sich enger um ihre Taille.

„So gut, dass ich schnurren könnte", fügte sie hinzu.

Er grinste und drückte dann sein Ohr gegen ihre Brust. „Ich kann nichts hören."

Sie lachte, weil er ihr Herz trommeln hören musste. „Okay, vielleicht schnurre ich nicht nach außen, sondern nach innen. So wie eine Katze."

Er drängte sich noch näher an sie, bis sie sein Gesicht nicht mehr sehen konnte. Dann murmelte er: „Wie ein Tiger."

Sie lachte. „Du hast gesagt, Tiger schnurren nicht."

Er blickte todernst zu ihr auf. „Innen drin tun sie es schon."

Sie nickte langsam und überlegte, wie sie ihn wissen lassen konnte, wie wohl sie sich bei ihm fühlte. Wie sicher. Wie heimisch.

Aber Worte waren nur eine Möglichkeit, alle diese Emotionen, die in ihrem Inneren aufstiegen, zu zeigen – und nicht immer der beste Weg. Also drückte sie winzige Küsse auf seine Lippen, seine Nase und die scharfe Kante seiner Wangenknochen. Auf all die Stellen, die bisher tabu waren.

Cruz hielt sie schweigend und ernst fest und schloss die Augen.

Sie rückte näher und schmiegte ihre Nase an seine, in der Hoffnung, dass diese Geste nicht zu intim für ihn war. Es war eine andere Art von Intimität als seine Hand auf ihrer Haut oder seine Lippen an ihrer Brust. Auf gewisse Weise sogar intimer. Denn das war nur Fleisch, Teile eines Körpers. Dieses Kuscheln hingegen war viel mehr.

Langsam bewegte sie ihre Nase und neigte dabei den Kopf von einer Seite zur anderen. Cruz erwiderte ihre Bewegungen und drückte stärker, wich dann leicht zurück und schmiegte sich in einem ganz neuen Winkel an sie. Sie lächelte so breit, dass es schmerzte. Vielleicht wollte Dunkelauge sich gar nicht von der Welt abschotten. Vielleicht brauchte er nur die richtige Frau, um die Tür zu seiner unverschlossenen Zelle zu öffnen.

„Hey“, flüsterte sie. Es war keine Frage und keine Forderung. Eher ein Platzhalter für andere Worte, die sie irgendwann einmal ausprobieren wollte. Worte wie, *Ich liebe dich.* Sie fragte sich, wie lange ihre Mutter und ihr Vater wohl gebraucht hatten, um diese Worte auszusprechen. Nicht allzu lange, den Dingen nach zu urteilen, die sie gehört hatte, denn es gab tatsächlich so etwas wie Liebe auf den ersten Blick.

Wie lange würde es dauern, bis sie es wagte, diese Worte zu Cruz zu sagen?

„Hey.“ Er lehnte seinen Kopf an ihren.

Draußen nahm der Regen ab. Es war nur noch ein heiteres Klopfen auf dem Autodach, als der schlimmste Teil des Sturms aufs Meer hinausfegte.

Sie und Cruz hielten sich schweigend in den Armen. Es war ein Wendepunkt. Eine Zeit des Übergangs zu dem, was als Nächstes kommen würde. Hoffentlich noch viel mehr Sex.

„Oh“, murmelte er und bewegte sich schließlich. Er öffnete den Knopf an seiner Hosentasche und zog ihre Armbänder heraus. „Die gehören dir.“

Als würde ihr Herz nicht ohnehin schon fast platzen.

„Danke“, murmelte sie und legte sie wieder an. Er beobachtete sie und sie schluckte den Kloß hinunter, der in ihrer Kehle saß. „Nächstes Mal lass ich dich nicht so leicht davonkommen“, fügte sie hinzu und versuchte, die Stimmung aufzulockern.

Cruz lächelte. „Nächstes Mal, was?“

„Je eher desto besser“, gab sie zu und strich mit der Hand über seine Brust. Er hatte sich die ganze Zeit um sie gekümmert. Jetzt war es an der Zeit, dass sie sich revanchierte.

Aber Cruz schloss seine Hand über ihrer – sanft und dennoch entschieden – und schüttelte den Kopf. „Nicht hier. Nicht, bis ich dich in ein Bett kriege."

Sie sah ihn mit einem traurigen Hündchen-Blick an. „Bald?"

„Bald." Er lachte und drückte einen Kuss auf ihre Fingerknöchel.

Sie stieß einen theatralischen Seufzer aus und kletterte langsam von seinem Schoß. Dabei achtete sie darauf, noch ein paarmal an ihn zu stoßen und sich an ihm zu reiben. Dann gab sie ihm einen langen, schlüpfrigen Kuss.

„Du quälst mich", knurrte er.

„Man darf sein Ziel nicht aus den Augen lassen." Sie zerrte sich das zusammengerollte T-Shirt über den Kopf und zeigte auf die Zündung. „Warp-Speed, Captain."

Cruz hob eine Augenbraue „Warp-Speed?"

Sie klopfte ihm auf den Oberschenkel und genoss das seltene unbeschwerte Gefühl des Augenblicks. „Komm schon. Brumm, brumm."

Er ließ den Motor mit einem Dröhnen aufheulen und wischte einen schmalen Streifen des Kondenswassers von der Windschutzscheibe. Er lachte dabei und sah so aus, als hätte er schon seit Jahren nicht mehr so viel Spaß gehabt.

„Brumm, brumm", murmelte er und verbarg ein Grinsen. Dann raste er los und ließ die Reifen quietschen.

Kapitel 12

Wölfe ließen ihre Emotionen durch Heulen heraus. Drachen spien Feuer. Bären schnauften.

Cruz innerer Tiger brüllte und tänzelte vor Freude.

Ist ja schon gut, murmelte er und packte das Lenkrad fester.

Es war schon schwer genug, das Auto im Regen, mit einem riesigen Ständer und der sanften Bewegung von Jodys Händen auf seinem Oberschenkel auf der Straße zu halten. Aber gleichzeitig einen brüllenden Tiger im Kopf zu haben machte es noch schwieriger, geradeaus zu fahren. Sein inneres Tier wollte jedem anderen Lebewesen in Hunderten von Kilometern Entfernung seine Freude verkünden und sie alle daran erinnern, wer der Boss war.

Der Schauer hatte sich zu Dauerregen gewandelt und das Blau des Himmels war nur noch ein schmales Band in weiter Ferne am Horizont über Lanai. Aber auch das würde nicht mehr lange zu sehen sein – nicht mit diesem Sturm, der den Sonnenschein verjagte.

„Das wird noch eine Weile dauern“, murmelte er, besorgt, dass sich eine unbehagliche Stille zwischen ihnen ausbreiten könnte.

„Das Gute an diesen sündhaft teuren Sportwagen ist“, sagte sie so beiläufig, als spräche sie über das Wetter, „dass man superschnell von einer Seite eines tropischen Inselparadieses zur anderen rasen kann.“

„Nicht schnell genug.“

Jody nickte zustimmend und wippte ungeduldig mit ihrem Fuß. Sie legte ihre Hand über seine auf dem Schalthebel und das fühlte sich gut an. Es war wirklich schön.

„Nicht zu kalt?“, fragte er. Sie hatten die Klimaanlage eingeschaltet, um der Kondensation auf der Windschutzscheibe entgegenzuwirken, aber obwohl er ohne T-Shirt dort saß, war ihm innerlich immer noch extrem warm.

Jody fächelte sich mit der Hand Luft zu. „Heiß. Viel zu heiß.“

Damit stieg seine eigene Körpertemperatur noch um ein weiteres Grad.

Er umklammerte das Lenkrad mit seiner linken Hand und rückte mit der rechten unauffällig seine Hose zurecht. Wegen des Regens kroch der Verkehr nur noch im Schneckentempo, und er hätte am liebsten jeden einzelnen Fahrer verflucht. Wenn sie es nicht bald nach Hause schafften, würde er am Ende vielleicht an einem Motel anhalten, nur um nicht vor Lust zu sterben.

Aber er wollte kein Motel. Er wollte Jody auch nicht im Auto vögeln. Er wollte sie in sein Bett legen und sich dort ganz langsam und intensiv mit ihr lieben. Oder vielleicht auch heißen, wilden Sex haben. Was auch immer. Und was ihr Menschsein betraf – nun, er schaffte es nicht länger, sich darüber Sorgen zu machen. Sie war eine Ausnahme, ein Einzelfall.

Jody saß mit geschlossenen Augen und einem lustvollen Ausdruck neben ihm. Ihr Gesicht ließ ihn wissen, dass sie sich all die Dinge vorstellte, die er mit ihr – oder sie mit ihm – machen würde, sobald sie zu Hause ankamen.

Zuhause, murmelte sein Tiger. *Zuhause ist, wo immer sie ist.*

Ja, schon, aber das Bett stand auf Koa Point. Er beschleunigte, überholte ein anderes Fahrzeug und wurde hinter einem Lastwagen wieder langsamer. Diese Fahrt brachte ihn noch um.

Ich frage mich, was sie denkt, sagte sein Tiger.

Langsam und zögerlich tastete er sich gedanklich vor. Eng miteinander verbundene Gestaltwandler konnten die Gedanken des anderen lesen und vorbestimmte Schicksalsgefährten konnten das auch. Nicht, dass Cruz diese Möglichkeit in seinem derzeitigen Zustand zu genau untersuchen wollte. Aber er wollte unbedingt wissen, woran sie dachte – wenn auch nur eine winzig kleine Ahnung.

Ihre freie Hand glitt über ihren Oberschenkel. Ihre Lippen bewegten sich. Und allmählich stieg ein Bild in seinen Gedanken auf. Ein Gefühl. Das Gefühl, dass Jody ihre Fingerspitzen an seinem Oberschenkel hinaufgleiten lassen und sie in den Schritt seiner Hose schieben könnte.

Er atmete scharf ein. Wenn sie das täte, wäre er versucht, den Reißverschluss seiner Hose zu öffnen, damit sie ihn berühren konnte.

Er konzentrierte sich ein wenig mehr und das Bild wurde klarer. Wie sie ihre Hand hineinschob und um seinen Schwanz schlang. Wie sie ihn streichelte. Ihn kitzelte. Ihn von der dicken Wurzel bis zum Schlitz an der Spitze erforschen würde. Dann würde sie die Hand gerade fest genug auf und ab bewegen, um ...

„Stopp“, schnaufte er, sowohl zu sich selbst als auch zu ihr.

Sie riss die Augen auf. „Was?“

Als er sie ansah, konnte er die Lust in ihren Augen sehen. Wow. Sie hatte tatsächlich an etwas in dieser Art gedacht.

„Hör auf, daran zu denken.“ Er rutschte auf seinem Sitz herum, bevor der Druck in seinem Schwanz ihn töten würde.

„Woran zu denken?“ Ihre Stimme klang ganz unschuldig, aber ihr Seitenblick auf seinen Schritt verriet sie.

Er schnaubte. „Hör auf, an Sex zu denken.“

Als hättest du nicht daran gedacht? betonte sein Tiger.

Sie runzelte die Stirn. „Hat dir nicht gefallen, was wir gemacht haben?“

„Doch und das weißt du auch. Ich kann es kaum erwarten, ...“

Ihr Atem stockte, als er nach Worten rang.

„Was kannst du kaum erwarten?“, fragte sie.

Er starrte zwischen den Scheibenwischern hindurch. Wäre es Jody lieber, wenn er ganz versaut mit ihr sprach? Oder sollte er vorgeben, ein Gentleman zu sein, und höflich umschreiben, dass er sie besinnungslos vögeln wollte?

Sei direkt, sagte sein Tiger. *Sie mag Direktheit.*

Also zack – ohne eine weitere Sekunde Bedenkzeit flogen die Worte aus seinem Mund. „Ich kann es kaum erwarten, dich in meinem Bett zu ficken, bis wir beide den Verstand verlieren.“

Ihr Mund klappte auf. Unter ihrem T-Shirt, das an ihrer Brust klebte, wurden ihre Brustwarzen hart. Ihre Hände zitterten in ihrem Schoß.

„Oh“, murmelte sie.

„Oh?“

Sie rutschte auf ihrem Sitz herum. „Wenn es so etwas wie einen durch Worte ausgelösten Orgasmus gibt, dann hatte ich glaube ich gerade einen.“

Ein tiefer, brummender, zufriedener Ton entsprang seiner Brust. Es war einfach unglaublich, wie es Jody gelang, ihm unter die Haut zu gehen. Und sie waren immer noch kilometerweit von zu Hause entfernt.

Sie zog die Knie bis zu ihrer Brust hoch und beobachtete schweigend die Straße, bevor sie flüsterte: „Sag das noch einmal.“

Er verschluckte sich fast vor Überraschung und zupfte an seiner Hose. „Du wirst mich wirklich noch umbringen, weißt du das?“

„Nur einmal. Sag es nur einmal und ich verspreche, ein braves Mädchen zu sein.“

„Du bist ein Luder und du weißt es.“ Er konnte sich ein Lächeln aber nicht verkneifen. „Du bist ein Luder und ich kann es kaum erwarten, dich in meinem Bett zu ficken, bis wir beide den Verstand verlieren.“

Sie spitzte die Lippen, ohne irgendetwas zu verraten. Aber der süße Duft ihrer Lust erfüllte den Wagen so stark, dass er fast ins Schleudern geriet.

Ein paar Minuten später fing sie schon wieder damit an. Sie dachte an ihn. Fantasierte. Füllte seinen Geist mit allen möglichen sinnlichen Plänen. Zum Beispiel, wie er sie auf sein großes Bett legen und mit einem einzigen langen Stoß tief in sie eindringen würde. Oder wie sie vor ihm auf die Knie fallen und ihm einen blasen würde, so wie er es geträumt hatte. Oder ...

Er knurrte und sah sie an. „Luder. Luder. Luder. Luder.“

„Liest du meine Gedanken oder so etwas?“

So etwas, wollte er sagen. „Es ist ziemlich offensichtlich.“ Er hoffte, dass sie nicht weiter nachhakte.

Sie tat es nicht. Eine weitere Minute des Schweigens verging und sie begann, tiefe Atemzüge zu nehmen. Wirklich tiefe, laute, rasselnde Atemzüge.

„Was machst du denn jetzt?“, erkundigte er sich, als sie über die Kreuzung bei Ma’alaea fuhren.

„Ujjayi Atmung.“

„Ujjayi was?“

„Wie beim Yoga. Ich versuche, meine Mitte zu finden.“

Er schaltete einen Gang höher, als der Verkehr wieder dünner wurde. „Deine Mitte finden?“

„Du weißt schon, um meinen Geist auf eine andere Ebene zu bringen. Wie diese Mönche, die schweben können.“

„Ich weiß nicht viel über Mönche.“

Sie lachte. „Das hätte ich nie erraten.“

Cruz grinste. Ja, er konnte es kaum erwarten, nach Hause zu kommen, aber das hier machte irgendwie auch Spaß. Mit Jody machte alles Spaß. Selbst wenn er vor Verlangen fast umkam.

„Funktioniert es?“, fragte er und ließ sich zur Abwechslung einmal mitreißen.

„Nein. Hast du es schon mal versucht?“

„Zu schweben? Nein. Obwohl meine Füße möglicherweise ein oder zwei Minuten lang den Boden verlassen haben, während du posiert hast. Woran zum Teufel hast du dabei gedacht?“

Sie trank einen Schluck Wasser aus ihrer Flasche und bot sie ihm an, bevor sie beiläufig antwortete: „Ich habe daran gedacht, dir den Blowjob deines Lebens zu geben.“

Cruz verschluckte sich an dem Wasser, das auf halbem Weg in seiner Kehle steckenblieb, und hätte es fast quer über das Armaturenbrett gespuckt.

Jody riss die Hände hoch und grinste. „Entschuldigung. Ich verspreche, für den Rest der Fahrt den Mund zu halten.“

„Das muss ich sehen.“ Er lachte leise.

„Warte es ab.“ Jody verschränkte die Arme und presste die Lippen zusammen.

Er fragte sich, wie lange sie dies durchhalten würde, und auch das machte irgendwie Spaß.

Sie öffnete noch mindestens drei weitere Male während der endlosen Fahrt ihren Mund, schloss ihn aber jedes Mal wieder. Er lehnte sich zu ihr, in Erwartung ihrer Worte, aber sie verschränkte die Arme nur noch fester und wandte sich ab.

„Du weißt, dass du etwas sagen willst", neckte er sie.

Sie zog ihre Lippen auf eine total sexy Art und Weise nach innen. Natürlich ließ ihn zu diesem Zeitpunkt alles, was sie tat, an Sex denken, also war er nun der Schuldige.

Er raste die Straße entlang und schlängelte sich zwischen den langsam fahrenden Autos hindurch – mit anderen Worten, er überholte jedes andere Fahrzeug auf der Straße. Nach einer Ewigkeit nahm er den Fuß vom Gas und ließ den Wagen die Auffahrt zu Koa Point hinunterrollen. Cruz griff nach seinem T-Shirt, zog es sich aber nicht an. Jody strich sich in der Zwischenzeit ihr eigenes Oberteil glatt und sammelte den Rest ihrer Sachen zusammen, bevor sie aus dem Wagen stieg. Sie beide knallten die Türen hinter sich zu, standen im Schutz des Garagendaches und spähten hinaus.

„Wir werden rennen müssen", murmelte er mit Blick auf den strömenden Regen.

Sie lachte. „Darin haben wir ja Übung."

Er musste sich sehr anstrengen, um sein Lächeln zu verbergen, aber als sie sich neben ihn stellte und mit der Hand über seine Brust strich, wurde seine Stimmung wieder ernst. Wohin sollte das alles führen? Er war auf dem besten Weg, sich Hals über Kopf in sie zu verlieben. Er brach jede Grundregel eines Kriegers, der keine Spielchen spielte, insbesondere nicht mit seinem Herzen.

Sie griff nach seinen beiden Händen und ließ ihn damit wissen, dass auch sie nicht spielte. Sie flüsterte: „Hey."

Er holte tief Luft und lehnte seine Stirn an ihre. „Hey." Ihre Brust hob und senkte sich im Takt seiner eigenen Atmung und die Kälte, die sich im klimatisierten Auto einzuschleichen begonnen hatte, wich der Wärme ihres Körpers.

„Darf ich jetzt schmutzige Gedanken denken?", flüsterte sie.

Er nickte langsam, wovon ihre beiden Köpfe wippten. „Jetzt ist gut. Aber bist du bereit zu rennen?"

„Bereit."

Ganz ohne Countdown und *Los!* rannte Jody in der gleichen Sekunde quer über den Rasen, wie er es tat. Sie sprintete immer weiter und lachte, als hätte sie die ganze Woche noch nicht so viel Spaß gehabt. Und es machte Spaß. Das musste er zugeben. Diese aufsteigende Vorfreude. Dieser schlammige, spritzende Lauf durch Gras und Schlick. Sie rasten den gewundenen Pfad hinunter und über die Holzbrücke bis zu seinem Haus. Das Blätterdach des Waldes schloss sich über ihren Köpfen, ohne jedoch den Regen zu blockieren – es ließ den Regenguss auf seinem Weg nach unten nur einfach von Blatt zu Blatt springen. Sie stürmten beide in den Schutz des Wohnzimmers, blieben keuchend stehen und schauten in den Regen hinaus.

„Fast geschafft." Cruz zeigte zu seinem Schlafzimmer hinauf.

Jody ergriff seine Hand und starrte ihn an. „Das war kein Witz, oder?"

Er schüttelte den Kopf. Nein, es war kein Scherz gewesen, dass er sie in seinem Bett haben wollte. Und ja, er wollte sie über die Seilbrücke zu der Plattform führen, auf der sich sein großes, alleiniges Bett befand. In sein privates Schlafzimmer – obwohl privat natürlich relativ war. Es gab zwar ein Dach, aber keine Wände. Genau wie in dem Wohnzimmer, in dem Jody die letzten Nächte verbracht hatte.

„Bist du dir sicher?", flüsterte sie.

Siehst du? summte sein Tiger im Inneren. *Sie versteht es. Sie versteht uns und wie wichtig uns dieser Ort ist.*

Er sah sich um. „Nun, da dieser Raum so aussieht, als hätte hier der Blitz eingeschlagen ... "

Sie schlug ihm spielerisch auf den Arm. „So schlimm ist es wirklich nicht."

Das war es, aber es war ihm egal. Er kümmerte sich nicht um das Handtuch, das sie über dem Stuhl hängengelassen hatte. Auch nicht um ihre Kleidung von gestern, die in einem Häufchen am Boden lag und noch nicht einmal um die Zeitschrift, die aufgeschlagen halb unter der Couch lag. Ihn interessierte nur sie.

Sie biss sich auf die Lippe und wurde wieder ernst. Hatte sie plötzlich Zweifel an alledem oder wollte sie ihm eine letzte Chance geben, doch noch einen Rückzieher zu machen? „Bist du bereit, ein Mädchen zu verwöhnen?“

Einen Augenblick später zerrte er sie mit sich und eilte die Verbindungsplattform hinauf, die in den Schutz seines Schlafzimmers führte. Dann trat er auf die Bremse und gab ihr einen Moment Zeit, alle Eindrücke in sich aufzunehmen.

„Das ist atemberaubend“, hauchte Jody.

Es *war* atemberaubend. Das Dach ragte einen guten Meter über den Fußboden hinaus. Und da das Wasser an allen vier Seiten frei nach unten zu Boden fiel, hatte er das Gefühl, sich in einem tropischen Regensturm zu befinden. Sie blieben dabei vollkommen trocken, abgesehen von dem Wasser, das sie mit sich hereingetragen hatten und das nun in fast sinnlicher Art langsam an ihren Körpern hinuntertropfte.

„Du bist atemberaubend.“ Er ließ sein T-Shirt aus seiner Hand fallen, als er auf sie zu schritt.

Kein Warten mehr. Kein Wunschdenken mehr, knurrte sein Tiger.

Der Duft der Lust nahm zu, als Jody mit diesem verführerischen Grinsen einen Schritt zurücktrat.

„Du zitterst ja“, murmelte er.

„Innen drinnen nicht.“ Sie trat einen weiteren Schritt zurück. Nicht um zu fliehen, sondern um ihn zu necken und er wusste es. Sie spähte nach hinten und blieb an der Kante der Plattform stehen. Der Raum war ihr ausgegangen.

Ein Moment der Wahrheit. Sie waren mit den Spielchen fertig. Es hieß jetzt oder nie und er wartete darauf, dass sich ihre Angst zeigte.

Aber Jody streckte nur ganz leicht das Kinn heraus und zeigte ihm – und vielleicht auch sich selbst – dass sie jetzt keinen Rückzieher machen würde.

„Cruz.“ Sie streckte ihm ihre Hand entgegen.

Er hielt ihr seine hin, aber sie standen immer noch einen halben Meter voneinander entfernt. „Sei dir sicher, dass du es willst, Jody. Sei dir sicher.“

Er musste es von ihr hören. Die Dinge entwickelten sich rasend schnell. Miteinander zu schlafen würde sein wundervoll unkompliziertes Leben zu verkomplizieren, aber für sie war es noch bedeutsamer. Er war ein Gestaltwandler. Ein Einzelgänger, der in einem Baumhaus lebte. Ein Mann, der von zu vielen Geistern gejagt wurde. Wollte sie sich wirklich auf einen Typen wie ihn einlassen?

Seine ausgestreckten Finger zitterten ganz leicht.

„Ich will es, Cruz. Gott, ich will es so sehr." Als wollte sie ihren Punkt unterstreichen, riss sie sich das Oberteil über den Kopf und ließ es zu Boden fallen.

Cruz starrte sie an. Er erkundete jeden Zentimeter ihres Körpers mit seinen Augen. Sein Blick streifte über ihre Brüste und ihren Bauch, bevor er bei dem winzigen Höschen innehielt, das nun das Einzige war, das sie noch trug.

Himmel, murmelte sein Tiger. *Ich bin im Himmel.*

Jody hob ihre Hände an die Hüften, bis sie die Seiten des Stringtangas fand und wartete. „Möchtest du, dass ich den ausziehe oder willst du das lieber selber machen?"

Cruz antwortete nicht. Stattdessen stürzte er sich auf sie. Buchstäblich. In einer Sekunde stand er noch einen halben Meter entfernt und in der nächsten hatte er sie aufs Bett gezogen. Er fiel über sie her, bedeckte ihren Mund mit seinem und beanspruchte jeden Zentimeter für sich, den er berührte.

Jody riss erschrocken die Augen auf, war gleichzeitig jedoch entzückt.

„Ich bin ganz nass", quietschte sie.

„Ich mag dich nass", sagte er zwischen zwei Küssen.

Diese Idioten von Elements hatten in einem Punkt recht. Jody und Wasser passten perfekt zusammen. So als würden sie irgendwie miteinander verschmelzen. Es brachte ihr inneres Leuchten zum Vorschein, ihr ganz einzigartiges Feuer.

Sie öffnete den Mund und hieß ihn willkommen, schlang ihre Arme um ihn, wimmerte und machte ihn wild.

Meine. Sie gehört mir. Für immer meine Gefährtin, knurrte sein Tiger.

Cruz hatte sich noch nie so mächtig und gleichzeitig so machtlos gefühlt. Er plünderte ihren Mund mit seiner Zunge und berührte sie wie ... wie ... nun, fast wie ein Pirat. Aber Jody starrte ihn an und versicherte ihm, dass sie geplündert werden wollte, zumindest von diesem Freibeuter. Sie hatte bereits ihre Beine um ihn geschlungen, die Schultern zurückgeworfen und ihre Hände in seinem Haar verstrickt.

Als er sie im Auto berührt hatte, konnte er noch einen halbwegs kühlen Kopf bewahren – mehr oder weniger. Aber jetzt war er ein unbeholfener Teenager, der sich nicht entscheiden konnte, wo er anfangen sollte. Also versuchte er sie überall zu berühren, was nicht wirklich funktionierte. Er konnte noch nicht einmal seine Hose loswerden. Und das war vielleicht auch gut so, denn so ein Rohling war er auch wieder nicht. Er hatte Jody gesagt, er würde sie ficken, bis sie beide den Verstand verloren, und das bedeutete, sie zuerst zu befriedigen.

Sie *will genommen werden. Sie will uns gehören,* jaulte sein Tiger.

Die unwiderstehliche Vorstellung, seine Zähne in ihrem Hals zu versenken, um ihr den Paarungsbiss zu geben, schoss durch seine Gedanken.

Er schüttelte heftig den Kopf. Menschen wussten nichts von Gefährten. *Soweit werden wir nicht gehen. Dies ist lediglich unser erstes Mal. Mach also nicht alles kaputt, indem du es versuchst. Verstanden?*

Verstanden, verstanden, schnaufte das Biest.

Das gab ihm gerade genug geistigen Abstand, um sich wieder in den Griff zu bekommen und Jody so zu lieben, wie sie es verdient hatte. Auf die Art, wie er und nur er, und kein anderer Mann irgendwo oder irgendwann, es tun könnte.

Hey! Warum hast du aufgehört, sie zu küssen? beschwerte sich sein Tiger.

Jodys fester Griff in seinem Haar fragte dasselbe.

Ich habe nicht aufgehört. Ich wechsele nur die Richtung, versicherte er dem Tiger.

Ah, seufzte die Bestie, als Cruz begann, an ihrem Körper hinunterzurutschen. *Jetzt verstehe ich deinen Plan.*

Jody stöhnte und bewegte sich unter ihm, als er ihr Schlüsselbein erreichte. Ihre Hände spielten mit seinem Haar und ließen ihm freien Lauf.

Er platzierte eine Reihe kleiner Küsse auf ihrer Brust und fühlte sich von ihrem süßen Wildrosenduft berauscht. Er liebte die Art, wie ihr Körper sich ihm entgegenstreckte und sie ihn zu ihren Brüsten führte. Mit einem scharfen Einatmen streckte sie ihre Brustwarze wie mit einer offenen Einladung zu seinem Mund. Er nahm sie, so sanft er nur konnte, zupfte dann härter, rollte und saugte, bis ihr Stöhnen lauter war als das Geräusch des Regens.

Nur für dich, Kumpel, sagte er zu seinem Tiger, und glitt mit der Zunge über die Erhöhungen ihres Warzenhofs.

Nur für mich, von wegen, lachte das Biest zurück.

Er gluckste. „Was ist denn so lustig, Mister?“, murmelte Jody.

Das war seine Jody, immer ein Luder, selbst wenn sie ihm ausgeliefert war. Konnte diese Frau nichts erschrecken?

„Lustig ist, dass ich kaum in der Lage bin, nicht den Kopf zu verlieren.“

Das gefiel ihr; er konnte es am Kichern ihrer Brust erkennen. Ein Kichern, von dem ihre Brüste wackelten und was ihn dazu veranlasste, seine Aufmerksamkeit erneut dorthin zu lenken. Er packte das weiche Fleisch und leckte immer wieder mit der Zunge über ihre Brustwarze. Dann wechselte er auf die andere Seite, umkreiste und kniff sie sanft, bis ihre Brustwarzen so hoch aufragten, dass sie sich regelrecht in seinen Mund drängten.

„Oh ... “, keuchte sie und krümmte ihren Körper. „Cruz ... “

Es war schon sehr lange her, seit er jemanden seinen Namen auf diese Weise sagen gehört hatte. Nicht als bellenden Befehl oder frustriertes Seufzen. Keine kühle Entlassung oder ein eingeschüchtertes Flüstern. Nur bedürftig. Glücklich. Begierig.

Ein Anflug von Angst schoss durch ihn hindurch, aber er jagte ihn davon. Er konnte dieser Frau wehtun und sie konnte auch ihn verletzen. Im Herzen, nicht körperlich.

Wir können ihr vertrauen. Wir müssen ihr vertrauen, sagte sein Tiger.

Er verlagerte sein Gewicht und kroch tiefer, entlang der Linie ihrer Körpermitte. Ihr Bauchnabel verlockte ihn zum Verweilen, aber der Duft ihres Zentrums rief und er rutschte tiefer.

„Ja ... “, stöhnte sie und spreizte die Beine.

Jody. Er wollte ihren Namen singen, so wie sie seinen sang. *Jody, Jody, Jody.*

Er ließ eine Hand über ihre Schamlippen gleiten, atmete tief ein und genoss ihren Duft.

„Mehr“, rief sie und wand sich unter ihm.

Er spreizte seine Finger auf ihrem Bauch, beruhigte sie und ließ sich selbst den Augenblick genießen. „Davon habe ich jede Nacht geträumt.“

„Ich auch. Glaube mir, ich auch.“

Ein weiterer Moment, den er in seinem geistigen Erinnerungsalbum festhalten sollte, aber Cruz wollte sein Glück nicht überstrapazieren. Nicht, wenn sich seine Frau ihm auf diese Weise anbot. Und da sie es schon tat ...

Er zog sich zurück, hob ihre Hüfte von der Matratze hoch und schlang ihre Beine über seine Schultern. *Ganz oder gar nicht.*

In der Sekunde, in der seine Zunge ihr weichstes, verborgenstes Fleisch berührte, stieß Jody ein ersticktes Geräusch aus und drängte ihre Hüfte nach oben. Er leckte sie kühner und ließ sie sich an das Gefühl seines Mundes an ihr gewöhnen. Und den ihr entweichenden Geräuschen und der Spannung ihrer Oberschenkel nach zu urteilen, war sie völlig an Bord.

„Oh ... Ja ... Oh ... “

Er leckte in einem langen Zug und schloss die Augen. Auf und ab, an ihren Lippen entlang in köstlichen, langsamen Bewegungen. Dann hielt er an ihrer Klitoris inne und kreiste mit der Zunge um die enge Knospe.

Jody rieb sich in einem unverkennbaren Rhythmus an ihm und drängte ihn, tiefer zu lecken. Tiefer. Sie zu schmecken, bis sie vor Lust völlig wild wurde, und er war es auch. Als sich ihre Muskeln um ihn herum zusammengezogen, drückte er mit dem Daumen auf ihre Klitoris und ließ ihn kreisen, während er seine Finger tief in sie stieß.

„Ja ... so nah dran ... “ Er war ebenfalls kurz davor zu explodieren und sein Schwanz war noch nicht einmal zum Zuge gekommen.

Er zuckte mit den Fingern und saugte im gleichen Moment, wovon sie in völliger Ekstase über den Abgrund taumelte.

„Hör nicht auf … “

Er würde im Traum nicht daran denken aufzuhören. Nicht bevor er jeden letzten Tropfen ihres Orgasmus ausgekostet hatte. Und wenn er fertig war …

Er grinste. Wenn er fertig war, würde er sie erneut zum Orgasmus bringen. Und dann noch einmal und noch einmal, bis sie an nichts anderes mehr denken konnte als an ihn.

Jody zuckte und kreiste ihren Unterleib, bis sie sich schließlich wieder auf die Matratze sinken ließ. Er legte seinen Kopf auf ihren Bauch, der sich mit wilden keuchenden Atemzügen hob und senkte.

„Gott, Cruz … “

Sie tätschelte ihm den Rücken.

Er grinste und nahm alles in sich auf. Die Wärme ihres Körpers. Den Klang der tiefen Befriedigung in ihrer Stimme. Den Duft seines eigenen Verlangens vermischt mit ihrem. Den Frieden in seiner Seele. Mensch oder nicht, es spielte keine Rolle mehr. Jody war Jody und sie gehörte ihm.

Meine Schicksalsgefährtin, summte sein Tiger.

Langsam küsste er sich seinen Weg an ihrem Körper hinauf, bis er an ihrem Mund angekommen war. Einen Augenblick, nachdem Jody ihre Hände um sein Gesicht geschlungen und ihn tief geküsst hatte, riss sie die Augen weit auf. Er neigte den Kopf, als sie zaghaft mit der Zunge über ihn leckte.

Heilige Scheiße, sagte ihr Gesichtsausdruck. „Bin das … bin das ich?“

Ein breites Grinsen breitete sich auf seinem Gesicht aus. Mann, er liebte die Art, wie sie ihre Gefühle so offen zeigte. Er küsste sie erneut und ließ sie dann mit einem kleinen Plopp los. „Ja, das bist du auf meiner Zunge.“

Sein Tiger brüstete sich und tänzelte vor Freude, mit dem Wissen, dass er diesen winzigen, kleinsten Teil von ihr besaß. Ihren Geschmack. Ihren himmlischen Geschmack.

„Du siehst so stolz auf dich aus, du großer Klotz. Warte nur, bis ich mich revanchiert habe.“ Sie leckte sich über die Lippen.

Sein Schwanz wurde härter in seiner Hose.

„Da wir gerade davon sprechen." Jody griff nach seinem Reißverschluss.

Er ließ sich über ihr fallen und wiegte seinen Kopf an ihrer Brust hin und her. „Du bist unglaublich, weißt du das?"

Sie lachte. „Nein, das bin ich nicht. Mein Gehirn funktioniert nur einfach nicht mehr. Das mich-um-den-Verstand-ficken hat funktioniert, falls es dir nicht aufgefallen ist. Aber da ist noch eine Sache … "

Sie schob ihre Hand in seine Hose – in die vom Regen durchnässte Hose, die er sofort ausziehen wollte – und packte seinen Schwanz.

„Ja", murmelte sie und drehte sich, um ihn besser greifen zu können. „Eine Sache noch … "

Kapitel 13

Jody hielt den Atem an und ließ ihre Hand tiefer sinken, entschlossen ihren Schwung nicht zu verlieren. Der *Besinnungslos*-Teil stimmte, denn ein Teil ihres Gehirns hatte sich tatsächlich abgeschaltet. Ihre inneren Filter hatten sich ebenfalls bereits vor einer Weile verabschiedet und sie sprach aus, was immer sie fühlte.

So etwas wie, *Ich habe daran gedacht, dir den Blowjob deines Lebens zu geben.* Oder zu sagen *Warte nur, bis ich mich revanchiert habe*, während sie sich die Lippen leckte.

Aber zum Teufel. Sie übertrieb nicht. Sie fühlte sich nur etwas, ähm ... mutiger. Nicht nur auf die Art mutig, einem Mann gegenüber durchsetzungsfähig zu sein, denn das war noch nie ein Problem gewesen. Sondern vielmehr durchsetzungsstark mit *diesem* Mann zu sein, einem, der mit ziemlicher Sicherheit einen Tiger mit bloßen Händen töten könnte.

Der strömende Regen hatte möglicherweise zu ihrer Stimmung beigetragen, denn einen Tropensturm zu sehen, hören und zu *fühlen*, hatte sicher eine starke Wirkung. Das und dass sie schon zweimal gekommen war –eine weitere Entschuldigung dafür, dass sich ihre Zunge so gelockert hatte. Aber in dem Augenblick, in dem sie ihre Hände um seinen Schwanz schloss, verstummte sie für ein paar Sekunden, denn wow. Vielleicht würde er doch nicht in sie hineinpassen. Nicht, dass sie nicht ihr Bestes geben würde, es zu probieren.

Cruz schloss die Augenlider, als sie ihre Faust auf und ab gleiten ließ. Sein Atem stockte und er bewegte seine Hüfte, um näherzukommen.

„Ähm, Hilfe?“, murmelte sie, als sie mühevoll versuchte, seine vom Regen durchnässte Hose auszuziehen.

Er riss die Augen auf, als wäre er aus einem Traum erwacht. „Und ich dachte schon, du könntest alles."

„Fast alles. Aber diese Hose ... "

Gemeinsam zerrten sie sie hinunter und Cruz schüttelte sie auf den Fußboden ab.

„Jetzt bist du der Schlampige hier", betonte sie.

„Das ist mir egal." Er brachte sich auf eine Art und Weise über ihr in Position, die keinen Zweifel aufsteigen ließ. Auf seinem Gesicht lag eine Maske der Ernsthaftigkeit, so als wäre der Liebesakt mit ihr etwas, das er unbedingt richtigmachen musste.

Langsam bewegte sie ihre Hand an seiner Länge hinab – in einem langen ausgedehnten Zug, von dem ihr das Wasser im Munde zusammenlief. Als sie sie wieder hinaufschob, schien sein Schwanz doppelt so lang, ja doppelt so hart zu sein. Sie ließ zur Abwechslung ihre Finger nach unten kreisen und zupfte gerade so fest an der Vorhaut, dass Cruz aufstöhnte.

„Luder."

„Du liebst es doch, Mister. Jetzt sei still."

Er schob seine Hand zwischen ihren Körpern hinunter, um sie um ihre zu schließen, und half ihr dabei, das perfekte Tempo zu finden. Langsam auf dem Weg nach oben, schneller beim Hinabgleiten. Sie sahen sich tief in die Augen, während sich ihre Hände bewegten, und sie versank in seinem Blick. Sie fühlte sich verbunden. Fast so, als wäre sie ein Teil von ihm.

Cruz' Kehlkopf wippte, als er schluckte. Spürte er dasselbe? Bei allem, was sie bereits miteinander geteilt hatten, fühlte es sich wie der herrlichste, erotischste Moment ihres Lebens an.

Das muss ich mir merken, dachte sie bei sich. *Die Augen beim Sex offenlassen.*

Sobald sie das perfekte Tempo gefunden hatte, griff Cruz hinunter und ließ sie aufstöhnen.

„Schhh", murmelte er. „Bald."

Es war verrückt, wie sehr ihr Körper seinen brauchte. Er berührte sie und ließ seine Finger an ihren Schamlippen entlanggleiten. Er tat dies im gleichen Tempo, in dem sie ihre Hand an ihm bewegte. Und verdammt, das war sogar noch besser. Langsam in die eine Richtung, etwas schneller in die andere, mit einer kleinen kreisenden Bewegung, die sie über der Spitze seines Schwanzes nachahmte. Sie neigte den Kopf nach vorn und beobachtete ihn für einen Moment, während sie sich unbewusst die Lippen leckte.

Was möglicherweise der Auslöser dafür gewesen sein könnte, dass Cruz plötzlich nach der Kommode griff und ein Kondom hervorholte. Er zog es blitzschnell über und drückte ihre Beine mit einem Knie weiter auseinander. Mit einer Hand zog er ihr die Arme über den Kopf und presste sie fest auf die Matratze.

Sie atmete keuchend ein. Das würde so gut werden.

Das schwöre ich dir, sagten seine Augen. Seine *glühenden* Augen, was nur zeigte, wie sehr sie von Sinnen war.

Als Cruz seinen Schwanz in langen Zügen über ihren Körper gleiten ließ, schnappte sie nach Luft. Und als er an ihrem Eingang innehielt, hielt sie den Atem an.

„Alles klar bei dir, ja?" Er neigte den Kopf und bot ihr einen letzten Ausweg an.

Sie nickte nur knapp, anstatt sich erbärmlich anzubiedern, indem sie bettelte, *Bitte, ja, bitte,* und schlang ihre Beine um seine Taille.

Dann stöhnte sie auf, als er in einem einzigen langen Stoß tief in sie eindrang.

„Ja", schrie sie auf und wandelte auf schmalem Grat zwischen Lust und Schmerz.

Er atmete so tief ein, dass sie es über das Geräusch des strömenden Regens hinweghören konnte. Er entzog sich ihr langsam und stieß dann wieder hinein. Sie warf den Kopf zurück – so viel zum Thema Blickkontakt. Aber die Gluthitze zwischen ihnen war so überwältigend, dass sie auch das letzte Fünkchen Beherrschung verlieren würde, wenn sie nicht wenigstens einen Teil ihrer Sinneseindrücke ausblendete. Wie den holzigen Geruch des Strohdachs über ihnen, den auf die Blätter spritzenden Regen oder den Ausdruck völliger Konzentration auf Cruz' Gesicht.

Also ließ sie ihren Kopf nach hinten zurückfallen und keuchte bei jedem weiteren Stoß. Und als Cruz sich zu ihr senkte, um ihren Hals zu küssen und daran zu knabbern, neigte sie den Kopf zur Seite und bettelte lautlos um mehr.

„So perfekt. So wunderschön", murmelte Cruz. Nicht so sehr zu ihr, als vielmehr zu sich selbst – oder vielleicht zu dem Alter Ego, mit dem er von Zeit zu Zeit stumme Gespräche zu führen schien. Er fand die perfekte Stelle an ihrer Halsbeuge und saugte, während er in gleichbleibendem, unerbittlichem Tempo weiter in sie stieß.

Jody zog ihre Beine höher um seine Taille und presste sie fest zusammen, was ihn aufstöhnen ließ. Ein Regentropfen – oder war es Schweiß? – landete auf ihrer Brust.

„So gut … "

Ihre innere Spannung stieg weiter, sie krümmte und streckte sich ihm entgegen.

Seine Zähne waren entblößt, die Stirn zerfurcht.

„Härter … " Sie streckte sich ihm entgegen, begegnete einem jeden seiner Stöße mit Sehnsucht nach mehr.

Er hielt ihre beiden Hände mit einer seiner fest und zog die andere zu ihrer Brust hinunter. Kleine schwarze Flecken tanzten vor ihren Augen. Zwei harte Stöße später ließ er seine Hand zu ihrer Klitoris gleiten, so dass sie begann, unter ihm zu zucken.

„Ja … ja … "

Sie zog ihre inneren Muskeln zusammen und umschloss seinen Körper mit ihren Beinen. Ihr Atem kam in rasenden Schüben im Takt mit Cruz' Stößen und seine eigene Atmung war heiß und heftig an ihrem Ohr. Jeder Muskel seines Körpers spannte sich an, als er sich abstützte, um ihr wieder in die Augen zu sehen.

Sieh mich an, verlangte sein Ausdruck. *Sieh dabei zu, wie ich dich über den Abgrund treibe. So wie ich es versprochen habe. Ich werde dich besinnungslos vögeln, bis wir beide den Verstand verlieren.*

Je länger sie in diese goldenen Augen starrte, desto mehr wurde ihr eine Feinheit bewusst. Cruz wollte, dass sie *ihm* dabei zusah, wie er den Verstand verlor. Er wollte dies mit ihr teilen, um ihr so viel mehr von seiner Seele zu zeigen.

„Ja", flüsterte sie und drängte ihn weiter.

Seine Hände schlossen sich fester um ihre. Er stieß härter. Härter. Schneller. Er murmelte vor sich hin, als aus dem gleichmäßigen Tempo ein Sprint wurde. Sein Kiefer spannte sich an und die Augen glühten.

„Oh ... ja ... “, schrie Jody, die immer noch ihre Augen offen und ihre Beine eng um ihn geschlungen hielt.

Sein dicker Schwanz dehnte sie und stieß immer wieder und wieder in sie hinein. Er ließ die Hüfte kreisen und fand eine neue Stelle, gegen die er stoßen konnte. Er bewegte sich schneller und stieß in einem Winkel in sie hinein, der sie garantiert über den Abgrund taumeln lassen würde.

„Ja ... “

Ihr *Ja* blieb ihr im Hals stecken, als Cruz sich tief in sie grub und seine Erlösung herausstöhnte. Ihr Höhepunkt kam einen halben Atemzug später über sie und sie klammerte sich fest an ihn. Alles verschwamm und explodierte in ihrem Kopf. So als würde sie über die Kante der größten, verrücktesten Welle, die sie je geritten war, fliegen und im schaumigen Sog des Wassers herumgewirbelt werden. So als wollte sie keine Sekunde des wilden Vergnügens verpassen, bevor sie sich der Ruhepause nach der Welle hingab.

Dann wurde ihr Körper geschmeidig, wie ein Blatt, das an den Strand gespült worden war.

Cruz ließ sich auf ihren Körper herabsinken und verteilte sein Gewicht sorgfältig, um sie nicht unter sich zu erdrücken. Sie schlang ihre Arme um seine Schultern und schloss ihn in eine Umarmung. Ihre Beine umklammerten ihn ebenfalls und er drückte sie zurück. Er ließ seine Hände über ihr Haar und ihre Haut gleiten, während er Worte flüsterte, die sie kaum hören konnte. Leise und verzerrt, aber glücklich. Unbestreitbar glücklich.

Sie grinste. Cruz Khala – der außergewöhnlich harte Kerl – hatte viel mehr Herz, als er zugeben wollte. Vielleicht sogar eine gefühlvolle Seele.

Sie kicherte und sagte leise: „Tiger schnurren also nicht?“

Er versteifte sich leicht, als wäre er auf der Hut, vor dem was sie als Nächstes sagen könnte.

„Und was ist mit knallharten Leibwächtern?“, fuhr sie fort. „Dürfen die schnurren? Denn ich bin mir ziemlich sicher, dass ich genau das gerade höre.“

Er atmete aus und seine Muskeln lockerten sich wieder. „Ich glaube, das ist Keiki.“

Sie lachte und er stimmte ein. „Ach richtig. Keiki. Na sicher.“ Das Kaliko-Kätzchen war nirgends zu sehen, aber sie ließ Cruz die Ausrede durchgehen.

Sie war ein einziges Durcheinander, genau wie das Bett, und sie befürchtete, dass Cruz sich zur Seite rollen und ihre friedliche Glückseligkeit beenden würde. Aber anstatt sich wegzudrehen, rutschte er auf eine Seite, ließ das Kondom neben dem Bett auf den Boden fallen und sah ihr erneut tief in die Augen. Er blinzelte einmal, zweimal und fing dann an, mit seinen Wangen und seinem Kinn über ihr Gesicht zu streichen. Es war das intensivste Kuscheln der Welt, das seinen Duft in ihre Haut einrieb.

Jody erwiderte die Zärtlichkeit und rieb sich an ihm wie ein Vogel in einem zeitlosen Paarungsritual. Oder vielleicht sogar wie zwei mächtige Raubkatzen, die sich in Hingabe aneinanderschmiegten und knurrten, bevor sie sich zurückgezogen und über ihr gemeinsames Reich herrschten.

Sie war klebrig. Nass. Ihr Haar ein verfilztes Chaos. Aber sie hatte sich noch nie zuvor so gut gefühlt.

Cruz hörte langsam auf und hielt sie eng an seiner Brust fest.

„Hey.“ Sie küsste seine Haut.

„Hey“, antwortete er leise.

Sie schloss die Augen und stellte sich vor, wie es wäre, jeden Morgen auf diese Weise aufzuwachen.

Er umarmte sie fester. Hatte er sich dasselbe vorgestellt?

Sie seufzte und kuschelte sich noch näher an ihn, fest entschlossen, den Moment zu genießen. Das sanfte Spiel seiner Hände auf ihren Schultern, der Hauch seines Atems auf ihrem Haar. Die Hintergrundmusik einer Insel, die von einem reinigenden Regen überspült wurde.

Minuten vergingen. Sie hätte eine volle Stunde mit ihm dort ruhen können. Tage sogar.

„Ich liebe diesen Ort“, gurrte sie. „So friedlich.“

„Das war es, bis du ankamst“, scherzte er.

Sie hob den Kopf, um ihn anzusehen. „Du meinst wohl, bis du mich hierhergebracht hast. Ich glaube, das war alles Teil deines Masterplans.“

Er lachte laut los. „Ich wünschte, ich wäre klug genug, einen solchen Masterplan zu haben. Ich improvisiere hier, Schätzchen.“

Sie küsste ihn und die bissige Bemerkung, die ihr auf der Zunge lag, verschwand aus ihren Gedanken.

„Wow“, sagte sie ein paar Minuten später. „Du schnurrst wirklich.“

Cruz lachte. „Das ist Keiki. Wirklich. Sieh mal.“

Mit einem geschmeidigen Satz sprang Keiki auf das Bett und trottete zu Cruz hinüber, der sie unter dem Kinn kraulte. Keiki zupfte mit ihren winzigen Krallen an den Laken und schnurrte lauter.

„Was für ein süßer Fratz du doch bist!“ Jody stemmte sich auf einen Ellbogen hoch. Sie wartete einen Augenblick, um die Pointe zu liefern. „Und das Kätzchen ist auch nicht schlecht.“

Cruz schleuderte ihr ein Kissen entgegen, jagte sie über die Matratze und klemmte sie erneut unter seinem Körper ein. „Wen nennst du hier süß, Fräulein?“

Er versuchte, bedrohlich zu wirken, aber es funktionierte nicht. Und schon gar nicht, als Keiki auf seine Schulter sprang und ebenfalls auf sie herabblickte.

„Dich“, kicherte sie und zappelte ohne Hoffnung, sich zu befreien. Nicht, dass sie sich ihm hätte entziehen wollen. „Und du bist auch süß“, versicherte sie Keiki.

Das Kätzchen schnurrte und knetete mit den Tatzen Cruz' muskulöse Schultern wie einen Teppich.

Cruz bewegte die Schultern, sodass Keiki abrutschte, und ließ sich neben Jody fallen. Er zog sie an seine Brust und hielt sie fest – richtig fest, so als wollte er sie nie wieder loslassen. Keiki sprang währenddessen hinüber und betrachtete die beiden aus nächster Nähe.

„Du bist die Königin hier, nicht wahr?“ Sie kicherte und kraulte das Kätzchen unter dem Kinn.

„Das ist sie.“

Jody lachte. „Ich glaube, ich habe dich und Silas durchschaut. Besonders dich und deinen Faible für Katzen.“

Cruz erstarrte. Er war stocksteif.

„Ja“, erzählte sie weiter. „Irgendeine verrückte, alte Witwe starb und hinterließ ihren Katzen dieses Anwesen. Und du und Silas ihr kümmert euch darum. Genau genommen haben also die Katzen hier das Sagen.“ Sie lachte. „Was hältst du von meiner Theorie?“

Cruz stieß einen langen Atemzug aus und küsste ihr Haar. „Ich denke, deine Theorie ist genauso verrückt wie du. Und jetzt sei still und hör mal hin.“ Er deutete auf den strömenden Regen draußen.

Sie schloss die Augen und lauschte genauer – nicht so sehr auf das unerbittliche Trommeln des Regens, sondern vielmehr auf das Schlagen seines Herzens. Keiki rollte sich an ihrem Bauch zusammen, schnurrte und zupfte an den Laken, während Jody ihren Kopf streichelte.

„Ziemlich perfekt“, seufzte sie.

Cruz streichelte mit den Fingern über ihren Arm und ihr wurde direkt wieder heiß. Es fühlte sich wirklich perfekt an, besonders jetzt, da sie wieder eine freie Frau war. Sie hatte den Rest des Nachmittages und die ganze Nacht Zeit, um zu tun, was immer sie wollte. Oder besser gesagt, was immer sie und Cruz tun wollten.

„Ziemlich perfekt“, stimmte ihr Cruz zu und kitzelte sie an der Seite ihrer Brust.

Kapitel 14

Cruz wachte langsam und widerwillig auf. Er scheuchte eine Fliege weg, die ihn an der Schläfe kitzelte. Er öffnete die Augen einen Spalt breit und schloss sie sofort wieder. Jody und er hatten die ganze Nacht hindurch immer wieder miteinander geschlafen und jetzt war die Welt friedlich. Nun, *seine* Welt war es. Der Regen hatte aufgehört und das einzige Geräusch im Wald kam von den tropfenden Blättern. In ein oder zwei Stunden würde das Licht der Morgensonne durch den Himmel strahlen, aber bis dahin hatte er noch genügend Zeit, um zu dösen.

Jodys Brust hob und senkte sich in seinen eng um sie geschlungenen Armen, was ihn zurück in den Schlaf wiegte. Sie trug nichts als ihre Armreifen und Gott, ihre Haut war so weich. Er strich ihr eine Haarsträhne von der Wange und schnüffelte an ihr. Der Wald wurde von diesem besonderen Duft nach einem Regenschauer durchdrungen. Der Geruch davon, dass etwas Altes und Verrottetes weggespült wurde, und an seiner Stelle etwas Neues gedieh. Aber direkt vor seiner Nase befand sich der beste Duft, den es überhaupt gab – der Duft von Jody, ganz leicht gemischt mit einem Hauch von ihm selbst. Der Duft von Sex und das tiefe Gefühl der Zufriedenheit, das darauf folgte.

Es war perfekt. Selbst sein innerer Tiger war still und klopfte nur faul mit dem Schwanz.

Ja, alles war perfekt – bis auf diese verdammte Fliege, die ihn störte. Er kratzte sich den Kopf und kniff die Augen zu, aber das Kitzeln hielt an.

Cruz. Eine entfernte Stimme erklang in seinem Kopf. *Cruz ...*

Er stöhnte leise. Das war überhaupt keine Fliege. Es war Silas, der ihn gedanklich rief. Verdammt. Konnte ein Mann denn nicht zum ersten Mal seit Jahren ausschlafen? Das war es doch, was Zivilisten taten, oder nicht?

Bei diesem Gedanken stoppte er sich. Dies musste das erste Mal sein, dass er sich selbst wie ein Zivilist fühlte, seit ... nun ja, seit einer Ewigkeit. Das erste Mal, dass er sein Herz öffnen und sich entspannen wollte. Das erste Mal ...

Er holte tief Luft und schlang seine Hand um Jodys. Es war das erste Mal für viele Dinge. Er genoss das Flattern seines Herzens und das warme Glühen seiner Seele.

Jetzt nicht, grummelte er zu Silas zurück.

Sofort, beharrte der Drachengestaltwandler und benutzte seine Offiziersstimme. *Es geht um McGraugh.*

Cruz rümpfte die Nase. Sein Informant, McGraugh, war tot. Diese Nachricht war bereits Tage alt, aber sie hatte ihn bis aufs Mark erschüttert. Aber dies war keine Zeit zum Trauern. Es war eine Zeit, um die fröhliche Seite des Lebens zu genießen.

Müssen wir jetzt darüber sprechen? seufzte er.

Ausnahmsweise einmal wollte er nicht in seinem Elend schwelgen. Er wollte ausschlafen und Jodys Theorie ausprobieren, an die Dinge zu glauben. *Das Leben ist wunderschön. Liebe ist wunderschön. Du musst nur daran glauben.*

Er legte sein Kinn über ihre Schulter, schob seine Beine unter ihren Körper und zog sie ganz eng an sich.

Silas' Stimme erklang düster und monoton in seinem Kopf. *Es geht nicht darum, dass McGraugh gestorben ist, sondern darum, wie.*

Cruz hob seinen Kopf vom Kissen. Was zum Teufel sollte das denn heißen?

Jetzt komm schon und sprich mit mir, bellte Silas.

Cruz verzog das Gesicht. Soviel zu einem schönen ruhigen Morgen. Langsam und widerwillig löste er sich von Jody und deckte sie schnell mit einem Laken zu. Er setzte sich eine ganze Minute lang auf die Bettkante und starrte sie an.

„Mmm." Jody weigerte sich, seine Hand loszulassen.

Er küsste ihre Schulter und genoss ihr schläfriges Lächeln sowie den Anblick ihres zufrieden zusammengerollten Körpers.

Perfekt, summte sein Tiger.

Cruz! bellte Silas.

„Ich komme gleich wieder“, flüsterte er Jody zu und zwang sich, sich zu bewegen. Er war bereits auf halber Strecke über die Seilbrücke zum Boden gelangt, als er innehielt. Normalerweise würde er in Tigerform über das Anwesen streifen – der schnellste und einfachste Weg in der Dunkelheit. Aber mit Jody dort, sollte er zumindest warten, bis er außer Sichtweite war.

Aber ich möchte, dass sie mich sieht, protestierte sein Tiger. *Ich möchte, dass sie mich kennt.*

Vor seinem inneren Auge stiegen ein Dutzend unmöglicher Visionen auf. Wie Jody, die sich über ihn beugte, seinen Tigerkörper umarmte und über sein weiches Fell staunte. Oder Jody, die breit grinste, während sie ihn unter dem Kinn kraulte. Oder wie schön es wäre, in engen Kreisen durch sein Felsbecken zu schwimmen und Jody dabei Platz zu lassen, neben ihm her zu paddeln.

Sie würde einen tollen Tiger abgeben, summte sein inneres Biest.

Er schnaubte. *Manchmal denke ich, sie wäre sogar eine noch bessere Meerjungfrau.*

Was auch immer. Sein Tiger zuckte mit den Schultern. *Solange sie mir gehört.*

Sollte er sie nicht eigentlich hassen – oder sich selbst dafür hassen, dass er sich in sie verliebte? Aber er konnte es nicht. Er konnte es einfach nicht. Nicht, wenn jeder seiner Instinkte ihm sagte, dass sie die Richtige war.

Er sah Jody noch eine Sekunde länger an, trat dann in die Dunkelheit hinaus und verwandelte sich. Eine schnelle, mühelose Verwandlung, die ihm aufzeigte, wie bereit sein Tiger für ein bisschen Zeit auf vier Füßen gewesen war.

Nur noch eine Sekunde in ihrer Nähe, bettelte das Biest.

Und verdammt, ohne nachzudenken, machte er sich auf den Weg zu einer Runde um sein Haus. Er trat vorsichtig mit den Vorderpfoten auf, um keine Geräusche zu machen. Er rieb sich mit seinen gestreiften Seiten am Stamm des Baumes und markierte ihn als sein Territorium. Dann sprang er zu einem dicken

Ast hinauf und kletterte höher. Er schwelgte in der Kraft der Muskeln, die sich unter seiner Haut anspannten. Er kletterte noch höher und beobachtete dabei die ganze Zeit seine schlafende Geliebte. Als er die oberste Plattform seines Baumhauses erreicht hatte, legte er sich ganz still hin und schaute zu ihr hinunter.

Meine Gefährtin. Meine Schicksalsgefährtin, summte sein Tiger.

Er legte seine Schnauze auf seine Vorderpfoten und beobachtete sie. Gott, das könnte er stundenlang tun. Jody in ihrem friedlichen Schlaf zu beobachten, während ein Lächeln über ihre Lippen spielte. Ein Lächeln, das er dorthin gezaubert hatte.

Er rieb sein Kinn an seinen Pfoten und neigte den Kopf von links nach rechts. Er glitt in gefährliches Terrain ab, denn er konnte sich viel zu leicht vorzustellen, sich an Jody zu reiben. An Jody in ihrer Tigerform, so als hätten sie sich verpaart und als wäre sie ebenfalls zu einem Gestaltwandler geworden. Er könnte ihr alles über das Tigersein beibringen. Das wäre schön. *Wirklich* schön. Und Jody könnte ihn all die Dinge lehren, die sie so gut beherrschte ... wie das Lachen, die Freude und das Leben zu genießen.

Seine Brust hob sich mit einem tiefen Seufzer. Er konnte nicht genau sagen, ob der Schmerz, der in ihm aufstieg, Hoffnung signalisierte oder das erste Warnzeichen für bevorstehenden Herzschmerz war.

Cruz! brüllte Silas in seinem Kopf.

Es hätten genauso gut die Geister seiner Familie sein können, die ihn zurechtwiesen. *Wie kannst du uns nur verraten, indem du dich in einen Menschen verliebst?*

Er riss den Kopf herum und knurrte. Es war Silas, kein Geist, aber das war schlimm genug.

Ich komme, verdammt noch mal. Ich komme ja.

Die Magie des Augenblicks war verflogen, aber er behielt Jodys schlafende Gestalt im Auge, als er von Ast zu Ast sprang, um sich unauffällig seinen Weg zurück zum Boden zu bahnen. Nach einem letzten Blick zurück brach er dieses Mal wirklich auf.

Schritte ertönten hinter ihm und er wirbelte herum. Sein Herz schlug ihm bis zum Hals. Für eine Sekunde hatte seine übereifrige Vorstellungskraft dieses Geräusch Jody zugeordnet, die ihm folgte. Ihn akzeptierte. Ihm vertraute ...

Aber die Schritte waren zu leicht, um Jody zu gehören, und als er nach unten blickte, entdeckte er Keiki. Das Kätzchen war verschwunden, sobald die Dinge im Schlafzimmer zu heiß geworden waren, aber sie war offensichtlich nicht weit gelaufen.

Keiki sprang los und tigerte neben ihm her wie ein Kriegermädchen, das darauf bestand, sich dem Aufmarsch der Armee anzuschließen. Die meisten Hauskatzen drehten beim Anblick eines Tigers fast durch, aber dieses kleine Kätzchen schien zu denken, dass sie genauso groß war wie er.

Vorsichtig, um Keiki nicht umzuwerfen, stieß Cruz sie zur Begrüßung ganz sanft mit dem Kopf an, so wie es sein Vater mit ihm zu tun pflegte. Dann lief er langsamer weiter, damit das Kätzchen mithalten konnte. Außerdem hatte er es nicht eilig, die schlechten Nachrichten zu hören, die Silas ihm mit Sicherheit verkünden würde.

Du kannst mitkommen, wenn du dich benimmst, raunte er Keiki zu.

Komisch, das hatte sein Vater auch immer gesagt, als Cruz vor so vielen Jahren, neben ihm hergelaufen war. Komisch war außerdem, dass er bei diesem Gedanken lächeln musste, anstatt erneut Schmerz zu verspüren.

Keiki ahmte seine geduckten, langen Schritte nach. Ihre Schulterblätter bewegten sich geschmeidig bei jedem leichten Schritt und Cruz konnte nicht anders, als leicht in sich hineinzulachen. Hunter sagte gern, dass Keiki die Nase eines Bären hatte, aber Cruz schwor, sie hatte die Seele eines Tigers – nur in dieser winzigen Kaliko-Verpackung. Sie schlug sogar im gleichen Rhythmus mit dem Schweif wie er.

Welchen Schwung auch immer Keiki in Cruz' Schritt zurückgebracht hatte, verschwand, als er sich dem Gemeinschaftshaus näherte. Silas stand mit vor der Brust verschränkten Armen am Rande des Gebäudes und funkelte Cruz den ganzen Weg über an.

„Warum hast du so lange gebraucht?"

Cruz antwortete mit einem leisen, warnenden Knurren. Silas mochte vielleicht der Gestaltwandler höchsten Ranges an Koa Point sein, aber jeder Tiger, der etwas auf sich hielt, hatte das Recht, seine Launen zu zeigen.

Es ist fünf Uhr morgens, knurrte er.

„Acht Uhr auf dem Festland“, schoss Silas zurück. „Ella hat gerade angerufen.“

Ella, eine Wüstenfuchswandlerin, war die einzige Frau in ihrer Spezialeinheit gewesen. Sie lebte inzwischen in Arizona, arbeitete für das Twin Moon Wolfsrudel und war nebenbei als Ermittlerin tätig.

Spionin trifft es eher, hatte Ella kichernd gesagt.

Er fragte sich, wen Ella jetzt wohl ausspionierte und für wen.

Es sollte besser wichtig sein, grummelte Cruz mit einem weiteren Blick auf die Uhr.

„Das ist es.“ Silas griff nach einer dampfenden Kaffeetasse. „Willst du weiter dort herumschleichen oder kommst du rein und sprichst mit mir?“

Cruz würde lieber herumschleichen, aber Silas sah furchtbar ernst aus. Und jetzt, da er bereits den ganzen Weg hierhergekommen war, konnte er genauso gut herausfinden, was vor sich ging. Langsam und unter Schmerzen, wich sein Tiger seiner menschlichen Gestalt. Er erhob sich auf zwei Beine und knirschte ein paarmal mit den Zähnen, als sich die Tigerzähne zurückbildeten und die Schulterblätter auf dem Rücken in Position rutschten.

Keiki gab ein klagendes Miauen von sich, tänzelte herum und versuchte, sich ebenfalls zu verwandeln. Dann gab sie auf und stieß mit dem Kopf gegen Cruz' Bein. Er hob sie hoch und duckte sich unter das Dach des Gemeinschaftshauses. Er setzte das Kätzchen lange genug ab, um eine der Ersatzhosen anzuziehen, die in einer Ecke lagen, damit sie nach ihrer Verwandlung nicht solange nackt herumlaufen mussten. Silas, wie immer der Anständige, hatte diese Regel schon vor Ewigkeiten aufgestellt. Eine gute Sache, wenn man bedachte, dass inzwischen auch Frauen an Koa Point lebten.

Silas schob ihm eine Kaffeekanne, Tasse, Untertasse und Milch entgegen. Alles, was der Drachenwandler tat, tat er mit Stil. Cruz goss ein wenig Milch auf die Untertasse und gab sie Keiki zum Schlecken, während er die Tasse mit schwarzem Kaffee an seine Lippen hob. Soviel zum Thema ausschlafen.

Silas kniff die Augen zusammen und seine Nase zuckte. „Du hast mit Jody geschlafen, nicht wahr?"

Cruz nippte weiter am Kaffee und weigerte sich, Blickkontakt mit ihm herzustellen. Er mischte sich nicht in Silas' Privatleben ein und er erwartete verdammt noch mal, dass Silas dasselbe tat.

„Verdammt. Was hast du dir nur dabei gedacht?"

Cruz rührte langsam seinen Kaffee um und beobachtete, wie er in der Tasse herumwirbelte. Mit Jody zu schlafen hatte nicht so sehr Denken als vielmehr Handeln beinhaltet. Er hatte auf die unglaubliche Anziehungskraft reagiert, die sie auf ihn ausübte.

„Du kannst herumspielen, mit wem du willst, aber … "

Er knurrte. „Ich spiele nicht."

Bei diesem Geständnis riss Silas die Augen weit auf. „Hör dir selbst einmal zu. Du weißt, dass du kein zuverlässiger Leibwächter sein kannst, wenn du emotional involviert bist."

„Ich bin nicht emotional involviert", knurrte er.

Silas zog eine Augenbraue hoch und las seine Gedanken. „Nicht?"

Cruz ballte die Fäuste. In Ordnung, möglicherweise war er etwas involviert.

„Was hat Ella gesagt?", fragte er und brachte Silas zum Thema zurück.

Silas blickte sehr finster. „Sie rief an, um zu berichten, dass McGraugh nicht einfach nur ermordet wurde. Er wurde von einem Vampir getötet."

Cruz lief es kalt den Rücken hinunter. „Vampir?"

Selbst Keiki schaute auf, weil sie spüren konnte, wie sich sein Gebaren verändert hatte. Vampire waren so krank, wie ein gestörter Bastard nur sein konnte. Und mit ihrer übernatürlichen Kraft und Geschwindigkeit waren sie unglaublich schwer zu töten.

„Ist sie sich sicher?“, forderte Cruz.

Silas nickte. „Sie ist sich sicher. Es wurde als ein Erstechen vertuscht, aber Ella hat die Bissspuren gefunden.“

Cruz’ Gedanken rasten, als er versuchte, die Dinge zusammenzufügen, während Silas laut dasselbe tat.

„Zuerst lieferte McGraugh irreführende Informationen, die dich glauben ließen, Jody wäre eine Zielperson ... “

Cruz packte die Kante des Tresens und erinnerte sich daran, wie nah dran er gewesen war, den Abzug zu drücken.

„Dann bestritt McGraugh jegliches Fehlverhalten und schwor uns, dass er der Sache auf den Grund gehen würde ... “

Cruz hob seine Hand. „Willst du damit sagen, dass McGraugh von einem Vampir getötet wurde, bevor er die Quelle der falschen Informationen aufdecken konnte?“

Silas rührte langsam seinen Kaffee um und der reichhaltige Duft strömte durch die Luft. „Ich vermute, dass der Vampir derjenige war, der ihm die falschen Informationen gegeben hat.“

„Warum sollte McGraugh einem Vampir vertrauen?“

Gestaltwandler und Vampire hielten sich für gewöhnlich voneinander fern – sogar kilometerweit. Vampire hielten sich in den Städten auf, während die meisten Gestaltwandler ruhigere Orte bevorzugten. In den seltenen Fällen, wenn sie aufeinandertrafen ... nun, die Anzahl der Leichen war dann für gewöhnlich hoch.

Silas’ Stirnfalten vertieften sich. „Die Frage ist, warum überhaupt jemand Jody ins Visier nehmen wollte.“

Cruz stieß sich von der Theke ab und begann, auf und ab zu pirschen. Er murmelte die ganze Zeit vor sich hin. Er würde diejenigen finden und ihnen alle Glieder einzeln herausreißen. Er würde sie bis ans Ende der Welt verfolgen und dafür sorgen, dass diese Dreckskerle bekamen, was sie verdienten. Er würde ...

„Siehst du, was ich meine?“

Bei Silas’ Bemerkung riss Cruz den Kopf herum. „Was soll ich sehen?“

„Du bist emotional involviert.“

„Und du würdest nicht emotional werden, wenn Vampire involviert sind?“ In dem Augenblick, als die Worte über Cruz’ Lippen kamen, verzog er schon das Gesicht. Silas wurde nie emotional ... außer wenn Moira involviert war. Was seine Gedanken in eine völlig neue Richtung führte. „Moira.“

„Was ist mit ihr?“ Silas’ Stimme war gefährlich leise.

„Sie steckt hinter der ganzen Elements-Duftlinie, oder?“

Silas neigte sein Kinn zu einem widerwilligen *Ja*.

„Würde sie so tief sinken, einen Vampir anzuheuern?“

Silas schritt zum Rand des Gebäudes und starrte in die Nacht hinaus. Ein Hauch elektrischer Energie hing noch immer in der Luft und die Palmen schwankten verunsichert.

„Offensichtlich kann ich nicht sehr gut einschätzen, wozu Moira fähig ist.“ Silas ließ die Schultern hängen.

Keiki sah Cruz mit geneigtem Kopf an, als würde sie fragen, ob sie hinübergehen und den Drachenwandler trösten sollte.

„Nicht sicher, ob das hilft, Kumpel“, murmelte er und kraulte sie zwischen den Ohren.

Eine weitere düstere Minute verging und Cruz begann, sich nach Jodys sanfter Stimme und ihrem sonnigen Lächeln zu sehnen. Ein paar Minuten ohne sie und er wurde genauso griesgrämig wie eh und je, anstatt noch immer in der seligen Gedankenlosigkeit zu schwelgen, die er im Bett verspürt hatte.

Das Leben ist wunderschön. Die Liebe ist wunderschön. Du musst nur daran glauben, hatte Jody gesagt.

Es hatte eine Zeit gegeben, in der er es unmöglich gefunden hatte, dies zu glauben. Aber mit Jody in seinem Leben schien ihm das Glauben viel leichter zu fallen, als die ganze Zeit seine persönliche Gewitterwolke mit sich herumzuschleppen.

„Ich bin einfach nur froh, dass Jody damit fertig ist“, murmelte er laut. Kein Richard mehr und keine Notwendigkeit für sie, einen Job zu ertragen, den sie hasste. Sie konnte das Geld an ihre Familie schicken, wieder surfen gehen und ...

Dann traf es ihn wie der Blitz. Was würde sie tun, jetzt da ihr Job als Model beendet war?

Sein Tiger knurrte und peitschte mit dem Schweif. *Kann sie nicht laufen lassen. Kann sie nicht gehen lassen.*

Silas wirbelte herum. „Was meinst du damit, dass sie fertig ist?“

Cruz lehnte sich zurück und verschränkte die Arme. „Ihr Vertrag war mit dem letzten Fotoshooting erfüllt. Sie ist fertig mit Elements.“

Silas kam näher. „Wie kann sie fertig sein? Was ist mit dem Seelenstein?“

Cruz beugte sich vor und sträubte sich. „Das war nur eine Vermutung und der Manager konnte das Juwel nicht rechtzeitig bekommen, das er haben wollte. Ich schätze also, dass unsere Seelensteintheorie falsch war.“

Silas starrte ihn an. „Augenblick mal. Kein Saphir?“

Cruz kratzte sich an der Stirn und erinnerte sich daran, wie Richard Jody hinterhergerufen hatte, als der Sturm ausbrach.

Warte, Jody. Wir können den Edelstein doch noch bekommen ...

Das bedeutet aber nicht, dass es ein Seelenstein ist, betonte sein Tiger. *Kein Grund, es Silas gegenüber zu erwähnen.*

Aber er konnte Silas nicht anlügen. Dieser Mann war wie ein Bruder für ihn.

Wir könnten ein Bonus-Fotoshooting machen. Ich bezahle dir mehr, hatte Richard gesagt.

„Diese verdammten Seelensteine machen mehr Ärger, als sie wert sind“, grummelte Cruz.

„Wenn sie in die falschen Hände geraten, werden sie mehr als nur Ärger bereiten. Sie könnten eine Katastrophe für uns alle sein.“

Cruz ließ den Kopf hängen. Wenn es sich bei dem Edelstein, den Richard erwähnt hatte, um einen Seelenstein handelte, bedeutete dies, dass Drax, der mächtigste Drachenfürst von allen, ihm ebenfalls nachjagen würde.

Drax. Moira. Vampire. Wie war Jody in all das hineingeraten? Er schlug mit der Faust auf die Arbeitsplatte, wovon die arme Keiki aufsprang. Er beeilte sich, sie zu beruhigen, und murmelte dann leise:

„Der Produktmanager hat etwas über ein zusätzliches Fotoshooting gesagt, wenn Jody zustimmt.“

„Ein weiteres Fotoshooting – mit dem Edelstein?“ Silas kam näher, seine Augen glühten rot.

Cruz musste sich zusammenreißen, ihn nicht zurückzustoßen. „Ein Edelstein, bei dem wir uns nicht sicher sein können, ob es sich überhaupt um einen Seelenstein handelt. Und nur dann, wenn Jody zustimmt.“

„Sie muss zustimmen. Du kennst die Kraft der Seelensteine.“

Cruz runzelte die Stirn. Er hatte diese Macht selbst erlebt. Der Erdstein hatte den Boden zum Beben gebracht und eine ganze Klippe ins Meer stürzen lassen – und mit ihr einen Feind, der die Kraft des Steines für seine eigenen schmutzigen Zwecke missbrauchen wollte. Der Lebensstein hatte das Böse im Herzen einer Frau gespürt, die es gewagt hatte, ihn zu stehlen. Er hatte sie auf der Stelle getötet. Der Rubin hatte Nina, seiner rechtmäßigen Besitzerin, zwar nichts getan, aber verdammt. Cruz wollte sich nicht einmal vorstellen, welche Macht der Wasserstein haben könnte. Könnte er einen Tsunami auslösen oder einen Tropensturm entfesseln?

„Jody muss überhaupt nichts“, knurrte er. „Es ist zu riskant, sie mit einzubeziehen.“

Silas funkelte ihn an. „Wir können nicht riskieren, das Juwel verschwinden zu lassen, bevor wir nicht geprüft haben, ob es ein Seelenstein ist oder nicht. Wenn Moira ihn in die Finger bekommt – oder noch schlimmer, Drax ... “ Er verstummte und schüttelte den Kopf. „Jody muss das zusätzliche Fotoshooting machen.“

„Bist du verrückt geworden? Ich werde nicht zulassen, dass sie noch tiefer darin verwickelt wird, als sie es bereits war. Nicht mit der Gefahr von Vampiren oder Seelensteinen – oder schlimmer noch, Drax. Hör dir doch einmal selbst zu, Silas. Es ist zu gefährlich.“

„Wir könnten alle mitgehen. Du, ich und Kai. Wir werden sie beschützen.“

Ein leises Knurren stieg in Cruz’ Brust auf, als sein Tiger protestierte. *Ich beschütze sie. Niemand sonst!*

Aber das war egoistisch und arrogant und er wusste es. Könnte er einen Trupp von Elitesoldaten zusammentrommeln, um Jody zu beschützen, dann würde er es tun. Und ja, er, Silas, Kai und die anderen Gestaltwandler von Koa Point waren die Besten der Besten, wenn es um Kampfelite ging. Aber noch besser wäre es, Jody gar nicht erst in Gefahr zu bringen.

„Wer sagt denn, dass sie nicht auch vor dem Wasserstein beschützt werden muss, Silas? Du weißt selbst, wie unberechenbar die Seelensteine sein können."

„Jody kennt das Wasser. Sie ist perfekt."

Das war Schwachsinn und Cruz wusste es. Es war nicht vorhersehbar, wie ein Seelenstein seinen Träger benutzen – oder missbrauchen – würde.

„Auf gar keinen Fall. Sie wird es nicht machen."

„Wir brauchen Jody."

„Wofür braucht ihr mich?", erklang eine Stimme vom Rand des Gebäudes. Sie wirbelten beide herum.

Cruz' Herz machte beim Anblick von Jody einen Freudensprung, aber es drehte ihm gleichzeitig den Magen um. Wie sollte er sie einem solchen Risiko aussetzen?

Jody stemmte eine Hand an die Hüfte und nagelte Silas mit ihren unerschütterlichen blauen Augen fest. „Wofür braucht ihr mich?"

Kapitel 15

Jody blickte von einem Mann zum anderen. Vor zwanzig Minuten hatte sie noch wie ein Baby geschlafen. Aber ganz allmählich war ein nagendes Gefühl der Angst in ihr aufgestiegen, zusammen mit bizarren Träumen von Vampiren und verdrehten, grotesken Monstern, deren Namen sie nicht kannte. Es war fast so, als hätte sich Tilda, die verrückte Tante ihres Vaters, in ihren Kopf geschlichen und ihre Gruselgeschichten zum Besten gegeben. Gruselig genug, um Jody in kalten Schweiß gebadet aufwachen zu lassen.

Also hatte sie sich angezogen und in der Hoffnung, ihre dummen, unbegründeten Ängste zu vertreiben, auf die Suche nach Cruz gemacht. Und dort stand er mit Silas über Kaffeetassen gebeugt. Kaffee, der so stark war, dass sie ihn bereits einen halben Kilometer entfernt hatte riechen können. Es sah so aus, als würden sie sich gleich streiten. Was war das Problem?

Einen Augenblick lang hatte sie sich sogar gefragt, ob sie ebenfalls diese verrückten Träume gehabt hatten. Aber große, harte Soldatentypen konzentrierten sich auf echte Gefahren, nicht auf Träume. Also was könnte es dann sein? Silas' Augen glühten rot. Und was Cruz betraf – der sanfte, verträumte Blick, an den sie sich erinnerte, war verschwunden und stattdessen von etwas Tödlichem und Kaltem ersetzt worden.

Auf gar keinen Fall, sie wird es nicht machen, hatte sie Cruz vor wenigen Augenblicken sagen hören.

Wir brauchen Jody, hatte Silas gesagt.

Auch, wenn sie ihre Neugier vielleicht bereuen würde, konnte sie nicht widerstehen, noch einmal zu fragen. „Jetzt sagt schon. Wofür braucht ihr mich?“

Cruz öffnete den Mund, aber Silas sprach zuerst. „Wir wollen, dass Sie dieses zusätzliche Fotoshooting machen."

Sie hob ihre Hand. „Oha. Moment mal." Der Typ mochte vielleicht, furchterregend und intensiv sein, aber sie nahm von niemandem Befehle entgegen. „Ich bin mit dem Modeln fertig. Ich habe meinen Vertrag erfüllt."

„Cruz sagte, Sie hätten das Angebot, es noch einmal zu machen."

Der vernichtende Blick, den Cruz Silas nun entgegenschleuderte, hätte die meisten Männer ein paar Schritte zurückgedrängt, aber Silas blinzelte noch nicht einmal.

„Hören Sie, es ist wichtig", sagte Silas gerade bittend genug, dass sie ihm glaubte.

Cruz flehte sie währenddessen jedoch mit den Augen an. *Hör nicht auf ihn. Du musst überhaupt nichts tun.*

Sie verschränkte die Arme. „Warum ist es so wichtig?"

Selbst Cruz schaute Silas erwartungsvoll an, so als hätte er keine Ahnung, was sein Boss nun sagen würde.

Und einfach so erlosch das Feuer in Silas' Augen. Er starrte in die Ferne und sah überdrüssiger denn je aus. Dieser Mann war es nicht gewohnt, sich erklären zu müssen und ganz sicher auch nicht geübt darin, um Hilfe zu bitten. Soviel war klar. Jody sah ihn schief an. Vielleicht war es wirklich wichtig. Also wartete sie. Und wartete ...

Erst als ihre Hand Cruz' Schulter berührte, fiel ihr auf, dass sie sich in ihrer Sehnsucht nach seiner Berührung immer näher zu ihm geschlichen hatte. Was auch immer es war, was Silas so aufregte, machte auch Cruz Sorgen. Und in Cruz wandelte sich *Sorge* zu *Wut*, was wirklich nicht gut war. Schon gar nicht, wenn sie ihn endlich so weit gebracht hatte, sich zu entspannen und zu lächeln.

Als sie seine Schulter berührte, griff er nach ihrer Hand. Die Sorgenfalten auf seiner Stirn lockerten sich leicht und das Zucken in seinen Augenwinkeln ließ nach. Jody lächelte und blendete alles aus, nur ihn nicht. Das Zirpen der Insekten draußen, das gedämpfte Donnern der Brandung in der Ferne und sogar Silas energische Präsenz. Alles verschwamm in den Hintergrund, außer Cruz und die Wärme, die von seiner Hand ausstrahlte. Sein fester Griff sagte alles, was er nie laut aussprechen würde. *Ich bin froh, dass du hier bist. Mir hat unsere gemeinsame Nacht sehr gefallen. Ich wollte, dass sie niemals endet.*

Sie hatte sich das Gleiche gewünscht. Schon bald würden Cruz und sie ein langes Gespräch darüber führen müssen, was zwischen ihnen passierte und wie es weitergehen sollte. Aber jetzt war offensichtlich nicht der richtige Zeitpunkt dafür.

„Ich hasse es, wenn mir das echte Leben dazwischenfunkt, wenn ich mich gerade amüsiere“, flüsterte sie.

Ein dünnes Lächeln verzog Cruz’ Lippen. „Ja, ich auch. Aber vielleicht musst du nur ein wenig daran glauben.“

Sie grinste breit und hätte sich fast zu einem Kuss vorgebeugt. Aber hoppla. Silas war da, also zog sie sich zurück und gab sich stattdessen damit zufrieden, mit dem Daumen über Cruz’ Wange zu streicheln. Er schloss die Augen und kuschelte sich in ihre Hand. Und für einen Augenblick verspürte er Frieden.

Gott, wie sehr sie es liebte, ihm das geben zu können.

Dann räusperte sich Silas und Cruz schaute wieder finster. Jody stemmte ihre Hände in die Hüften und zwang ihre Aufmerksamkeit auf den anderen Mann zurück. Je früher sie sein Problem löste – was auch immer es sein mochte – desto schneller konnten Cruz und sie wieder ....

Erotische, atemlose Bilder füllten ihre Gedanken und Cruz’ Augen blitzten auf.

Jody schnappte nach Luft und beeilte sich, die schmutzigen Gedanken unter Kontrolle zu bringen.

„Luder“, murmelte Cruz vor sich hin und brachte sie damit wieder zum Lächeln.

„Nehmen Sie Platz.“ Silas zog ihre Aufmerksamkeit auf die andere Seite des Raumes.

Sie spitzte die Lippen. *Nehmen Sie Platz*, war nie ein verheißungsvoller Beginn für ein Gespräch.

„Kaffee?“, bot Silas an.

Sie starrte ihn an. Offensichtlich war Cruz nicht der Einzige hier, der dazu neigte, um wichtige Themen herumzutänzeln.

„Sicher." Sie trommelte ungeduldig auf den Tresen, als Silas sich in der Küche hin und her bewegte.

„Milch?"

Sie stieß ein verzweifeltes Geräusch aus. „Wow, Sie sind genauso schlimm wie Cruz."

Silas' Kinnlade klappte auf und Cruz runzelte erneut die Stirn.

Sie goss sich ihren eigenen Kaffee ein und winkte zu Silas hinüber. „Kommen Sie einfach auf den Punkt."

Silas blinzelte sie eine ganze Minute lang an, bevor er Cruz wieder einen dieser Mann-zu-Mann-Blicke zuwarf. Die Art, wie Kumpels früher immer zueinander sagten, *Bist du dir sicher, dass es sich lohnt, dich mit dieser Tussi abzugeben?*

Cruz zog einen Hocker zu Jody heran und schlang einen Arm um die Lehne. Sie verbarg ein Grinsen. Ja, sie und Cruz mussten auf jeden Fall bald ein Gespräch miteinander führen.

„Sie möchten, dass ich noch ein weiteres Fotoshooting mache, weil ... ", fragte sie Silas erneut.

Er schritt durch den Raum, die Miene dunkler als je zuvor. Seine Grimmigkeit wurde jedoch von Keiki konterkariert, die hinter ihm her tänzelte und ihr Bestes tat, um seine schweren Schritte nachzuahmen.

Silas brauchte eine volle Minute, um ihr zu antworten. Er begann mit: „Miss Monroe."

Sie schüttelte den Kopf. „Jody. Bitte sag du."

Cruz streichelte mit der Hand über ihren Rücken und bestärkte sie in ihrer Entschlossenheit, als sie sich diesem brodelnden Vulkan eines Mannes entgegenstellte.

„Also gut. Jody." Silas nickte steif. „Du hast einen Edelstein erwähnt. Was weißt du darüber?"

Jody stellte die Tasse ab, die sie bereits auf halbem Weg zu ihren Lippen gehoben hatte. Das hatte sie nicht erwartet. Warum war Silas an einem Juwel interessiert? Und warum verkrampfte sich Cruz bei der Erwähnung des Edelsteins?

Sie zuckte mit den Schultern und versuchte, die Anspannung zu entschärfen. „Ich weiß nicht viel darüber. George, der Assistent des Fotografen, hat erwähnt, dass die Elements-Bosse bereits frühzeitig mehr Aufmerksamkeit von der Presse wünschten. Ich denke, indem sie die Fotoshootings selbst zu einem Ereignis machen wollten. Sie würden liebend gerne Furore machen und die Leute auf den sozialen Medien zum Tratschen zu bringen. Es gibt eine Menge Druck von oben. Richard und die anderen Produktmanager versuchen alle, sich gegenseitig zu übertreffen, um die Kampagne wieder auf die richtige Bahn zu lenken. George hat gesagt, dass Bonusgelder auf dem Spiel stehen, und es könnte sich richtig lohnen, wenn die Kampagne so erfolgreich ist, wie sie es sich wünschen. Die Models und Standorte wurden von jemandem weiter oben ausgewählt ... "

Cruz und Silas tauschten wütende Blicke aus und Jody fragte sich, ob sie etwas wussten, das ihr nicht bekannt war. Trotzdem fuhr sie fort.

„... was bedeutet, dass die Manager darauf keinen Einfluss haben. Also versuchen sie, sich gegenseitig mit Posen und Requisiten zu übertreffen, die zu den Themen passen – Erde, Luft, Feuer, Wasser. Gerüchten zufolge hat das Erd-Model mit einer Riesenschlange posiert. Richard will das noch übertreffen, also hat er versucht, einen Saphir zu leihen – aber es hat nicht geklappt."

„Bis jetzt", murmelte Silas.

Sie rührte ihren Kaffee um und beobachtete mit gerunzelter Stirn die braunen und weißen Strudel. „Ich habe nicht genau zugehört, aber ja. Richard hat etwas darüber gesagt. Aber hört mal. Ich bin mit dem Modeln fertig. Ich kann es kaum erwarten, zu meinem eigenen Leben zurückzukehren. Wieder zu surfen. Der nächste Wettbewerb findet bereits in zwei Wochen statt ... "

Sie unterbrach sich plötzlich und sah Cruz an. Sie liebte Teile ihrer Arbeit. Andere Teile nicht so sehr. Die langen Flüge. Auf Kommando für die Kameras zu lächeln. Es war großartig, auf den wildesten Wellen der Welt surfen zu können. Aber nachdem sie eine Weile mit der Surf Tour unterwegs gewesen war, wich die Begeisterung langsam der Realität von Einsamkeit und dem ständigen Druck, Preisgelder zu gewinnen, um ihre Ausgaben decken zu können. Der Plan war immer gewesen, die Profi Tour zwei oder drei Jahre lang zu genießen, und anschließend das zu tun, was sie wirklich machen wollte

– maßgefertigte Surfbretter herzustellen, genau wie ihr Vater. Und verdammt, es war verlockender denn je, diesen Teil des Plans etwas vorzuverlegen. Hier auf Maui könnte sie das tun. Vielleicht könnte sie sogar als Lehrling bei Teddy Akoa anfangen, dem legendären Surfbrettmacher. Sie könnte mehr Zeit mit Cruz verbringen und herausfinden, ob er tatsächlich der Eine für sie war. Sie könnte ...

Sie trat nun auf die mentale Bremse, obwohl ihre Fantasie ins Schleudern geriet und protestierend kreischte.

„Du kannst doch mit Sicherheit noch ein Fotoshooting einschieben“, sagte Silas.

Sie sah ihn schief an. „Sag mir, warum. Warum ist ein Juwel so wichtig?“

„Wir wissen noch nicht einmal genau, ob es überhaupt das Juwel ist, für das wir es halten“, warf Cruz ein.

Silas gab ihm in diesem Punkt mit einem kurzen Nicken recht. „Aber, wenn es so ist ... “

Die grimmige Stille, die daraufhin folgte, verdrängte die gesamte frische Luft aus dem Raum. Jody rutschte auf ihrem Sitz herum.

„Es ist gar nicht so sehr das Juwel selbst, als vielmehr ... “ Silas verstummte und suchte nach den richtigen Worten. „Als das, was es repräsentiert. Als das, wo es herkommt ... “

Er redete um den heißen Brei herum und Jody wusste es genau. Cruz neben ihr wurde immer angespannter und die beiden Männer warfen sich Blicke zu, die töten könnten.

Silas stemmte beide Hände auf den Tresen und sah sie ernster denn ja an. „Ich möchte dir die Wahrheit nicht vorenthalten, Jody. Aber je mehr du weißt, desto mehr betrittst du eine Welt, mit der du möglicherweise lieber nichts zu tun haben möchtest.“

Gänsehaut breitete sich auf ihren Armen aus. Meinte Silas eine Welt des Verbrechens? Damit wollte sie nichts zu tun haben. Aber es fiel ihr schwer, zu glauben, dass diese beiden Männer Teil einer zwielichtigen Unterwelt wären. Natürlich hatten sie irgendetwas anderes an sich. Etwas, das selbst ein Hintergrund in der Militärelite nicht erklären konnte. So etwas wie ein ausgeprägt animalisches Naturell, das ihnen beiden anhaftete. Cruz und Silas wirkten beide so gequält. So geheimnisvoll. So verschlossen.

„Die Wahrheit könnte dich in Gefahr bringen, Jody. Ich würde sie dir aus keinem anderen Grund vorenthalten."

Silas sah so leidend und aufrichtig aus, dass sie ihm einfach glauben musste.

„Es besteht die Möglichkeit, dass das Juwel – wenn es das ist, was wir fürchten – in die falschen Hände geraten könnte", fuhr Silas fort.

Sie musterte sein Gesicht ganz genau. Meinte er das mit dem *Fürchten* wörtlich? Weder Silas noch Cruz schienen ihr die Art Typ zu sein, die sich vor irgendetwas fürchten würde.

„Was der Grund ist, warum wir nahe genug herankommen wollen, um sicherzugehen, dass es nicht der Eine ist", schloss Silas. Er betonte die letzten Worte – nicht nur *irgendein* Stein, sondern *der Eine.*

Jody konnte sich zwar noch immer keinen Reim aus dem Ganzen machen, aber sie wusste, dass er jedes Wort meinte.

„Das ist es nicht wert, Jody in Gefahr zu bringen", knurrte Cruz. „Wir wissen immer noch nicht, wer versucht hat, sie zu töten und warum."

Sie stürzte sich einen Schluck Kaffee hinunter. Eine glückselige Nacht in Cruz' Armen hatte dieses winzige Detail direkt aus ihrem Gedächtnis verdrängt.

„Wir werden da sein, um sie zu beschützen. Du, ich und Kai. Wir brauchen nur einen einzigen Blick auf das Juwel zu werfen", beharrte Silas. „Mehr brauchen wir nicht. Du musst nur noch ein Fotoshooting machen."

Jody verzog das Gesicht. Gerade als sie gedacht hatte, sie müsste nie wieder modeln ... natürlich, diese Männer hatten viel für sie getan. Sie hatten ihr Unterschlupf gewährt und sie beschützt, als sie sie sich selbst hätten überlassen können. Sollte sie ihnen im Gegenzug denn nicht helfen?

Beim Gedanken daran, noch einmal mit Richard zu arbeiten, drehte sich ihr der Magen um. Aber andererseits war es ja auch nicht so, als würde sie es umsonst machen. Richard hatte ihr eine zusätzliche Bezahlung angeboten, nicht wahr?

„Nein. Es ist zu gefährlich." Cruz schlug mit der linken Faust auf den Tisch. Mit seinem rechten Arm zog er sie derweil fester an seine Seite.

Jody spitzte die Lippen. Wie groß konnte die Gefahr denn sein, wenn sie Cruz als ihren Leibwächter bei sich hatte? Und wenn sie ihm bei etwas Wichtigem helfen könnte ...

„Ich stimme zu, dass wir Jody nicht in Gefahr bringen wollen. Aber wir haben das Sagen. Wir können es ortsabhängig machen. Wir können ... "

„Ich habe das Sagen", unterbrach sie Silas scharf. Er mochte vielleicht der Besitzer oder Verwalter oder was auch immer dieses Anwesens sein, aber sie war ihr eigener Boss. „Ich habe das Sagen."

Cruz funkelte Silas an. „Sie hat das Sagen."

Jody konnte sich nicht zurückhalten, etwas zu strahlen. Der Mann wusste, wann er das Kommando übernehmen und wann er sie für sich selbst sprechen lassen musste. Und einmal mehr wünschte sie sich, sie könnte nur ein einziges Mal kurz mit ihrer Mutter reden. *Ist es das, was du mit Dad gefühlt hast? Ist das, was Liebe ist?*

Silas streckte die Hände hoch. „Du hast das Sagen. Wir kümmern uns um die Sicherheit."

„Mir gefällt es trotzdem noch nicht", grummelte Cruz und sah ihr in die Augen. „Kein bisschen."

Ihr gefiel es auch nicht, aber zur Hölle damit. Es gab eine Menge Dinge im Leben, die ihr nicht gefielen. Aber sie wusste, was sie zu tun hatte.

Absichtlich langsam streckte sie die Hand aus und Silas reichte ihr sein Telefon. Sie starrte es eine gute Minute lang an.

„Es ist noch zu früh, um anzurufen", murmelte Cruz und bot ihr einen leichten Ausweg.

Sie schaute zum Himmel hinauf, wo sich die ersten Anzeichen der Morgendämmerung zeigten. Nur die hellsten Sterne leuchteten noch und ein Hauch von Rosa färbte den Horizont. Die Uhr an der Wand zeigte Viertel vor sechs.

„Ich nehme an, Richard wird nichts dagegen haben." Sie lächelte frech. „Und wenn doch, nun ... sein Problem, nicht meins."

Silas sah nicht amüsiert aus, aber Cruz grinste.

Aus dem Gedächtnis heraus wählte sie Richards Nummer und hob das Telefon an ihr Ohr.

Cruz' Gesichtsausdruck fragte, *Bist du sicher?*

Nein, sie war sich nicht sicher. Nicht völlig. Aber sie würde ja sehen, was kam.

Nach dem siebten Klingeln gab sie fast auf, aber dann bellte Richard plötzlich ins Telefon.

„Wer zum Teufel ruft um diese … "

„Guten Morgen, Richard", sagte sie in ihrem süßesten Ton.

Und einfach so wurde auch seine Stimme zuckersüß. „Jody? Es ist so schön, von dir zu hören, Baby."

Sie rollte mit den Augen. „Nicht dein Baby, Richard."

„Richtig. Na sicher. Wie dem auch sei. Hast du über mein Angebot nachgedacht?"

Nicht bis vor fünf Minuten, aber was soll's. Spontane Entscheidungen schienen einem immer die besten Dinge im Leben zu bringen. „Ich wüsste gern genau, was du mir anbietest und was du im Sinn hattest."

Sie nickte kurz vor sich hin. Dieses Mal würde sie genau wissen, worauf sie sich einließ.

Cruz lehnte sich näher heran und lauschte ebenfalls, als Richard drauflos plapperte.

„Es wird großartig werden, Baby. Das beste Konzept aller Zeiten. Wir konnten endlich diesen Saphir bekommen. Deine Augen werden perfekt dazu passen."

Sie verzog das Gesicht. Richard hatte eine Art an sich, sich mehr auf Objekte als auf Menschen zu konzentrieren. Oder vielleicht waren Menschen auch nur Objekte für ihn.

„Erzähl mir mehr über diesen Saphir", forderte sie ihn auf und richtete ihren Blick auf Silas.

„Was gibt es da zu erzählen? Ein Juwel ist ein Juwel."

Cruz schüttelte den Kopf auf eine Weise, die sagte, *Vielleicht auch nicht.*

Ein Teil von ihr wollte die ganze Geschichte aus Cruz und Silas herauskitzeln. Aber andererseits war sie sich auch nicht sicher, ob sie es wirklich wissen wollte.

„Es kostet Tausende, den Stein zu mieten. Je früher wir die nötigen Aufnahmen bekommen, desto besser ist es also. Ich meine damit, gleich heute. Ich brauche nur eine Stunde, Baby. Wir haben auch schon den perfekten Ort gefunden."

Cruz winkte mit der Hand in der Luft, um ihr zu signalisieren, nachzufragen.

„Wo?", fragte sie.

„Ein Wasserfall nicht allzu weit entfernt. Es wird fantastisch werden." Sie sah Silas an, der den Kopf neigte.

Welcher Wasserfall? Cruz formte die Worte mit den Lippen.

„Welcher Wasserfall? Wo?", wiederholte sie ins Telefon.

„Wer kann diese verrückten hawaiianischen Namen denn aussprechen? Irgendwo in West Maui. George hat ihn letzte Woche ausgekundschaftet. Hanapaladala oder so etwas in der Art."

„Hanalalai", flüsterte Cruz.

„Du musst einfliegen", fügte Richard hinzu. „Das Problem ist, einen Hubschrauber zu bekommen. Sie sind alle tagelang ausgebucht."

Cruz spitzte die Ohren und sah Silas an. Jody deutete mit dem Kopf in die Richtung des Hubschrauberlandeplatzes und als beide Männer nickten, antwortete sie: „Ich kann einen Hubschrauber organisieren."

„Wirklich?", krächzte Richard.

Sie grinste. Es war nett, Freunde zu haben, die auf einem luxuriösen Anwesen am Meer lebten, das mit allen möglichen hochwertigen Spielzeugen ausgestattet war. Wenn Richard wollte, dass sie auf der Motorhaube eines Sportwagens posierte, könnte sie ihm auch so einen besorgen.

Wobei sie sich sofort daran erinnerte, wovon sie da sprach und wie sehr sie es hasste, zu nichts weiter als einem Stück Fleisch reduziert zu werden.

Silas rieb die Finger aneinander und erinnerte sie daran, nach dem Honorar zu fragen.

„Wenn ich zustimme, wie viel werde ich verdienen?", fragte sie.

„Fünfzigtausend", sagte Richard.

Jody atmete tief ein. Fünfzigtausend übertrafen ihre Erwartungen um Längen. Fünfzigtausend wären die absolute Krönung des Ganzen. Die Steuern auf das Geschäft ihres Vaters könnten erneut ansteigen. Ihre Schwester bräuchte vielleicht mehr als ein oder zwei Behandlungsrunden. Und selbst wenn nicht, könnte das Geld dabei helfen, einen Teil der Studiengebühren ihrer jüngeren Schwester zu bezahlen.

Kleine Alarmglocken ertönten in ihrem Hinterkopf. Wurde sie gierig? Ihr Vater hatte sie von Anfang an davor gewarnt, dass Geld einen Menschen in seinen Bann ziehen konnte. *Ein wenig davon macht dir Lust auf mehr und mehr, bis man plötzlich zu den Menschen gehört, denen Bankkonten wichtiger sind als die wirklichen Freuden des Lebens.*

Andererseits ging es nur darum, eine Stunde lang Modell zu stehen. Dies wäre die bestbezahlte Stunde ihres Lebens.

„Fünfzigtausend, was?“, fragte sie, um Zeit zu gewinnen.

Silas sah nicht allzu beeindruckt aus. Cruz schüttelte den Kopf und zuckte mit dem Daumen nach oben.

Sie starrte ihn mit offenem Mund an. Meinte er das ernst?

Todernst, sagten seine Augen. Er schrieb auf den Tisch und benutze einen Finger als Stift.

Sie starrte auf die Zahl, die er gezeichnet hatte. Dann holte sie tief Luft und stürzte sich ins Glücksspiel ihres Lebens.

„Sechzigtausend.“

In dem Augenblick, in dem sie es aussprach, hielt sie das Telefon von ihrem Ohr weg.

„Bist du verrückt geworden?“, brüllte Richard. „Hast du den Verstand verloren? Glaubst du etwa, du bist die einzige Tussi mit anständigen Titten?“

Sie zuckte zusammen, als Richard wütend wurde und meckerte. Als er kurz Luft holte, fiel sie ihm nun mutiger ins Wort.

„Sechzigtausend. Ich will es schriftlich haben, Richard. Und der volle Betrag für die Fotoshootings, die wir bereits abgeschlossen haben, muss noch heute auf mein Konto überwiesen werden.“

Cruz zeigte ihr einen Daumen nach oben und sogar Silas klatschte mit stillem Applaus in die Hände.

Richard protestierte noch weiter, aber sie gab nicht nach. Fünf Minuten später legte sie mit einem Lächeln auf und schaute auf die Uhr an der Wand. Am frühen Nachmittag dieses Tages hätte sie den höchsten Kontostand ihres Lebens und sie könnte sich auch noch auf einen Bonus von sechzigtausend Dollar freuen. Wer sagte denn, dass sie keinen Geschäftssinn hatte?

Sie lächelte, aber ihr Hochgefühl hielt nicht lange an. Nicht, wenn Cruz so starke Zweifel ausstrahlte.

Silas eilte davon, murmelte etwas über Kai und den Hubschrauber und ließ die beiden allein zurück.

Cruz griff nach ihren Händen, küsste sie und sah grimmiger als grimmig aus.

„Versprich mir, dass du mir das eines Tages alles erklären wirst.“ Sie lehnte ihre Stirn an seine. „Oder zumindest so gut, wie du kannst.“

Cruz hielt ihre Hände noch fester und überlegte einen langen Moment, bevor er ihr antwortete: „Ich schwöre es. Ich verspreche es dir.“

Kapitel 16

„Sind alle bereit?“ Kai schaute sich in der Hubschrauberkabine um. Cruz klammerte sich an seinem Sicherheitsgurt fest und zwang sich, die Augen offenzuhalten.

„Alles klar!“, sagte Jody von ihrem Fensterplatz neben ihm, so munter und aufgeregt wie immer.

„Alles bereit“, sagte Guy, der Fotograf, an Cruz’ linker Seite.

Richard hatte sich natürlich den Vordersitz mit der besten Aussicht unter den Nagel gerissen. Er zeigte Kai einen übereifrigen Daumen hoch, als die Rotorblätter begannen zu beschleunigen. Weder George noch die Maskenbildnerin waren an Bord, da sie bei all der Ausrüstung, die Guy mitnehmen musste, Platzmangel hatten.

Cruz biss die Zähne zusammen. Der Start war das Schlimmste. Nun, der Start und das eigentliche Fliegen. Oder vielleicht doch der Start, Flug und die Landung, denn Katzen und katzenartige Gestaltwandler waren nicht dafür gemacht, in Metallkisten eingeschlossen durch den Himmel zu brausen.

„Ich mag sie sehr“, sagte Jody über den Kopfhörer, als sie Tessa winkte, die ihnen vom Rasen an Koa Point aus ebenfalls zuwinkte.

Cruz sah Kai an und stellte sich vor, wie schön es sein musste, eine Gefährtin zu haben, mit der man aufwachen konnte. Eine Gefährtin, der man zum Abschied zuwinken und, am allerbesten, zu der man nach Hause kommen konnte. Eine kleine Fantasie, dass Jody bei ihm an Koa Point einziehen könnte, schoss durch seine Gedanken. Sie könnte mit ihm im Baumhaus wohnen und sich mit den Männern und Frauen von Koa

Point anfreunden. Sie hätte Zugang zu einigen der besten Surfgebiete der Welt und ...

Sie könnte meine Gefährtin sein, fügte sein Tiger begeistert hinzu. *Wir könnten glücklich bis ans Ende unserer Tage leben, genau wie Kai und Tessa. So wie Boone und Nina. So wie Hunter und Dawn. Wir könnten ...*

Cruz biss sich auf die Lippe. Es bedurfte viel, seinen Hass auf die menschliche Rasse abzulegen, besonders nachdem sich das Feuer einer sinnlichen Nacht verflüchtigt hatte. Aber das Gefühl war nicht verflogen. Er begehrte Jody mehr denn je. Aber verdammt. An die guten Seiten des Lebens zu glauben – und daran, dass das Schicksal mehr als nur Tricks im Ärmel hatte – fiel ihm so schwer wie eh und je. Hätte er es in sich?

„Ich mag sie auch sehr." Kai grinste und winkte seiner Gefährtin fröhlich zu.

Cruz mochte Tessa auch, aber ihm gefiel die Situation kein bisschen. Eigentlich sollte Silas sie begleiten, aber er war in letzter Sekunde von einem Telefonanruf abgehalten worden. Von einem verdammt wichtigen Anruf, wie Silas grimmiger Gesichtsausdruck deutlich gemacht hatte. Cruz gefiel diese Wendung der Ereignisse überhaupt nicht. Ebenso wenig wie Silas, dessen Gesicht hart wie Stein wurde, als er sich mit dem Telefon davonschlich.

Wenigstens hatte Cruz Kai als Verstärkung dabei, aber trotzdem. Er hasste den Hubschrauber zutiefst.

Kai bewegte den Steuerknüppel und der Hubschrauber schwankte zur Seite. Eine der vielen Kisten und Taschen des Fotografen prallte gegen Cruz' Knie.

„Wow! Tolle Aussicht!", rief Jody.

Eine einzelne Schweißperle rollte an Cruz' Schläfe hinunter. Dass es tatsächlich Leute gab, die gutes Geld dafür bezahlten, um ein paar hundert Meter über dem Boden zu schweben, hatte ihn immer wieder verwundert. Von nichts weiter als ein paar Stücken Metall und dem verrückten Vertrauen in ein paar obskure physikalische Gesetze, die unmöglich stimmen konnten, in der Schwebe gehalten zu werden ... so durch die Luft zu brausen ...

Jetzt hör damit auf, bellte sein Tiger. *Du machst es nur noch schlimmer.*

Er schloss die Augen und konzentrierte seine Aufmerksamkeit auf die Wärme von Jodys Hand auf seiner.

„Schaut euch mal die Wasserfälle an." Jody klopfte gegen das Fenster, als sie auf die smaragdgrünen Berge von West Maui zusteuerten.

„Schaut euch mal die Wolken an", grummelte Richard. „Ich dachte immer, auf Hawaii soll die Sonne immer scheinen."

„In den Bergen ist es nachmittags normalerweise immer bewölkt und die Wetterverhältnisse, die gestern aufgestiegen sind, verschwinden so schnell nicht wieder", antwortete Kai. „So wie es aussieht, wird es den ganzen Tag lang hin und wieder regnen. Könnte ein turbulenter Flug werden."

Cruz stöhnte innerlich. Eine Grube voller Schlangen. Unbewohnbare Wüsten mit lauernden Feinden. Geisterhäuser voll von Untoten. Mit all solchen Dingen könnte er umgehen. Aber zu fliegen ...

Der Hubschrauber rumpelte und ratterte eine Ewigkeit weiter, während Jody über jeden sprudelnden Wasserfall und jeden zerklüfteten vulkanischen Berghang staunte. „Es ist wunderschön!"

Es war wunderschön – vom Boden aus, wo ein Tiger sein sollte. Cruz sehnte sich danach, Jody alle seine Lieblingsplätze zu zeigen. Nur ihr und niemandem sonst. Er würde vor ihr her stapfen, seinen Tiger mit dem Schwanz schlagen lassen, und sie ...

Er stoppte seine Gedanken dann. Was würde sie tun? Schreien und weglaufen, wenn sie Tigerstreifen auf seiner Haut auftauchen sah?

Jody schreit nicht, schnaufte sein inneres Biest wütend. *Sie hat vor überhaupt nichts Angst.*

So wahr das auch sein mochte, bezweifelte er doch, dass sie ihm dieses strahlende Lächeln schenken würde, wenn er ihr seine Reißzähne zeigte.

Ich halte sie bedeckt, beharrte sein Tiger. *Versprochen.*

Irgendwie verstand das dumme Tier den Kern ihres Problems nicht.

„Nach dem Regen kann man die schönsten Rundflüge unternehmen“, sagte Kai. „Alle Wasserfälle fließen und sie fließen gewaltig. Ihr müsst dort draußen auf euch aufpassen.“

Der Hubschrauber kippte und schwankte und eine weitere Kiste stieß Cruz gegen das Schienbein. Er konzentrierte sich auf alle seine Sinne und versuchte, sich mit dem Gedanken an einen möglichen Seelenstein abzulenken. Der Saphir musste sich irgendwo in dieser riesigen Menge von Ausrüstung befinden, die Richard und Guy mitgebracht hatten. Aber wo?

Spürst du etwas? fragte er Kai in Gedanken.

Überhaupt nichts. Kai schüttelte den Kopf und seine Kopfhörer schwangen hin und her. *Nicht eine einzige kleine Schwingung, wie sie die anderen Seelensteine ausgestrahlt haben.*

Was gut bedeuten konnte, dass der Saphir, den Richard gemietet hatte, kein Seelenstein war.

Aber wir haben den Erdstein auch nicht gespürt, während er geschlummert hat, fuhr Kai fort.

Cruz runzelte die Stirn. Das war die Sache mit Seelensteinen. Es war unmöglich, sie von gewöhnlichen Edelsteinen zu unterscheiden, bis irgendetwas passierte, das ihre verborgenen Kräfte weckte. Und dieses *Etwas* war selten gut.

„Oh mein Gott! Ist das die Iao-Nadel?“, fragte Jody.

Kai nickte in die Richtung der markanten Felsformation, die tief in einem üppigen Tal verborgen lag. „Kuka’emoku nennen sie die Einheimischen.“

Richard schnaubte. „Sie sieht phallisch aus.“

Cruz knurrte auf dem Rücksitz. Die Ureinwohner Hawaiis verehrten das Iao-Tal als einen spirituellen Ort und es war das Beste, sich nicht mit diesen Überzeugungen anzulegen. Besonders dann nicht, wenn man in einem fliegenden Sarg hunderte Meter hoch in der Luft schwebte.

Sobald wir die Chance bekommen, sprechen wir mit Jody, beharrte sein Tiger in einem dieser *Ich könnte sterben, also lass mich meine letzten Vorsätze fassen-Momente.*

Cruz nickte grimmig. Irgendwie würde er einen Weg finden, die Geister seiner Vergangenheit mit der Frau, die das Schicksal für ihn vorbestimmt hatte, zu versöhnen. Irgendwie würde er erklären, was er war und was wahre Liebe wirklich bedeutete.

Aber was würde Jody sagen? Und würden ihn die Geister seiner Familie für immer heimsuchen, wenn er sich mit einem Menschen verpaarte?

Der Hubschrauber sackte plötzlich ab und es drehte ihm den Magen um.

„Entschuldigung“, murmelte Kai, als er den Hubschrauber durch ein langes gewundenes Tal lenkte.

„Sie sind ein guter Pilot“, sagte Guy. „Ich habe schon einige gesehen. Sie haben einen Instinkt fürs Fliegen, nicht wahr?“

Kai grinste und antwortete nur Cruz gedanklich. *Ein Drache sollte besser gute Fluginstinkte haben.*

Cruz nickte mit geschlossenen Augen und zählte die Sekunden, bis sie in einem versteckten Tal tief in den Bergen West Mauis landeten. Er schnallte sich ab, bevor die Tür offen war, und hockte sich scharf ausatmend sofort hin, um die feuchte, fruchtbare Erde zu berühren.

„Das ist unglaublich.“ Jody drehte sich langsam im Kreis, als die Rotorblätter des Hubschraubers zum Stillstand gekommen waren.

Vögel sangen und zwitscherten von allen Seiten. Irgendwo in der Nähe brauste Wasser – das kräftige Rauschen eines Wasserfalls vermischte sich mit dem Glucksen eines Baches. Nebelschwaden tasteten über die Kämme der umliegenden Berge und satte Sonnenstrahlen durchdrangen das Tal.

„Unglaublich“, wiederholte Cruz und genoss die herrlich klare, frische Luft in vollen Zügen. Dann richtete er sich schnell auf und begann, Ausrüstungsgegenstände aus dem Hubschrauber zu entladen. Je schneller sie begannen, desto schneller wären sie fertig ... und desto eher könnte er Jody nach Hause bringen. Innerhalb von Sekunden war sein Rücken schweißgebadet, als er die Luftfeuchtigkeit zu spüren bekam.

„Dort drüben ist eine schöne Kulisse.“ Kai deutete von der vulkanischen Steinplatte, auf der er gelandet war – der einzigen Stelle, die nicht von Vegetation überwuchert wurde – auf eine Schlucht. Sie befand sich im Windschatten eines zerklüfteten Berges mit pulsierenden Wasserfällen, von denen ein jeder hunderte von Metern über die obige Klippe hinabstürzte. „Und dort unten gibt es noch eine Reihe von Wasserfällen, die in ein Felsenbecken münden. Um dorthin zu gelangen, müssen Sie allerdings ein Stück wandern.“

Cruz drehte sich schnüffelnd im Kreis und inspizierte jeden Zentimeter des umliegenden Dschungels. Zumindest schien die Gefahr für Jody hier gering zu sein. Niemand hätte ihnen in dieses abgelegene Tal folgen können, da man es nur zu Fuß oder mit dem Hubschrauber erreichen konnte. Er warf Kai einen Blick zu, der ihm beim Ausladen der Ausrüstung half. *Immer noch nichts?*

Kai schüttelte den Kopf. *Nichts, was ich spüren könnte.*

Genau in diesem Moment griff Richard in seine Jackentasche, zog eine schwarze Schatulle heraus und winkte Jody zu sich hinüber. Er entnahm einen strahlend blauen Saphir und griff um Jodys Hals, um ihn anzulegen.

Cruz hätte sich auf den Edelstein konzentrieren sollen, aber alles, was er sehen konnte, war Richards viel zu intime Geste. Der Widerling half Jody auf eine Weise, wie ein Ehemann seiner Frau helfen würde, bevor sie ausgingen.

Sie gehört mir, brüllte sein Tiger in seinem Inneren.

Er trat einen Schritt auf Richard zu, der sofort erbleichte. Innerhalb eines Pulsschlages ließ der Mann das Juwel an Jodys Hals fallen und wich zurück.

Cruz stand noch eine ganze Minute lang kochend dort, bevor er sich schließlich auf Jodys atemlose Worte konzentrierte.

„Wow. Der ist wunderschön. So blau ... “ Sie hielt ihn hoch und ließ die Sonne durch jede Facette des Edelsteins schimmern.

Das Licht glitzerte auf Jodys goldenem Haar und ihre Schönheit traf ihn erneut. Sie war wie die Sonne und der Himmel, voller Hoffnung, Liebe und Leben.

Du musst nur daran glauben ... Ihre Worte geisterten erneut durch seinen Kopf.

Ich bin mir nicht sicher, murmelte Kai.

Cruz starrte.

Kai sah das Juwel mit geneigtem Kopf an. *Ich spüre überhaupt nichts. Wenn das ein Seelenstein ist, dann schlummert er nicht nur, sondern hält regelrechten Winterschlaf.*

Cruz blinzelte. Oh. Ja, richtig. Er sollte sich wirklich auf den Stein konzentrieren, anstatt über Jody, die wahre Liebe und das Schicksal zu philosophieren.

Er blickte auf den Saphir und suchte die Luft nach einem Aufblitzen einer übernatürlichen Kraft, die am Werk war, ab. Der Edelstein hatte ein bemerkenswertes Himmelblau, das zu einer feinen Tropfenform verarbeitet war, die an einer einfachen Silberkette hin. Aber es gab keinen unterschwelligen Energiestrom, keinerlei Energieimpuls. Gott sei Dank.

„Wenn du den verlierst, schuldest du mir Tausende", bellte Richard.

Jody schluckte und drückte den Saphir an ihre Brust.

„Hören Sie, wenn es zu regnen beginnt, müssen wir hier schnell alles abbrechen", sagte Kai. „Man kann nicht sagen, wann eine Sturzflut über uns hereinbrechen könnte."

Cruz fragte sich, ob ihm überhaupt jemand zuhörte. Nun, außer Jody, wie ihr Blick auf die sie umgebende Bergschlucht bestätigte. Aber Guy lief einfach nur herum, suchte nach günstigen Winkeln und prüfte das Licht. Richard schnippte derweil mit den Fingern nach Jody. „Zieh dich um."

Jody seufzte und flüsterte Cruz zu. „Lass das letzte Fotoshooting beginnen."

Sich umzuziehen bedeutete eher, sich *auszuziehen,* und Cruz konnte seine Unzufriedenheit kaum zurückhalten, als Jody Schicht um Schicht ihrer Kleidung ablegte. Sie hörte erst auf, als sie nur noch einen winzigen String-Bikini und ein weißes T-Shirt trug, das das Blau des Juwels betonte. Entschlossenheit blitzte in ihren Augen auf und ihre Lippen bewegten sich mit einem Mantra, das er nicht ganz verstehen konnte. War es, *Ich tue es für meine Familie* oder eher, *Ich schwöre, dass ich so etwas nie wieder tun werde?*

Cruz' Magen rebellierte. Er hatte zugelassen, dass Silas sie dazu drängte. Er hatte zugelassen, dass Jody sich selbst zu etwas überredet hatte, das sie hasste. War es das wirklich wert?

„Auf geht's.“ Guy ging los und machte sich auf den Weg zu den unteren Wasserfällen.

Kai blieb beim Hubschrauber. Jody sprang so leichtfüßig durch den Dschungel, wie sie über Wellen ritt. Richard fluchte bei jedem Schritt. Cruz folgte ihm dicht auf den Fersen und behielt seine Sinne in höchster Alarmbereitschaft. Der Torfgeruch des Tals stieg ihm in die Nase und seine Ohren zuckten bei jedem Rascheln im dichten Unterholz. Aber alles schien in Ordnung zu sein.

„Wow. Das ist atemberaubend“, schwärmte Jody, als sie an eine Lichtung am Fuße eines niedrigen, breiten Wasserfalls kamen, der in ein klares Felsbecken mündete.

„Lasst uns anfangen, bevor das Wetter umschlägt.“ Guy schnippte mit den Fingern in Jodys Richtung. „Haare zurück.“

Sie ertappte Cruz dabei, wie er sie beobachtete, als sie sich mit den Fingern durchs Haar strich. Er leckte sich die Lippen. Gott, wenn sie sich wieder so verführerisch gab, wäre es um ihn geschehen.

„Gut. Mehr Lipgloss“, befahl Guy und warf ihr einen Lippenstift zu.

Cruz wandte den Blick ab, denn Jody dabei zuzusehen, wie sie ihre Lippen spitzte, würde ihn definitiv aus der Bahn werfen.

„Besser. Jetzt zieh das Bikinioberteil aus“, sagte Richard.

„Was?“, quietschte Jody.

Cruz wirbelte herum, bereit, den Kerl zu verprügeln.

„Du kannst das T-Shirt anbehalten“, sagte Richard. „Und den Saphir. Nur nicht den Bikini darunter.“

Jody blickte von Richard zum Wasserfall und dann auf ihre Brust. In der Sekunde, in der sie unter den Wasserfall trat, würde das weiße T-Shirt durchnässt werden und ...

„Auf gar keinen Fall.“ Jody verschränkte die Arme vor der Brust.

„Wir zahlen dir sechzigtausend Dollar“, fauchte Richard. „Willst du sie oder nicht?“

Cruz trat vor, aber Jody hielt ihn mit einer Hand auf seiner Brust auf. „Ich habe das Sagen, richtig?“

Er funkelte Richard über ihre Schulter hinweg an und zwang sich zu nicken. „Du hast das Sagen. Aber du musst das nicht tun, Jody."

Sie nickte zweimal kurz mit dem Kinn. „Ich muss es nicht, aber ich möchte es. Das ist es wert."

Er sah ihr suchend in die Augen, bevor sie ihn an eine Seite zog, um etwas Privatsphäre zu haben. „Wie kann es das wert sein?"

„Ich stelle mir vor, wie meine Schwester und ihr Mann ihr Baby wiegen. Ich sehe meinen Vater mit seinem Enkelkind im Wasser planschen. Ich stelle mir seinen Surfladen vor, der genau dortbleibt, wo er hingehört, bis mein Vater bereit ist, in den Ruhestand zu gehen." Sie nickte entschieden. „Es ist es wert."

Cruz' Herz klopfte heftig, als er seine Hand um ihre schlang. Gott, er liebte diese Frau. Und verdammt, er musste wirklich einen Weg finden, ihr das zu sagen.

Bald, knurrte sein Tiger. *Bald.*

„Nur eine Sache noch", fügte Jody hinzu.

„Was auch immer du willst."

Was auch immer du willst, stimmte auch sein Tiger zu.

Sie spitzte die Lippen. „Versteh mich bitte nicht falsch, in Ordnung?"

Sein Herz wurde schwer. Was wollte sie ihm sagen?

„Es wäre mir lieber, wenn du dieses Mal nicht zuschauen würdest", sagte sie.

Ihre Worte bohrten sich in sein Herz wie ein Meißel in einen Stein, der einen Brocken nach dem anderen davon abhackte. Sie hatten eine unglaubliche Nacht miteinander verbracht. Er hatte sie überall berührt, geküsst und geleckt. Und doch wollte sie plötzlich nicht, dass er sie halb nackt unter einem Wasserfall sah?

„Das bin nicht ich", flüsterte sie und hielt seine Hand – die Hand, die er ihr jetzt entreißen wollte. „Nicht mein wahres Ich."

Er starrte sie an. Die Fotos, die Guy hier schoss, waren für Zeitschriften und Plakatwände auf der ganzen Welt bestimmt, aber Jody wollte nicht, dass er sie sah?

Sein Gesicht musste den Schmerz gezeigt haben, denn sie strich mit einer Hand über seine Brust und fügte hinzu: „Ich meine es wirklich nicht böse. Ich will nur nicht ... nicht ... “

Du willst mich nur einfach nicht in deiner Nähe haben, hätte er fast gesagt.

Jetzt mach mal halblang, warf sein Tiger ein. *Sie ist ein Mensch. Die machen manchmal seltsame Sachen.*

Allerdings, schoss er zurück. *Menschen sind unberechenbar. Irrational. Manchmal sogar gefährlich.* Gefährlich für Narren wie ihn, die ihr Herz nicht schützen. Langsam schüttelte er den Kopf. Übelkeit stieg in seinem Magen auf. *Ich dachte, sie wäre anders.*

Sie ist anders. Sie ist etwas Besonderes, beharrte sein Tiger.

Aber plötzlich war er sich nicht mehr sicher, was er glauben sollte.

Sie hat recht. Das hier ist nicht wirklich Jody. Die wahre Jody ist die, die wir Zuhause gesehen haben, sagte sein Tiger.

Cruz wusste, dass es logisch war, aber er spürte nichts als Ablehnung. Richard und Guy durften sie sehen, aber er durfte es nicht?

„Du hast das Sagen“, murmelte er und wich langsam zurück.

Jody sah niedergeschlagen aus, aber Richard und Guy scheuchten sie los, bevor sie noch ein weiteres Wort sagen konnte. Und das war es dann.

Cruz drehte sich um und starrte auf seine Schuhe, während sein Tiger in ihm tobte.

Mach keine große Sache daraus. Versuche einfach, es zu verstehen.

Irgendwie ironisch, dass sein Tiger zur Abwechslung einmal seine menschliche Seite belehrte.

„Stell dich unter den Wasserfall, Schätzchen. Wunderschön. Jetzt beug dich zu mir ... “

Cruz schloss die Augen und wünschte sich, er könnte nicht hören, wie Guy Jody instruierte. Er wünschte, er könnte das Klicken der Kamera nicht hören.

Du musst etwas Dampf ablassen, sagte sein Tiger. *Beweg dich ein wenig.*

Cruz wollte am liebsten in den Wald rennen und knurren, bis sein Zorn zwischen den Bergen widerhallte, aber er konnte es nicht. Er hatte sich dazu verpflichtet, Jody zu beschützen.

Aber es gab keinen Grund, die Umgebung nicht zu überprüfen. Also machte er sich auf den Weg in den Dschungel, bis das Geräusch des Wasserfalls und das Rascheln der Blätter Guys Stimme übertönte. Mit jedem Schritt, den er tat, wurde sein Drang sich zu verwandeln und zu rennen größer. Schon bald gab er ihm nach und ließ seine Kleidung in einem Bündel auf einem Felsen zurück. Er ließ seinen Tiger die Kontrolle übernehmen und zuckte schmerzlich durch die Verwandlung. Wenn seine beiden Seiten in Einklang waren, war der Übergang von einer Form zur anderen so sanft und mühelos, dass er ihn kaum spürte. Aber wenn seine beiden Seiten miteinander in Konflikt standen, war die Verwandlung ein ächzender, schmerzhafter Prozess, in dem sich Sekunden wie qualvolle Stunden anfühlten. Seine Schultern schmerzten, als sie ihre Tigerposition einnahmen. Seine Haut brannte, als die Tigerstreifen darauf ausbrachen und sich sein Kiefer streckte.

Das ist alles deine Schuld, grummelte sein Tiger, und schüttelte sich kräftig, als die Verwandlung endlich abgeschlossen war. Dann rannte er los und hielt sich im Unterholz versteckt. Er senkte seine Nase zu Boden und hob sie dann, um in der Luft zu schnuppern. Er hatte nicht erwartet, einen Hauch von Gefahr zu entdecken, aber ...

Der Klang eines Motors ertönte im Tal und er eilte zu einem Felsvorsprung.

Was zum Teufel? Kai? rief er und beobachtete, wie der Hubschrauber abhob und davonflog.

Schlechtes Timing, aber es gibt einen Notruf, antwortete ihm Kai in angespanntem Ton. *Ein paar Teenager sind Windsurfen gegangen und nicht wieder zurückgekommen. Die Rettungsdienste rufen alle in der Gegend auf, zu helfen, sie zu finden, bevor sich das Wetter verschlechtert.*

Cruz blickte hinauf. Nebel wehte über die Berggipfel, aber das eigentliche Problem waren die dunklen, wütenden Wolken, die langsam in Sichtweite kamen. *Wie lange glaubst du, wird das Wetter noch halten?*

Das Tal ist immer noch klar, aber verdammt, du solltest mal die Wolken sehen, die von Nordosten heranziehen, sagte Kai von seinem Aussichtspunkt hoch oben am Himmel.

Cruz sprang vom Felsen herab und stampfte über die Erde, als er Kai noch einmal rief. *Komm zurück, so schnell du kannst. Wir müssen Jody hier rausbringen.*

Verstanden, sagte Kai, als er aus seinem Blickfeld verschwand.

Cruz murmelte vor sich hin und rannte zurück in Richtung Wasserfall. Er sprang über einen moosbewachsenen Baumstamm und kehrte zu der Stelle zurück, an der er seine Kleidung zurückgelassen hatte. Dann drehte sich plötzlich der Wind und hauchte ihm einen schwachen, neuen Duft zu.

Er erstarrte. Bewegungslos, abgesehen vom Zucken seiner Schnurrhaare und des scharfen Schnippens seines Schweifs. Der erdige Duft von Lobelien drang durch das Tal, gemischt mit dem heimischer Farne und sogar einem Hauch der seltenen Na'u-Gardenie. Aber irgendwo im Hintergrund all dieser Düfte ...

Er riss den Kopf herum und folgte der schwachen Fährte eines Säugetiers. Eines Gestaltwandlers. Eines ... eines ... anderen katzenartigen Gestaltwandlers?

Die Haare auf seinem Rücken stellten sich auf, er stürmte durchs Tal und folgte dem unbekannten Geruch. Er konnte sich noch nicht mal dazu durchringen, der Fährte richtig zu folgen. Stattdessen stürzte er kopfüber los, um den Eindringling zu konfrontieren, der so tief in den Bergen – oder so nah bei Jody – nichts zu suchen hatte. Der Boden verschwamm zu einem flächendeckenden, grünbraunen Teppich unter seinen Füßen. Lianen peitschten ihm in die Seiten, als er weiterstürmte.

Vor ihm zerbrachen Äste, das verräterische Geräusch einer panischen Flucht. Blätter schwankten und Wasser tropfte herab, als der Eindringling davonrannte. Der stechende Geruch von Angst lag in der Luft und Cruz sprintete auf rasender Verfolgungsjagd weiter. Er erhaschte einen flüchtigen Blick auf gelbbraunes Fell und einen büscheligen Schwanz. Rasend schnell trieb er die Bestie den Abhang hinauf. Dann stürzte er sich mit einem letzten Geschwindigkeitsschub auf den Eindringling. Sie beide knurrten gefährlich, als sie sich am Abhang überschlugen und mit tödlichen Klauen und Reißzähnen aufeinander losgingen.

Cruz brüllte und warf sein Gewicht auf eine Seite. Er drückte den Feind zu Boden und nagelte ihn mit dem Bauch nach oben fest. Er starrte auf die dunkle Nase und den pelzigen Hals.

Ein Löwe. Was hatte ein gottverdammter Löwengestaltwandler auf Maui verloren?

Er schnappte nur um Haaresbreite vom Rachen des Tieres entfernt mit den Zähnen zu und sandte ihm eine klare Botschaft. *Eine Bewegung und du stirbst.*

Der junge unerfahrene Löwe keuchte wie wild und hielt still. Er unterwarf sich ihm sofort.

Wer zum Teufel bist du? bellte Cruz. Die meisten Gestaltwandler konnten in Gedanken miteinander kommunizieren und obwohl es schwieriger war, die Gedanken eines unbekannten Wandlers zu hören, konnten sich ähnliche Spezies oft verständlich machen.

Er sollte sich besser verständlich machen, knurrte Cruz' innerer Tiger.

Tu mir nicht weh, heulte der Löwe vor Angst. *Töte mich nicht.*

Seine Halskrause hatte sich noch nicht einmal zu einer richtigen Mähne verdickt, so jung war er noch. Jung und dumm, dachte Cruz. Und definitiv nicht von der Insel. Cruz kannte auf Maui keinen einzigen Löwengestaltwandler.

Was zum Teufel machst du hier?

Nur, äh ... äh ...

Ja, dieses Jungtier führte nichts Gutes im Schilde, soviel war klar. Cruz beugte sich vor und knurrte in einem tieferen Ton, während er gleichzeitig die Ohren spitzte. Er bezweifelte, dass dieses Löwenjunge den ganzen Weg allein zurückgelegt hatte. Gab es dort draußen noch andere Gestaltwandler?

Mit wem bist du hier? forderte er zu wissen. *Was willst du hier?*

Nichts. Der Löwe jaulte. Als Cruz erneut knurrte, kapitulierte er. *Ich soll nur von hier oben aus zusehen. Ich schwöre, ich werde noch nicht einmal in die Nähe kommen. Ich soll nur zuschauen und lernen...*

Der Löwe schloss das Maul, wohl wissend, dass er zu viel gesagt hatte.

Cruz zeigte ihm jeden Zentimeter seiner Zähne. *Lernen? Von wem?*

Der Löwe zögerte, bis Cruz mit den Krallen seiner linken Pfote vor seinem Gesicht herumfuchtelte.

Von meinem Onkel. Ich soll nur zusehen. Ich schwöre, ich hatte nicht vor, irgendetwas anderes zu tun.

Cruz' Gedanken rasten. Gab es ein Rudel von Löwenwandlern, das nach Maui gezogen war? Arbeiteten sie für Moira oder versuchten sie, das Fotoshooting zu sabotieren? Hatte sich der Weg seiner Familie jemals mit dem eines Löwenrudels gekreuzt, das ihm jetzt Ärger machen könnte?

Nichts ergab einen Sinn, egal wie sehr er auch versuchte, die Teile des Puzzles zusammenzufügen.

Ein Hubschrauber dröhnte im Tal und Cruz atmete aus. Wenn Kai wieder da war, könnte er helfen, der Sache auf den Grund zu gehen.

Cruz hob den Kopf und schnüffelte tief. Und gerade in dem Moment – in diesem Bruchteil einer Sekunde der Unaufmerksamkeit – verschwand der junge Löwenwandler ins Unterholz.

Cruz knurrte, machte sich jedoch nicht die Mühe, die Verfolgung aufzunehmen. Wenn Kai zurück war, stellte ein fliehender Löwe keine große Bedrohung dar. Die Frage war jedoch, welche anderen Gestaltwandler dort draußen auf der Lauer liegen könnten.

Doch ganz egal, wie sehr er auch schnüffelte, er konnte nichts anderes als den Geruch des sich rasant zurückziehenden Löwen ausmachen.

Er sprang den Abhang hinunter und spitzte beim Summen des Hubschraubers die Ohren. Die Tonlage klang jetzt höher als zuvor. War Kai etwas in Eile? Er sprang in einem Satz auf einen Felsbrocken, um einen klaren Blick auf den landenden Hubschrauber zu werfen.

Oha. Moment mal, knurrte sein Tiger im Inneren.

Kais Hubschrauber war braun mit roten und gelben Streifen, aber der Hubschrauber, der sich jetzt näherte, war ein großer blauer A-Star. Cruz knurrte vor sich hin, als fünf bullige Männer aus dem Hubschrauber sprangen. Große, stämmige Söldnertypen mit der Ausnahme des Anführers, der größer und schlanker als die anderen war. Löwengestaltwandler?

Als er erneut schnüffelte, lief es ihm kalt den Rücken hinunter. Zwischen den anderen Düften stieg ein einzigartiger Geruch auf. Es handelte sich weniger um einen eigenständigen Geruch, als vielmehr um das Fehlen eines Duftes, der eigentlich hätte vorhanden sein müssen.

Welche Kreatur roch nach nichts? Welche Bestie verjagte Düfte, anstatt ihren eigenen zu tragen?

Es traf ihn wie der Schlag und er fluchte. Ein Vampir. Das Fehlen eines Duftes war das Markenzeichen eines Vampirs.

Cruz beobachtete sie keine Sekunde länger, denn er hatte den jungen Löwen sehr weit den Hang hinaufgejagt. Diese Neuankömmlinge waren Jody daher viel näher als er.

Scheiße, fluchte er und raste den Abhang hinunter. Sein Herz schlug ihm bis zum Hals. *Jody. Jody …*

Kapitel 17

„Heb dein Kinn etwas an. Dreh dich noch ein bisschen weiter", sagte Guy. Er hockte vor Jodys Knien und hatte die Kamera nach oben gerichtet, um das Wasser ins Bild zu bekommen, das über ihren Körper strömte. Sie tat ihr Bestes, um ihre innere Verführerin heraufzubeschwören, aber sie konnte sich einfach nicht dazu zwingen. Unter dem Wasserfall zu stehen, hätte kühl und erfrischend sein sollen, aber sie fühlte sich stattdessen schmutzig und benutzt. Vor allem, wenn Richard sie aus dem Hintergrund so lüstern anstarrte.

„Was ist denn heute mit dir los?", beschwerte sich Richard. „Wo ist die Magie, die wir beim letzten Fotoshooting gesehen haben?"

Sie verkniff sich einen finsteren Blick. Die Magie war Cruz und den hatte sie weggeschickt. Schlimmer noch, sie hatte ihn verärgert. Verstand er denn nicht, warum sie nicht wollte, dass er zusah? Am Tag zuvor hatte sie ihm ihr wahres privates Ich offenbart und sie wollte, dass er dies schätzte, und nicht mit der Erinnerung an diese Karikatur ihrer selbst besudelte. Und verdammt, sie half ihm damit doch auch. War er dafür denn nicht dankbar?

Aber Cruz hatte den Saphir nach dem ersten Blick kaum ein zweites Mal angeschaut. Also handelte es sich vielleicht nicht um das Juwel, an dem er und Silas interessiert waren.

Zweifel vernebelten ihren Verstand. Was, wenn sich Cruz gar nicht für sie interessierte? Was wäre, wenn er nur an einem Juwel – einem anderen Juwel – und nicht wirklich an ihr interessiert war? Was wäre, wenn er sie die ganze Zeit nur benutzt hatte?

Ohne darüber nachzudenken, hob sie ihren Daumennagel zu ihren Lippen, um darauf zu kauen. Sie riss ihn jedoch schnell wieder weg, bevor Richard sich dazu äußern konnte. War sie zu vertrauensselig und übereifrig gewesen? War sie zu verzaubert von dem dunklen, nachdenklichen Krieger, der so geheimnisvoll war?

„Zieh die Kette in die Mitte und lehne dich nach vorn", sagte Guy.

Als sie ihre Hüfte nach vorn beugte, schwang der Saphir von ihrer Brust weg. Sie fing ihn auf und hielt ihn fest, bevor sie nach unten blickte. Trotz der kühlen Wassertemperatur fühlte sich der Edelstein wärmer an als zu Beginn. Lag das an ihrer Körperwärme?

Sie verzog das Gesicht. Ihre Körperwärme war nicht sehr hoch, nicht ohne Cruz.

„Versuch ihn anzuheben", sagte Guy. „Lass uns mal sehen, ob wir das Licht darin einfangen können."

Sie hielt den Edelstein hoch. Wolken breiteten sich am Himmel aus, während er sprach. Zumindest für den Augenblick jedoch wurde das Tal noch immer von Sonnenlicht durchflutet.

„Genauso. Großartig. Wunderbar, wie er das Licht auffächert", sagte Guy.

Jody musterte das Juwel. Wow. Der Edelstein reflektierte das Licht tatsächlich.

„Stell dich unter den Wasserfall. Wirf den Kopf zurück, so als würdest du unter der Dusche stehen."

Sie ließ den Saphir los und tat, was ihr gesagt wurde. Eine warme Stelle an ihrer Brust verriet ihr, wo sich der Edelstein befand. Dann wurde ihre Aufmerksamkeit jedoch abgelenkt, als ein Hubschrauber über sie hinwegflog. Nicht Kais braungestreifte Maschine – ein anderer. Augenblicke später erschienen mehrere Männer auf dem Hügel, über den auch sie hier hinuntergekommen waren.

„Wer ist das?", fragte sie und unterbrach das Posieren.

Richard drückte seine Zigarette an einem Felsen aus und warf sie zu ihren Füßen in das Felsbecken. „Das müssen die Jungs von der Elements-Hauptgeschäftsstelle sein, die ich eingeladen habe." Er rieb seine Hände aneinander. „Wenn sie diese Bilder sehen und sie zur Chefin bringen, werden wir mit Sicherheit ihr Hauptwerbeteam werden."

Was? wollte sie jaulen, hielt sich jedoch zurück – gerade so. Sie wollte wirklich nicht, dass ihr noch mehr Leute dabei zusahen, wie sie halb nackt herumtänzelte. Natürlich würden die Fotos schlussendlich veröffentlicht werden, aber dass diese Leute sie persönlich posieren sahen, schien ihre Privatsphäre noch mehr zu verletzen.

„Konzentriere dich", schnaufte Richard.

Jody tat ihr Bestes, aber das Wasser, das über ihren Körper spielte, kam in dünnen unregelmäßigen Schüben, und es war ihr unangenehm, dass die Männer sie von dort oben aus beobachteten. Wo war Cruz?

„Ich wünschte, wir hätten etwas mehr Wasser", sagte Guy.

Jody wusste genau, was er meinte. Der Wasserfall teilte sich in sechs kleine Ströme und jeder davon war eher ein Rinnsal als eine Dusche. Sie dachte an den Felsenpool bei Cruz zu Hause. Das war genau die richtige Menge gewesen.

Eine Sekunde später quietschte sie, weil es sich so anfühlte, als hätte jemand einen Eimer Wasser über ihrem Kopf entleert. Guy sprang zurück und drehte sich um, um die Kamera vor dem Spritzen des Wassers zu schützen. Jody blinzelte und schaute zum Wasserfall hinauf.

„Ha. Pass auf, was du denkst, Schätzchen", scherzte Guy. „Jetzt schnell, während es läuft. Schau in diese Richtung und halte den Saphir an dein Herz."

Sie hätte erwartet, dass sich das Juwel kalt und kantig anfühlen würde, aber es war überraschend angenehm – fast so, als wollte es, dass sie es nah bei sich hielt.

„Perfekt! Halte ihn genau so fest, damit ich das sich reflektierende Licht erwischen kann."

Sie konnte sich nicht verkneifen, den Blick zu senken. Das war nicht nur Licht. Der Saphir selbst glühte auch.

„Komm schon, Süße. Lass uns etwas von der Magie sehen, die wir neulich hatten."

Sie hatte nicht einen Funken Zauber in sich, nicht ohne Cruz. Aber wow. Vielleicht steckte die Magie in dem Saphir, denn das Licht, das er ausstrahlte, verstärkte sich. Die Facetten reflektierten nicht nur das Tageslicht – sie schienen ihre eigene Leuchtkraft zu entfalten.

„Gut. Jetzt schließ deine Augen ... “

Sie schloss die Augen und wurde von Wasserbildern aller Art durchströmt. Reißendes Flusswasser. Tosende Brandung am Rande des Meeres. Prasselndes Regenwasser. Plätschernde Quellen. Alle diese Szenen fügten sich zusammen wie eines dieser Entspannungsvideos, mit denen Stadtbewohner inneren Frieden heraufbeschworen.

Schritte spritzten in der Nähe und zunächst dachte sie, sie gehörten ebenfalls zum Spektrum der Wassererscheinungen, die durch ihren Kopf sprudelten. Doch dann rief Richard eine Begrüßung.

„Meine Herren, meine Herren. Schön, dass Sie es geschafft haben.“

Jody riss die Augen auf und ihre Hände flogen sofort an ihre Brust. Sie hatte sich an Guy und Richard gewöhnt – mehr oder weniger. Aber fünf Neuankömmlinge waren aufgetaucht – große Typen mit langen, löwenhaften Mähnen. Der Gedanke, dass sie ihr zuschauen könnten, machte sie krank.

„Oh, lassen Sie sich von uns nicht stören.“ Der größte der Typen grinste Jody an.

Guy trieb sie weiter an. „Komm schon, Schätzchen, weiter geht es. Kinn hoch ... “

Jody zitterte. Die Wolken zogen stetig weiter und die Temperatur war gefallen. Sie sah sich suchend nach Cruz um und fühlte sich nackt und verletzlich. Den Saphir zu umklammern ließ sie jedoch geerdeter fühlen. Irgendwie mächtiger.

Langsam drückte sie die Schultern durch.

Ich kann das. Ich kann das ...

„Gut. Jetzt dreh dich in diese Richtung ... “

Sie tat ihr Bestes, aber es fiel ihr schwer mit den Männern dort, die sie mit den Augen regelrecht auszogen.

„Sehr schön. Weiter so. Heb ihn zu deinen Augen hoch“, sagte Guy.

Sie blinzelte, als sie das Juwel mit beiden Händen festhielt. Licht tanzte und flackerte in seinen Facetten und nahm ein Eigenleben an.

Guy murmelte vor sich hin, so wie er es immer tat. Richard plapperte auf einen der großen Kerle ein, der neben dem größten und schlankesten Mann von ihnen stand. Und dann hörte sie, trotz all der Ablenkung und des Lärms des Wasserfalls, wie der große Mann scharf einatmete. Sein Blick richtete sich auf den Saphir und die Lippen bewegten sich leicht.

Ein Schauer lief ihr über den Rücken und sie umklammerte das Juwel fester.

„Ich liebe die Art, wie sich das Licht in diesem Stein widerspiegelt", sagte Richard.

Donner grollte über den Berggipfeln und alle starrten nach oben.

„Verdammt. Wir werden uns beeilen müssen, um die letzten Aufnahmen zu schaffen." Guy fummelte an seiner Linse herum.

Der große, schlanke Mann trat vor und sprang mit unglaublicher Geschwindigkeit und Anmut von einem Felsen zum anderen. In einer Sekunde war er weit weg gewesen und in der nächsten schon viel zu nah. Bei jedem Schritt, den er tat, wich Jody leicht zurück und drängte sich unter den Wasserfall.

„Miss Monroe?", fragte er.

Seine Augen waren schwarz und auf unheimliche Weise stumpf. Das Weiß seiner Augäpfel war wie von Gelbsucht verfärbt. Sein Haar glänzte und war nach hinten gestylt, die Stimme tief und gebieterisch.

„Moment noch, Vasco", sagte Richard. „Lassen Sie Guy zu Ende fotografieren."

Sie konnte die Wut in den Augen des Neuankömmlings aufsteigen sehen. Vasco. Wer war er?

„Ich sage, wann ihr mit den Fotos fertig seid", sagte Vasco in einem beängstigend monotonen Tonfall. Er sah ihr in die Augen, so wie ein Raubtier, das sich voll auf seine Beute konzentrierte.

Richard schüttelte den Kopf. „Wir haben einen knappen Zeitplan."

Richard, wollte sie flüstern. *Sei still. Dränge ihn nicht.*

Vasco strahlte eine brodelnde, unterschwellige Stärke aus, ganz ähnlich wie Cruz. Aber im Gegensatz zu Cruz war es ein beängstigendes Gefühl von Skrupellosigkeit, das von ihm ausging. Fast Boshaftigkeit. Sie riss ihren Blick von ihm los, um mit den Augen die Hänge abzusuchen. Gott, wo war Cruz?

„Moira LeGrange mag vielleicht der große Boss sein", schimpfte Richard, „aber ich bin der Produktmanager dieses Fotoshootings und ich sage ... "

Vasco drehte die Hand, die er Richard auf die Schulter gelegt hatte, und stieß ihn so stark, dass der Manager rückwärts ins knietiefe Wasser stürzte. Er kam prustend wieder hoch, aber die anderen Männer packten ihn bei den Armen und hielten ihn fest.

Guy spielte ganz ahnungslos weiter mit seinem Objektiv. Die Kamera war so dicht vor seinem Gesicht, dass er den Stoß nicht bemerkt hatte. „In Ordnung, jetzt möchte ich, dass du ... "

Jodys Herz klopfte, als sie ein paar Zentimeter vor dem Wasserfall nach hinten wich. Der große, schlanke Mann war offensichtlich zu schrecklichen Taten fähig. Der Drang, davonzulaufen, rauschte durch ihre Knochen.

„Sind Sie Jody Monroe, die Tochter von Ross Monroe?"

„Moment mal", krähte Guy, als Vasco ihm ins Bild trat.

Jody war so ängstlich, dass sie nicht sprechen konnte. Schreckliche Bilder strömten durch ihre Gedanken. Hatte dieser Schläger ihrem Vater oder ihren Schwestern irgendetwas angetan?

„Jetzt hören Sie mir mal zu", sagte Richard.

Vasco schaute noch nicht einmal zurück. Er hob einfach nur eine Hand und schnippte mit den Fingern. Die Männer, die den Manager festhielten, nahmen ihn in den Schwitzkasten und verdrehten ihm das Genick.

In einer Sekunde hatte Richard weitaufgerissene Augen und Panik gehabt. Und in der nächsten war er tot.

„Richard", kreischte sie, als sie ihm das Genick brachen, so als wäre es nichts als ein Zweig. Dann ließen sie seinen Körper fallen, ohne auch nur die geringste emotionale Reaktion zu zeigen.

„Großer Gott", jaulte Guy und wirbelte herum.

Vasco schenkte Guy keinerlei Aufmerksamkeit, als er floh, nur um von den anderen Männern eingefangen zu werden.

Jody suchte wie wild nach etwas, womit sie sich verteidigen konnte. Einen Stock. Einen Stein. Aber sie konnte sich kaum bewegen, geschweige denn denken.

„Sie sind Jody Monroe, nicht wahr?“, wiederholte Vasco mit beängstigend kontrollierter Stimme.

„Was wollen Sie von mir?“, schrie sie und umklammerte den Saphir. Wasser klatschte über ihre Schultern, als sie seitlich dem dünnen Vorhang des herabstürzenden Wasserfalls auswich.

Vasco grinste breit. „Einen Schluck. Nur einen kleinen Schluck.“ Er starrte auf ihren Hals. „Einen Schluck Ihres Blutes.“

Seine Eckzähne waren viel zu spitz. Und seine Fingernägel auch. Jody erstarrte vor Entsetzen.

Dort draußen gibt es alle möglichen bösen Wesen, pflegte ihre Großtante zu sagen. *Geister. Dämonen. Vampire ...*

Sie wollte schreien, es müsse sich um einen Irrtum handeln. Dass es noch eine andere Jody Monroe auf der Welt gab, die irgendwie das Interesse dieses Monsters auf sich gezogen hatte.

„Lassen Sie mich los“, protestierte Guy hinter ihr. Eine Sekunde später schnaufte er, als einer der anderen Männer ihm in die Magengrube schlug.

Cruz! schrie Jody stillschweigend. *Hilfe! Cruz!*

Vascos Grinsen wurde breiter. „Na gut, vielleicht will ich mehr als einen Schluck. Aber keine Sorge, ich werde Sie nicht völlig leersaugen. Bei jemandem, der so einzigartig ist wie Sie ...“

Einzigartig? Sie war doch nicht einzigartig. Sie war einfach nur sie.

Sein Blick fiel auf die Halskette, die sie trug, und er gluckste wertschätzend. „Sie haben da ein hübsches Juwel. Moira wird sich ganz außerordentlich über dieses unerwartete Geschenk freuen.“

Instinktiv schlossen sich ihre Finger um den Saphir und eine Welle der Kraft pulsierte durch ihren Arm.

Es ist gar nicht so sehr das Juwel selbst als vielmehr das, was es repräsentiert, hatte Silas gesagt. *Aber je mehr du weißt, desto mehr betrittst du eine Welt, mit der du möglicherweise nichts zu tun haben möchtest.*

Jody hatte den schleichenden Verdacht, dass sie soeben in diese Welt gestolpert war, woraus auch immer sie bestand. Aus Mördern? Oder schlimmer noch, aus Vampiren? Gab es so etwas wirklich?

Vasco stürzte sich so schnell auf sie, dass seine Bewegung verschwamm. Jody schaffte es kaum, zurückzuspringen, um sich seinem Griff zu entziehen. Einer von Vascos langen, spitzen Fingernägeln kratzte über ihren Unterarm, als sie sich bewegte. Sie kreischte und verdeckte die Wunde.

„Ah.“ Vasco grinste. „Eine kleine Vorspeise. Genau das, wovon ich geträumt habe.“

Er hob seinen Finger und leckte ganz langsam den Blutstropfen ab, so wie ein Kind an einem Lutscher lecken würde. Er schloss die Augen, um den Geschmack zu genießen, als sie angewidert zurückwich.

„Großer Gott, wer sind Sie denn?“, schrie Guy.

Vascos gelbverfärbte Augen öffneten sich, als er die Lippen bewegte, um den Geschmack zu testen. „Moment mal ... “

Als er nach vorn sprang und nach ihr griff, erstarrte Jody beim Anblick seiner spitzen Eckzähne.

Vasco schlitzte ihr den Unterarm auf und hinterließ eine zehn Zentimeter lange Schnittwunde. Erst dann entriss sie sich ihm und sah dabei zu, wie er ein zweites Mal ihr Blut ableckte. Seine Zunge schoss hervor und er kostete es. Testete es. Dann wurde sein Gesichtsausdruck dunkler.

„Ein Mensch? Ein einfacher Mensch?“

Jody wollte schreien. Was sollte sie denn sonst sein?

Dunkle, unbarmherzige Augen starrten sie an. „Sind Sie oder sind Sie nicht Jody Monroe, Tochter von Ross Monroe?“

Ihre Gedanken rasten. Welches Interesse dieser Wahnsinnige auch immer an ihrem Blut hatte – sie war die Falsche, wenn er nach einer Verwandten von Ross Monroe suchte. Er war zwar der beste Vater der Welt, aber nicht ihr biologischer Vater. Nicht, dass sie es wagen würde, dies zu erwähnen. Was wäre, wenn dieses Monster als Nächstes ihren Vater aufspürte?

Oder vielleicht ihre jüngere Schwester, die tatsächlich das Blut ihres Vaters in sich trug?

Jody versuchte zu rennen, schaffte es jedoch nur, spritzend über einen großen flachen Felsen zu rutschen.

Dann dröhnte eine Stimme von oben herab und ein Schatten erschien. Sie duckte sich, jaulte und schrie vor Erleichterung auf.

„Cruz!“

Er sprang von der Kante des Wasserfalls und landete mit einer unheimlich schnellen Bewegung in der Hocke. Und verdammt, sie war noch nie glücklicher gewesen, jemanden zu sehen. Selbst – oha – jemand Nacktes? Was hatte es denn damit auf sich?

„Hauen Sie ab“, knurrte Cruz Vasco an.

Als Cruz sich aufrichtete, schleuderte er einen Arm zurück, um sie zu schützen. Sie streckte die Hand aus, um seinen Rücken zu berühren, verzweifelt auf der Suche nach dem Gefühl der geistigen Klarheit. In dem Moment, als sie ihn berührte, rauschte ein Energieschub durch sie hindurch. Sie schnappte blinzelnd nach Luft. Angst hatte ihren Geist und ihre Glieder gelähmt, aber plötzlich fühlte sie sich wiederbelebt und hellwach. Als hätte sie soeben eine neue Energiequelle angezapft – Cruz. Die Hitze, die der Saphir ausströmte schien sich ebenfalls zu verdoppeln.

Es besteht die Möglichkeit, dass das Juwel – wenn es das ist, was wir fürchten – in die falschen Hände geraten könnte, hatte Silas gesagt.

Sie hielt es fest. Vascos Hände waren definitiv die falschen. Aber scheiße. Was konnte sie tun, um den Stein zu beschützen?

„Bist du okay?“, knurrte Cruz, ohne Vasco aus den Augen zu lassen. Jody wischte über die Wunde an ihrem Arm und ließ das Blut vom Wasserfall abspülen. „Ja“, sagte sie und versteckte das Zittern in ihrer Stimme. Denn Scheiße – selbst mit Cruz an ihrer Seite ... wie sollte sie sich fünf Männern entziehen?

„Nehmen Sie das Juwel, wenn Sie wollen. Aber lassen Sie uns gehen!“, heulte Guy.

Vasco zuckte noch nicht einmal mit der Wimper. Er sah lediglich an Cruz auf und ab.

„Na wen haben wir denn hier? Den hitzköpfigen Mr. Khala nehme ich an?"

Cruz knurrte. „Bilde dir nicht ein, mich zu kennen, Arschloch."

Jody behielt ihre Hand auf seinem Rücken und versuchte, ihn zu beruhigen. Sie fragte sich, woher Vasco Cruz kannte. Sie fragte sich, was zum Teufel hier vor sich ging.

Dann ratterten die Zahnräder in ihrem Kopf und sie zeigte auf Vasco. „Sie waren an diesem Abend auf der Party. Sie haben versucht, mich zu töten."

Wut sprudelte in ihr hoch und plötzlich war Cruz derjenige, der ihre Hand umklammerte und versuchte, *sie* zu beruhigen.

„Aber, aber!", erwiderte Vasco missbilligend. „Ich versuche nichts, meine Liebe. Ich habe Erfolg. Der Schütze war ein Geschäftspartner." Er funkelte einen seiner Männer an. „Ein Geschäftspartner, der für seine Unfähigkeit bestraft worden wäre, hätte er nicht enthüllt, wer Sie wirklich sind."

Sie starrte ihn an. Was zum Teufel sollte das denn heißen?

Vasco kniff die Augen zusammen und seine Lippen formten eine dünne Linie. „Es sei denn natürlich, Sie sind gar nicht so besonders, wie man mich glauben lassen wollte. Oder liegt es daran, dass Ihre Blutlinie so verdünnt ist, dass der Geschmack nicht mehr da ist?"

Seine Worte ergaben keinen Sinn, aber sie drehten ihr trotzdem den Magen um. „Hören Sie, ich weiß nicht, was hier vor sich geht, aber …", begann Guy zu protestieren. Seinem Aufheulen folgte ein markerschütterndes Knacken und dann … ein dumpfes Platschen.

„Hoppla." Ein großer Mann lachte leise, als er Guys Leiche fallenließ. Wie Richard trieb Guy nun ebenfalls mit dem Gesicht nach unten leblos im Felsbecken.

Jody schnappte nach Luft. „Sie … Sie … "

Cruz drehte sich leicht und schirmte sie ab. Er sah ihr in die Augen. Sein Blick glühte vor Empörung und machte ihr gleichzeitig Mut.

Vasco wandte sich mit einem Seufzen an den Killer. „Und wie willst du das jetzt vertuschen?"

Jody konnte seinen lässigen Ton nicht glauben.

„Kein Problem“, sagte der Mann, der Guy getötet hatte. „Wir lassen es einfach so aussehen, als hätten es Menschen getan.“

Jody spitzte die Ohren. Da war es wieder. *Menschen.* Was waren diese Männer dann?

Cruz' Körper versteifte sich und ein tiefes, gefährliches Knurren entwich seinen Lippen.

Ein anderer Mann schnaubte. Er zeigte auf Jody. „Niemand würde jemals glauben, dass sie sie getötet hat.“

Jodys Kinnlade klappte auf. Sie wollten ihr das anhängen?

„Es braucht nicht viel“, sagte der erste Mann. „Ein paar Beweismittel unterschieben, eine kleine Geschichte erfinden ... “

Cruz' Gesicht nahm einen beängstigenden Rotton an. „Beweismittel unterschieben? Wo sonst haben Sie das noch getan? Möglicherweise in Indien?“

Vasco verbeugte sich leicht. „Ein wahrer Feinschmecker reist um die Welt, um ihre besten Aromen zu kosten, mein lieber Tiger.“

Jody starrte ihn an. Sein lieber *was*?

„Sie waren es. Sie haben meine Familie getötet.“ Cruz ballte die Hände zu Fäusten und seine Stimme senkte sich zu einem mörderischen Knurren.

Jody durchsuchte fieberhaft ihr Gedächtnis. Cruz' Familie war bei einem schrecklichen Ereignis, über das er nicht sprechen wollte, getötet worden. Von Vasco und seinen Männern?

„Sie haben sie getötet und es vertuscht.“ Eine Ader an Cruz' Hals pulsierte wild, als er auf Vasco zuging.

Jody klammerte sich an seine Schultern und versuchte, ihn festzuhalten.

„Und Sie haben, wie ich sehe, die ganze Geschichte geglaubt.“ Vasco grinste.

Jody schrie: „Warum sollten Sie jemanden töten? Was für ein Monster sind Sie denn nur?“

Vascos Lächeln wurde breiter und die Spitzen seiner Zähne wurden erneut sichtbar. „Ich bin kein Monster. Ich bin Feinschmecker, wenn Sie es unbedingt wissen müssen. Ein Sammler von erlesenen Geschmacksnoten.“

Sie erbleichte. Er sprach so beiläufig über Blut, wie andere Leute über Wein diskutierten.

Vasco blickte in die Ferne. „Wenn man einmal Gestaltwandlerblut gekostet hat, will man nie wieder etwas anderes trinken."

Jodys Ohren blieben an einem Wort hängen. Gestaltwandler?

Cruz zischte. „Sie Drecksack."

Aber Vasco war noch nicht fertig. „Tigerblut. Wolfsblut. Sogar das Blut von Meerjungfrauen, oder zumindest hat man mich das glauben lassen." Er sah Jody erneut an.

„Sie sind verrückt", kreischte sie und suchte nach einem Fluchtweg. Dieser Mann hatte Wahnvorstellungen. Er war ein Geisteskranker erster Klasse, vor dem sie unbedingt fliehen musste.

Donner grollte in einem langen, wütenden Trommelwirbel und dunkle Wolken zogen über sie hinweg. Die Temperatur fiel weiter, obwohl der Saphir an ihrer Brust warm blieb. Jody blickte nach oben, um zu prüfen, ob es eine Möglichkeit gab, den Wasserfall hinaufzuklettern. Aber die Strömung war zu gleichmäßig, die Felsen zu glatt.

Das Wasser im Felsbecken wirbelte eindringlich um ihre Füße herum und ein Bild stieg in ihren Gedanken auf. Das Bild von tobendem Wasser, das ihre Feinde mit sich riss.

Man kann nicht vorhersagen, wann eine Sturzflut über uns hereinbrechen könnte, hatte Kai gesagt.

Sie schüttelte den Kopf und versuchte, bei klarem Verstand zu bleiben, anstatt nach Strohhalmen zu greifen.

Cruz drückte ihre Hand und signalisierte ihr etwas. Er senkte die linke Schulter und zerrte sie nach vorn. Was genau hatte er vor?

Ein Motor brummte am Himmel entlang und für einen Moment hoffte Jody, es wäre Kai in seinem Hubschrauber. Aber es handelte sich lediglich um ein kleines Flugzeug, das im Versuch, dem bevorstehenden Sturm zu entkommen, auf seinem Weg zurück nach Hause war.

„Jody", flüsterte Cruz unter dem Motorengeräusch und zog sie näher zu sich heran. „Wenn ich sage, lauf, dann läufst du los. Verstanden? Lauf los und schau nicht zurück."

Sie hatte Cruz schon in einer Menge düsterer Stimmungen erlebt, aber so grimmig hatte sie ihn noch nie gesehen. Seine gelbgrünen Augen glühten und ein Muskel in seinem Kiefer zuckte.

Sein Blick fiel auf den Edelstein an ihrem Hals. „Benutze ihn."

Ihre Lippen bewegten sich, aber es kam kein Ton heraus. Wie sollte sie in einer solchen Situation einen Edelstein benutzen?

„Schau nicht zurück", wiederholte er im Bruchteil der Sekunde, in der Vasco und die anderen durch das Flugzeug abgelenkt waren. „Und vertrau mir. Egal, was passiert, bitte vertrau mir."

Jodys Herz klopfte und das nicht nur in Erwartung dessen, was als Nächstes passieren könnte. Cruz sagte dies nicht einfach nur zu ihr. Er *flehte* sie an.

Bitte vertrau mir.

„Ich vertraue dir", flüsterte sie.

Cruz sah sich nicht so sicher aus, sodass sie sich fragen musste, was genau er im Sinn haben könnte. Aber sie hatte keine Zeit ihn zu fragen, denn Vasco richtete seine Aufmerksamkeit nun wieder auf sie.

„Ich bin nicht verrückt", murmelte er und trat näher. „Nur hungrig." Er winkte seine Männer näher heran und sah Jody direkt in die Augen. „Hungrig auf neue Geschmäcker und genau da kommen Sie ins Spiel, Miss Monroe. Aber Sie, Mr. Khala, werden mir ebenso gut schmecken."

Kapitel 18

Jody konnte sich nicht zurückhalten, Vasco anzuschreien: „Sie sind ein Monster." Und ein Geisteskranker noch dazu, aber diesen Teil ließ sie weg.

Er zuckte mit den Schultern. „Sind wir nicht alle Monster? Menschen führen Kriege. Sie verstümmeln und stehlen. Gestaltwandler wechseln ihre Zugehörigkeit wie andere Leute ihre Unterwäsche."

„Manche", murmelte Cruz und warf den anderen Männern mörderische Blicke zu. „Andere kennen den Unterschied zwischen richtig und falsch."

Jody starrte sie an. Worüber sprachen sie nur?

Vasco fuhr unbeirrt fort. „Sogar meinesgleichen. Wir schleichen uns an. Wählen aus. Saugen unsere Beute leer. Oh ja", sagte er, als er das Entsetzen auf ihrem Gesicht sah. „Vampire. Sie haben wohl gedacht, wir wären nur Gute-Nacht-Geschichten?" Er lachte und zeigte seine Zähne. „Nun, lassen Sie mich Ihnen die Wahrheit zeigen."

Wolken zogen über die Berge hinweg und ein weiteres Donnergrollen erschütterte die Luft.

„Jody", zischte Cruz. „Hör nicht auf ihn. Wir sind nicht alle wie er."

Sie riss die Augen weit auf. Wir? Was meinte Cruz mit *wir*?

„Hubner, Smith." Vasco schnippte mit den Fingern nach seinen Männern. „Zeigt es ihr."

Einer von ihnen grinste und zog seine Jacke aus. Der andere verzog das Gesicht und war nicht so glücklich, zu gehorchen. Aber sie zogen sich beide die T-Shirts aus und entblößten breite, gestählte Oberkörper. Dann neigten sie das Kinn hinunter, krümmten den Rücken und ...

Es war nicht möglich. Es konnte einfach nicht passieren. Diese Männer verwandelten sich doch nicht vor ihren Augen in wilde Bestien.

Aber doch. Es geschah tatsächlich. Hellbraunes Fell sprießte aus ihren Rücken, als sie auf alle Viere nach vorn fielen. Zähne ragten aus Schnauzen, die nun doppelt so lang waren, und ihre Nasen wurden erst dunkler und dann schwarz. Egal, wie oft Jody den Kopf schüttelte. Es gelang ihr nicht, die Realität in ihren Kopf zurück zu zwingen.

„Nein ... “

Cruz trat vor und schirmte sie mit seinem Körper ab. „Gestaltwandler, Jody. Manche sind böse. Manche sind gut.“

Vasco lachte leise. „Das Böse liegt im Auge des Betrachters, mein Freund. Warum zeigen Sie ihr nicht auch Ihr wahres Gesicht? Oder sollte ich besser sagen, Ihre Streifen?“

Cruz drückte ihre Hand so fest, dass es wehtat. Seine Stimme war ein schroffes Flüstern. „Hör nicht auf ihn, Jody. Wenn ich *Los* sage, lauf und schau nicht zurück.“

Vasco lachte lautstark los. „Oh, ich denke, sie sollte bleiben und zusehen, meinen Sie nicht auch? Oder wollen Sie nicht herausfinden, was Ihr Leibwächter wirklich ist? Oh Moment. Nicht nur Ihr Leibwächter. Ihr Liebhaber, habe ich recht?“

Jody war zu sehr damit beschäftigt, die Bestien zu beobachten, die am Rand des Felsbeckens auf und ab streiften, um zu erwidern, ihr Liebesleben ginge ihn nichts an. Irgendwie erinnerten die geschmeidigen, verstohlenen Bewegungen der Löwen sie an Keiki. Nein, Moment. Nicht an Keiki. An Cruz. Warum würde sie das an Cruz erinnern?

Sie warf ihm einen Blick zu und versuchte, die Zweifel auszuräumen, die in ihr aufstiegen.

Cruz ballte seine Fäuste und richtete seinen Blick auf sie. Die grünen Sprenkel in seinen Augen wurden dunkler, bedrohlicher. „Hör nicht auf ihn, Jody.“

Vasco lachte. „Er will Sie im Dunkeln halten, Miss Monroe. Wissen Sie auch, warum?“

Jody wollte sich die Hände über die Ohren drücken.

„Er will nur das Juwel, wissen Sie. Wissen Sie über seine Vergangenheit Bescheid? Er ist ein Killer. Ein Scharfschütze.“

„Jody“, sagte Cruz. „Bitte vertrau mir. Egal was passiert, vertrau mir.“

Sie hatte keine Zeit zu antworten. Sie *konnte* nicht antworten, da Cruz vor ihr auf die Knie fiel und ein leises Stöhnen von sich gab.

„Cruz“, war alles, was sie sagen konnte und sie griff nach seinen Schultern.

„Hierher, Kätzchen, Kätzchen.“ Vasco lachte.

Sie wollte den Mann schlagen, aber sie konnte Cruz nicht allein lassen. Irgendetwas stimmte nicht mit ihm. Hatte er eine Art Krampfanfall? Sein Oberkörper zitterte und er klammerte sich mit den Händen am Felsen fest.

„Vertrau mir“, schnaufte er mit erstickter Stimme.

„Cruz“, schrie sie und berührte seinen Rücken. Dann erstarrte sie, denn seine Haut war weicher, als sie es hätte sein sollen. Pelziger. Er schob die Beine zurück, streckte sich lang aus und dann …

Jody taumelte zurück und landete auf ihrem Hinterteil. Sie erstarrte beim Anblick eines Mannes, der nur Zentimeter von ihr entfernt zu einer Bestie wurde.

„Cruz?“

Aber Cruz war verschwunden. An seiner Stelle befand sich ein Tiger. Ein waschechter, orange-schwarz-gestreifter, Bengalischer Tiger. Sie starrte ihn an und fragte sich, wann sie aus diesem schrecklichen Albtraum erwachen würde. Die gelbgrünen Augen der Bestie wirbelten herum und das Tier konzentrierte seinen Blick auf sie.

Vertrau mir, sagten diese Augen.

Sie starrte nur. „Cruz?“

Seine Nase zuckte und Kummer verzehrte seinen Blick. Dann folgte die Wut, als er herumwirbelte, um sich Vasco gegenüberzustellen.

„Ah, solch deplatzierter Mut.“ Vasco fuchtelte mit der Hand durch die Luft. „Solch eine Sinnlosigkeit. Ich werde Sie sowieso töten, Mr. Khala. Und Sie töte ich auch und nehme mir den Edelstein. Moira wird hocherfreut sein. Und ich bin mir sicher, sie wird mir jeden Preis bezahlen, den ich verlange. Komisch, nicht wahr, wie das Schicksal so spielt?“

Jody zwang sich aufzustehen, obwohl ihre Knie zitterten. Der Tiger lief nervös vor ihr auf und ab. Er knurrte Vasco, die übrigen drei Männer und – heilige Scheiße – zwei Löwen an. Das weiche Fell des Tigers streifte ihre Schienbeine, als er im Wechsel zwei Schritte nach rechts und dann zwei Schritte nach links machte, während er mit dem Schwanz durch die Luft peitschte.

„Sie finden es komisch zu töten?“, spie sie Vasco entgegen.

„Ich finde Geschäfte komisch.“ Er lächelte sie an. „Das alles begann als kleiner Auftrag. Eine kleine Schießerei bei einer Abendveranstaltung. Genau das Richtige, um ein wenig Werbung für das neue Unternehmen der lieben Moira zu machen.“

Nun verzogen sich auch Jodys Lippen zu einem Knurren. „Was für eine Person organisiert denn eine Schießerei als PR-Aktion?“

„Sie kennen Moira nicht.“ Vasco lachte leise.

Der Tiger knurrte. Oder besser gesagt, Cruz knurrte. Jody starrte ihn an und versuchte, es in ihren Kopf zu bekommen.

Das Gebüsch teilte sich und ein weiterer Löwe kam in Sicht. Allem Anschein nach, ein etwas kleinerer, jüngerer Löwe.

„Ah, mein lieber Neffe“, seufzte Vasco. „Kümmert euch nicht weiter um ihn.“

Jody sah sich um und zählte ihre Feinde, als Vasco weitersprach.

„Das Schöne an dem Plan war die Idee, Mr. Khala mit ein paar sorgfältig platzierten Fehlinformationen alles anzuhängen. Und jeder hätte es geglaubt. Sie wissen schon, der aus dem Gleichgewicht geratene Kriegsveteran, dem die Wiedereingliederung nicht gelungen ist.“

Cruz knurrte und Jody sprach die Worte aus, die in seinem Tonfall mitschwangen: „Was wissen Sie denn schon über Wiedereingliederung?“

Vasco ignorierte sie völlig und schwafelte weiter: „Aber der Fehler meines Geschäftspartners öffnete die Tür für eine ganz neue Gelegenheit. Für mich, nicht für Moira. Ich habe nun die Chance, eine neue Geschmacksrichtung zu probieren, und der Edelstein ist das Sahnehäubchen.“ Sein Blick fiel auf den Saphir und schweifte dann voller Verachtung zu Cruz. „Vielleicht war es ja auch eine Gelegenheit für Mr. Khala.“

Jody ballte ihre Hände zu Fäusten. „Sie sind verrückt.“

„Bin ich das?“ Vasco zog eine Augenbraue hoch. „Er musste doch nur so tun, als würde er Sie retten und Sie dann mit auf dieses schöne Anwesen nehmen. Der perfekte Ort, um Sie zu umgarnen und zu verführen.“

Cruz stieß ein heftiges Knurren aus, das die Löwen zurückweichen ließ.

Jodys Kinnlade klappte auf. Was wollte Vasco damit sagen?

Der Vampir zeigte auf den Saphir. „Danach hat er Sie benutzt, um den Seelenstein zu bekommen. Ah, Mr. Khala. Sie sind klüger, als ich dachte.“

Jody wich so weit zurück, wie sie konnte, ohne in tieferes Wasser zu fallen. Sie war mit einem Tiger auf einem Felsen gestrandet und fragte sich, ob Vascos Anschuldigungen korrekt waren.

Cruz knirschte mit den Zähnen, hob eine Pfote und schlug in die Luft. Sein Schwanz peitschte hin und her, die Schultern krümmten sich und er schien nur einen Schritt entfernt von einem Großangriff zu sein.

„Nur Bellen und kein Beißen.“ Vasco machte eine abwertende Handbewegung.

Jody runzelte die Stirn. Sie wusste nicht, was sie glauben sollte, aber eines war klar. Der einzige Grund, warum Cruz diesem Mann noch nicht die Kehle herausgerissen hatte, war, dass sie ihm so nah war. Er stieß sie immer wieder mit den Lenden zurück, sodass sie von den anderen abgeschirmt wurde. Er sah ihr erneut in die Augen, gequält und aufrichtig.

Hör nicht auf ihn. Vertrau mir. Bitte vertrau mir.

Jody hielt den Atem an und neigte ihr Kinn zu einem leichten Nicken. Vielleicht verlor sie den Verstand, aber sie würde bei dieser Sache auf ihr Herz vertrauen, soviel war sicher.

Er schnippte einmal mit dem Schwanz, um ihr zu signalisieren, sich zum Weglaufen bereitzumachen.

Jodys Zähne klapperten zu sehr, als dass sie hätte nicken können, aber sicher – weglaufen klang in diesem Moment nach einer großartigen Idee. Weg von Vasco, weg von seinen

Männern, die sich in Bestien verwandelten. Sie nickte erneut und beugte die Knie, bereit, loszulaufen.

Cruz wirbelte zu Vasco herum und plötzlich brach mit einem mächtigen Brüllen, das in den umliegenden Bergen widerhallte, die Hölle aus.

Jody sah gerade lange genug hin, um zu verstehen, warum er nicht gewollt hatte, dass sie zurückblickte. Speichel tropfte aus dem Maul des Tigers. Massive Klauen schlitzten in vier langen Linien über Vascos Brust. Blut trat aus den Wunden aus. Der Vampir stemmte sich ihm mit unglaublicher Kraft entgegen und entblößte zentimeterlange Reißzähne.

Jody wirbelte herum und rannte los. *Lauf. Lauf. Lauf!*

Sie konnte noch nicht annähernd alles verdauen, was sie soeben gesehen und gehört hatte. Aber als sie die plätschernden Schritte hörte, die ihre Verfolgung aufnahmen, musste sie nicht weiter nachdenken.

Lauf einfach, verdammt, befahl sie sich selbst. *Lauf!*

Sie sprang durch knietiefes Wasser und dachte dabei an jede Lektion, die sie als Kind, das am Strand aufgewachsen war, gelernt hatte. Die Knie hochzureißen funktionierte besser als die Füße durchs Wasser zu schleifen, aber die Männer hinter ihr schienen dies nicht zu wissen. Sie suchte nach einem Ast, den sie als Schlagknüppel benutzen könnte, fand aber nichts außer Guys leblosen Körper, der ein paar Meter weiter stromabwärts trieb. Ihr Herz klopfte bis zum Hals, als sie auf ihn zulief. Guy war nicht gerade ihr bester Freund gewesen, aber es erschütterte sie trotzdem, ihn tot zu sehen. Richard auch. Beide kaltblütig ermordet.

Du wirst auch gleich kaltblütig ermordet werden, sagte eine dunkle Stimme in ihrem Hinterkopf. *Beeil dich!*

Cruz. Was ist mit Cruz? wollte sie protestieren.

„Ich will sie lebend haben!“, brüllte Vasco.

Das Knurren eines Tigers dröhnte durch die Luft und erinnerte sie daran, dass Cruz gut auf sich selbst aufpassen konnte. Oder zumindest hoffte sie das. Sie blickte zurück, aber es war unmöglich zu sagen, wer die Oberhand hatte, als der Tiger und Vasco im Schatten des Wasserfalls kämpften. Wasser spritzte überall herum und Grunzgeräusche unterbrachen die Schläge und das Knurren. Donner grollte, Regentropfen begannen zu fallen und spritzten ihr ins Gesicht. Gott, konnte es denn doch schlimmer kommen?

„Endlich können wir jagen. Eine echte Jagd." Einer der sie verfolgenden Männer grinste. „Das haben wir schon lange nicht mehr gemacht."

Der andere Mann lachte leise und sprang zur gegenüberliegenden Seite des Ufers des Stroms.

Jody hatte keine andere Wahl. Sie musste rennen. Der Saphir sprang und hüpfte an ihrer Brust und eine Reihe von Bildern raste durch ihre Gedanken. Visionen von Wasser in allen möglichen Formen: Wasserfälle mit Regenbögen. Dunkle Stürme. Prasselnder Regen. Tautropfen. Strudelnde, rauschende Flüsse ... eine ganze Auswahl an Optionen.

Optionen wofür? wollte sie schreien.

Fast wäre sie an Guys Körper vorbeigerannt, aber in letzter Sekunde streckte sie die Hand aus und riss ihm die Kamera von der Schulter.

Tut mir leid, Guy. Es tut mir so leid. Sie wollte innehalten und heulen. *Aber ich brauche das.*

Sie lief noch drei Schritte weiter und hörte, wie das Keuchen hinter ihr immer lauter wurde. Näher kam. In der letztmöglichen Sekunde drehte sie sich um.

„Lassen Sie mich in Ruhe!", schrie sie und schwang die Kamera herum.

„Hey", rief der Mann.

Mit einem dumpfen Aufprall schlug ihm die Kamera gegen die linke Gesichtshälfte. Das Objektiv brach vom Gehäuse. Der Mann schnaufte und stolperte seitwärts. Jody riss die kaputte Kamera zurück, bevor sie weitersprintete. Es waren noch andere Männer hinter ihr her. Oder besser gesagt, ein Mann und etwas, das wie ein Löwe klang. Sie spritzten am Ufer entlang und der Mann schrie seinem Komplizen etwas zu.

„Geh du dort lang. Ich gehe hier lang."

Als könnte ein Löwe das verstehen? Offensichtlich ja, denn der Löwe tat, was ihm befohlen wurde.

„Verdammt“, schnaufte der Mann, den sie geschlagen hatte, als er von Stein zu Stein rutschte und die Verfolgungsjagd wieder aufnahm.

Der Regen verstärkte sich und schoss in unzähligen, winzigen Pfeilen aufs Wasser. Geballte, wirbelnde Wolken zogen über das Tal und verdunkelten es.

Wenn es zu regnen beginnt, müssen wir hier schnell alles abbrechen, hatte Kai gesagt. *Man kann nicht wissen, wann eine Sturzflut über uns hereinbrechen könnte.*

Jody zuckte beim brennenden Gefühl an ihrer Brust zusammen. War das der Saphir? Sie zog ihn von ihrer Haut ab und blickte nach unten.

Benutze ihn, hatte Cruz gesagt.

Benutze mich, schien das unheimliche, blaue Glühen zu wiederholen.

Wie? wollte sie schreien. *Wie?*

Das Glühen flackerte auf und das Wasser um ihre Beine stieg ein paar Zentimeter an. Es begann, herumzuwirbeln und rauschte. Nicht hoch genug, um sie aus dem Gleichgewicht zu bringen, aber genug, um ihr wilde Bilder durch den Kopf zu schießen. Sie sah sprudelndes Wasser durch eine dicht bewachsene Landschaft reißen. Genug, um eine wirbelnde Flut zu erzeugen, die alles mit sich wegspülte.

Sie starrte den Saphir an. Kein Wunder, dass Silas *Furcht* im Zusammenhang mit dem Edelstein erwähnt hatte. Dieses Ding schien einen eigenen Willen zu haben.

Kraft, schien der Saphir zu sagen und strahlte noch heller. *Ich habe Kräfte. Nicht nur ein hübsches Funkeln.*

Was verrückt war, aber ... wenn Männer Vampirzähne sprießen lassen und sich in wilde Tiere verwandeln konnten, wer wollte dann behaupten, dass ein Juwel nicht auch besondere Kräfte haben konnte?

Gott, Silas hatte nicht übertrieben, nicht wahr? *Je mehr du weißt, desto mehr betrittst du eine Welt, mit der du möglicherweise lieber nichts zu tun haben möchtest.*

Kein Witz, wollte sie schnaufen.

Ein weiteres katzenhaftes Knurren zerriss die Luft. Als sie herumwirbelte, stand sie Angesicht zu Angesicht einem Löwen gegenüber.

Sie ließ den Saphir gerade noch rechtzeitig auf ihre Brust zurückfallen, um die Kamera mit beiden Händen herumschleudern zu können, und dem Löwen damit gegen die Nase zu schlagen. Das Biest heulte auf und wich zurück, pirschte sich dann jedoch mit einem tiefen Knurren weiter vor. Jody stolperte rückwärts und versuchte, nicht in Panik zu verfallen. Und verdammt – welche Ironie! So viele Menschen warnten sie stets vor der Gefahr von Haien beim Surfen. Und nun stand sie hier vor einem ausgewachsenen Löwen. Noch nie zuvor hatte sie einen näheren auf Leben-oder-Tod-Moment verspürt. Der Löwe bewegte sich jedoch unbeholfen, riss seine Pfoten hoch und rannte mit Widerwillen im Flachwasser herum.

„Sei nicht so ein Weichei“, rief einer der Männer. „Jetzt pack sie dir.“

Sie dachte an das Felsbecken in der Nähe von Cruz’ Baumhaus. Soweit sie wusste, mochten Tiger Wasser. Löwen ... nicht so sehr? Trotzdem bezweifelte sie, dass ihn das lange aufhalten würde.

Ich kann ihn aufhalten, schien die sengende Hitze des Saphirs anzudeuten.

Jody sah sich um. Sie hatte Angst sich umzudrehen. Wenn sie den Halt verlor, würden sie sich auf sie stürzen und ihr die Kehle herausreißen – oder schlimmer noch, sie für Vasco aufsparen.

Wir schleichen uns an. Wählen aus. Saugen unsere Beute leer.

Ihr standen die Haare zu Berge, als der Stein in ihrer Hand pulsierte.

Jody. Benutze ihn.

Sie konnte nicht sagen, ob sie sich nur an Cruz’ Worte erinnerte oder ob er sie in ihren Gedanken erneut aussprach. Aber es spielte keine Rolle. Je mehr sie versuchte, die Dinge zu durchdenken, desto mehr verlangsamte sie der Prozess.

Manchmal ist es besser, nicht zu denken, hatte ihr Vater bei ihren ersten Surfstunden gesagt, die er ihr vor so langer Zeit gegeben hatte. *Tu es einfach. Höre auf dein Herz und vertraue auf deine Fähigkeiten.*

Jody atmete tief ein und langsam wieder aus. *Höre ... Vertraue ...*

Eine Sekunde später rannte sie los und sprang auf einen Felsbrocken hoch oben in der Mitte des Stroms. Sie kletterte hinauf und ignorierte die sie verfolgenden Feinde. Von dort oben blinzelte sie durch den Regen und beobachtete, wie Cruz und Vasco miteinander kämpften.

Nicht denken. Tu es einfach.

Sie riss die Halskette ab und streckte den Saphir nach oben. Die Sonne war schon längst von Regenwolken verjagt worden, aber die letzten Lichtstrahlen fingen sich in den Facetten des Edelsteins. Sie neigte ihn hierhin und dorthin und verstärkte das Licht.

„Scheiße", murmelte einer der Männer, der sie gejagt hatte. „Ein verfluchter Seelenstein. Damit legt man sich nicht an."

Jody hielt den Stein noch höher und funkelte sie an. „Zurück."

Sie hatte keine Ahnung, was sie tat, aber egal. Der Saphir fühlte sich mehr und mehr wie eine Waffe an und sie würde jegliche Hilfe in Anspruch nehmen, die sie bekommen konnte.

Der Löwe grummelte und der Mann höhnte: „Na sicher. Stell mich ruhig auf die Probe."

Wut stieg in ihr auf und verwandelte ihre Gedanken in ein wirbelndes, ungestümes Chaos. Und anstatt dieses Chaos unter Kontrolle zu bringen, ließ sie ihm freien Lauf.

Ja, schien der Saphir zu sagen, der immer heller und heller glühte. *Ja ...*

Jody schloss die Augen und konzentrierte sich auf die Regentropfen, die ihre Haut benetzten. Sie verdrängte die Geräusche der Männer um sich herum, einschließlich desjenigen, der murmelte: „Jetzt pack sie doch endlich."

Sturzfluten. Wildwasserstromschnellen. Brechende Wellen. Sie war im Laufe ihres Lebens schon öfter von Wellen hinuntergezogen worden, also konnte sie es sich perfekt vorstellen. Die Art, wie das Wasser gegen die Felsen prallte, sich teilte und hinter Hindernissen neu formierte, wobei es unerbittlich weiterfloss. Ein Wirbel würde sich in eine Richtung drehen, während der Wirbel daneben in die andere Richtung strömte. Sie spürte, wie die Fangleine an ihrem Knöchel riss, die ihr Fußgelenk mit dem Surfbrett verband. Die Kraft der Wellen zog sie und das Brett in entgegengesetzte Richtungen, bevor sie wieder losgelassen wurde. Manchmal machte ihr die Stärke des Wassers Angst. Meistens jedoch zog sie sie in ihren Bann. Sie hatte jahrelang gelernt, sich die Kraft des Wassers zu Nutze zu machen. Konnte ihr das jetzt auch gelingen?

„Los, Schnapp sie dir“, sagte jemand.

„Verdammte Strömung ... “, grummelte ein anderer.

Sie öffnete die Augen und sah zu Cruz hinüber. Egal, wie oft er Vasco einen Hieb verpasste, ihn biss oder trat, der Vampir schlug zurück. Ein Löwe unterstützte Vasco und teilte schnelle, schmutzige Hiebe aus, wann immer Cruz im Nachteil war. Dann brachte er sich stets schnell wieder in Sicherheit. Ein ungleicher, unfairer Kampf – und das alles um ihretwillen.

Ihre Hand zitterte um den Saphir. Dies musste ein Ende nehmen. Sie musste es beenden.

Beim brennenden Gefühl in ihrer Hand knirschte sie mit den Zähnen und stellte sich reißende Strömungen vor. Sturzfluten. Brechende Wellen.

„Scheiße, es wird schneller“, stellte einer der Männer fest, der brusttief im Wasser in der Nähe des Felsbrockens stand.

Licht strömte zwischen Jodys Fingern hervor und drängte in die Freiheit. Sie hielt ihren Blick auf das Wasser gerichtet, das um die Felsplatte herum anstieg, auf der Cruz kämpfte. Die Männer hatten keine Ahnung, wie schnell das Wasser werden würde. Und ehrlich gesagt, wusste sie selbst es auch nicht genau. Sie wusste nur, dass der Saphir heißer als je zuvor brannte, während sich seine Kraft verstärkte. Der Himmel knisterte vor Energie, die stärker war als bloße Gewitterwolken.

Lass mich frei, schien der Saphir zu ihr zu sagen. *Jetzt. Lass mich meine Kraft entfalten.*

So, so verlockend. Aber verdammt. Sie war noch nie der wütende, rachsüchtige Typ gewesen. Es war schwierig, diese Art von Hass heraufzubeschwören – es sei denn natürlich, sie dachte an Vasco und seine schreckliche Suche nach „Aromen“.

Sie hatte vielleicht nicht das Blut, nach dem er suchte, aber wenn er hinter ihrer jüngeren Schwester her wäre ...

Ihr Magen überschlug sich und die Wut schwappte über sie hinweg. Vasco musste aufgehalten werden.

In dem Augenblick, in dem sie einen Finger hob und mehr von dem Edelstein enthüllte, ertönte ein Grollen in den Bergen.

„Ich haue ab“, murmelte einer der Männer und rannte zurück auf trockenen Boden. Jody hob einen weiteren Finger und sandte einen weiteren brillantblauen Lichtstrahl aus.

Bitte, bitte, tu Cruz nichts, betete sie und fragte sich, wie genau sie eine Flut kontrollieren sollte, wenn sie sie einmal in Bewegung gesetzt hatte.

Der Saphir gab ihr keine Antwort, egal wie sehr sie auch lauschte oder es sich wünschte. Der Löwe sprang zu einem nahen gelegenen Felsen und schaute zu ihr, als er die Entfernung für einen Sprung zu ihr beurteilte.

Jetzt, befahl der Saphir. *Jetzt!*

Jody stellte sich breitbeiniger hin und öffnete die Hand. Der Saphir lag nun frei sichtbar in ihrer Handfläche. Ein Energieschub erschütterte sie, aber sie konzentrierte sich auf die Bilder in ihren Gedanken. Rauschendes Wasser. Wirbelnde Strudel. Wasser, das sich teilte und wiedervereinigte und alles, was sich ihm in den Weg stellte, mit sich riss.

Das Glucksen des Baches wurde zu einem Zischen, dann zu einem Tosen. Einzelne Läufe des Wasserfalls verdichteten sich und verbanden sich zu einem einzigen Strom, der über die Felswand herabstürzte und in das darunterliegende Becken krachte.

„Cruz... “, flüsterte sie, obwohl er zu weit weg war, um sie hören zu können. „Bleib genau dort. Stell dich genau dorthin.“

Aber Cruz war alles andere als regungslos. Er sprang durch die Luft und schlug auf seine Feinde ein. In einer Sekunde blickte er flussaufwärts und in der nächsten landete er mit seiner Seite zum Fluss. Die Felsplatte verschwand unter dem rauschenden Wasser, das sich über seinen Füßen schloss.

„Nein ... “, murmelte sie aus Angst vor dem, was sie entfesselt hatte.

„Scheiße“, schrie ein Mann und blickte hinauf.

Jody hielt den Atem an, als eine Wasserwand um eine Kurve im Fluss raste und über den Wasserfall hinunterdonnerte. Eine zweistöckige Wasserwand stürzte auf sie zu.

„Cruz!“, heulte sie. Der Tiger hatte sich auf Vasco gestürzt, der auf dem Rücken lag und versuchte, die Bestie abzuwehren. Aber der Tiger öffnete seinen Kiefer weit und ...

Jody wandte sich ab, als Blut strömte.

„Oh Gott. Cruz ... “, flüsterte sie. Die Flut war im Begriff, über sie alle hereinzubrechen.

Er hatte sie auf gar keinen Fall hören können, riss seinen Kopf aber dennoch herum.

„Beweg dich nicht“, hauchte sie und spannte jeden Muskel in ihrem Körper an.

Aber er bewegte sich doch – lange genug, um Vascos Körper von der Felskante zu stoßen. Dann duckte er sich tief in die Hocke und schaute zu der Wasserwand auf. Seine Tigerkrallen krümmten sich in einem verzweifelten Versuch, auf steinhartem Felsen Halt zu finden.

„Rühr dich nicht vom Fleck“, flüsterte Jody. Die einzige Bewegung, die sie sich erlaubte, war das kleinste Kippen des Saphirs.

Spalte dich, verdammt, befahl sie dem Wasser. *Spalte dich. Fließ um ihn herum.*

Sie hätte fast geschrien, als die Wasserwand Cruz’ Standort verschlang, aber sie zwang sich, sich zu konzentrieren. Als das Wasser auf sie zu gerauscht kam, stellte sie sich einen mächtigen Berg vor Cruz vor. Einen, der groß und hart genug war, um der stärksten Flut standzuhalten. Groß genug, um das Wasser zu spalten und es zu zwingen, sich einen neuen Lauf zu suchen.

„Lauft!“, brüllte ein Mann.

Der Löwe floh ebenfalls. Beide zu spät, denn einen Augenblick später erfasste sie die Flut und riss sie mit sich fort. Sie schlugen um sich und brüllten, als das Wasser über sie spülte. Und dann waren sie verschwunden, für immer unter Wasser gesogen.

Jody beugte sich vor, als würde sie sich gegen ein Scheunentor stemmen und nicht gegen eine Wand dünner Luft, die sie von der reißenden Flutwelle trennte. Aber die Luft hielt.

Das Wasser rauschte auf beiden Seiten an ihr vorbei und ließ sie unberührt. Es spritzte und griff gierig nach ihrem Haar und ihren Füßen. Aber sie wehrte den Ansturm ab und hielt den Saphir weiter hoch. In Gedanken stellte sie sich einen Weg vor, dem das Wasser hinunter und aus dem Tal hinaus folgen sollte.

Vasco, wollte sie rufen. *Reiße Vasco und die anderen mit dir in die Tiefe. Mach mit ihnen, was du willst. Aber lass Cruz unversehrt.*

Ich nehme, wen und was ich will, erwiderte das zischende Wasser.

Jody drängte weiter: *Nimm das Böse. Lass das Gute zurück. Lass Cruz zurück.*

Lass mich zurück, wollte sie hinzufügen, aber sie traute sich nicht.

Das Getöse war so laut, dass sie sich sicher war, sie würde auch selbst mitgerissen werden. Aber der Saphir wurde mit ihrem nachlassenden Fokus allmählich immer dunkler. Erschöpft ließ sie die Hand sinken. Der Wasserspiegel senkte sich ebenfalls und wandelte sich von einem Schwall zu einem Pulsieren und schließlich zu einem Plätschern, als die Felsen im Flussbett wieder auftauchten. Jody stürzte auf alle Viere, unfähig, aufzublicken. Was, wenn Cruz verschwunden war? Was, wenn die Flut sie verschont, ihn jedoch verschlungen hatte.

Regen tropfte auf ihre Schultern. Wind zupfte an ihrem Haar. Aber auch diese beiden Naturgewalten nahmen ab. Alles wurde ruhiger – alles außer ihren Nerven. Ihr Herz klopfte unregelmäßig, als sie das Juwel umklammerte. Was hatte sie getan?

Eine Minute verging, dann noch eine. Der sie umgebende Wald ging von viel-zu-still zu mit-verborgenem-Leben-summend über. Das Wasser, das um den Felsbrocken sprudelte, floss gleichmäßig – bis es durch etwas aufgewühlt wurde. Einen atemlosen Augenblick später erkannte sie etwas Großes, Vierfüßiges.

Mit einem zugekniffenen Auge sah sie den Saphir an. Das Feuer darin war erloschen und sie war versucht, alles als Halluzination abzutun. Doch dann ertönte ein leises Knurren neben ihr.

Sie erstarrte, verkrampfte sich erneut und schloss die Augen. Das Knurren ertönte erneut, dieses Mal näher. Ihre Arme zitterten. Sie sollte nicht so ein Feigling sein, aber irgendwie konnte sie einfach nicht den Mut aufbringen, hinzusehen.

Dann wurde alles still, sogar das Knurren verstummte, bis das einzig hörbare Lebenszeichen um sie herum das tiefe, aufgewühlte Atmen eines Tieres war. Ein Tier, das enorme Anstrengungen hinter sich hatte.

Ein Tier. Scheiße. Ein Tier.

Augenblicke später klopfte es zweimal sanft gegen den Felsbrocken. Jody holte tief Luft, öffnete die Augen und ...

Verblüffend klare, grünlichgelbe Augen blickten nur Zentimeter entfernt von ihr in ihre. Die Augen des Tigers, der auf seinen Hinterbeinen stand. Seine Vorderpfoten berührten den Felsbrocken nicht weit von ihren Zehen entfernt.

Er schnaufte einmal und zuckte mit der Nase. *Bitte*, flehten diese Augen. *Bitte vertrau mir ...*

Noch nie zuvor hatte ein so mächtiges Wesen so verloren oder einsam ausgesehen. Noch nie zuvor war ein Moment des Triumphes so gedämpft und traurig gewesen, als hätte er eine Schlacht verloren und nicht gewonnen.

„Cruz“, flüsterte sie.

Einer nach dem anderen lockerten sich ihre Muskeln – jeder einzelne außer ihrer Zunge, denn sie konnte noch immer kein Wort sagen. Langsam streckte sie die Hand aus, bis sie sein Kinn berührte. Der Tiger schloss die Augen und seufzte. Er seufzte tatsächlich – als wäre dies sein größter Sieg – von ihr akzeptiert zu werden.

Sie kraulte sein überraschend weiches Fell, bis er vor Vergnügen brummte.

„Du hast gesagt, Tiger schnurren nicht“, murmelte sie mit bebender Stimme. Ihre Hände zitterten in seinem Fell, aber sie kraulte ihn trotzdem weiter.

Der Tiger blinzelte sie an. Einmal. Zweimal. Dann beugte er sich vor und verlangte nach mehr.

„Gefällt dir das?“

Ich liebe es, sagte der verträumte Blick auf seinem Gesicht. Zumindest war sich Jody ziemlich sicher, dass es sich um einen verträumten Blick handelte. Sie war nicht gerade eine Tigerexpertin.

„Und ... ähm ... wenn ich von diesem Felsen klettere – versprichst du mir dann, nicht zu beißen, ja?"

Er blinzelte, als hätte er noch nie etwas derart Absurdes gehört.

Jody grinste trotz ihrer Angst. Das war wirklich Cruz. Sie ließ sich von dem Felsen gleiten und landete einen halben Meter neben dem Tiger auf dem Boden. Cruz ließ sich auf seine vier Pfoten hinunter und blieb dort stehen, sodass sie keine andere Wahl hatte, als sich ihm zu nähern.

„Bist das wirklich du?", fragte sie und hockte sich hin. Die Augen waren ganz und gar Cruz. Aber die schwarzen Punkte um seine Schnurrhaare herum, die orangefarbene Mittellinie, die Pinselstreifen ... nun, an diese Dinge würde sie sich erst gewöhnen müssen.

Er blinzelte. *Ja. Ich bin es.*

Jody entschied, dass dies ein weiterer dieser *Tu es, ohne nachzudenken*-Momente war und stürzte sich in eine Umarmung. Eine riesige Umarmung von Mensch zu Tier, die erstaunlich gut funktionierte. Cruz hielt völlig still, aber sie konnte sein Herz in seinem Körper trommeln hören. Ein wenig wie ihr eigenes, vermutete sie.

„Cruz ... " Sie umarmte ihn fester, als sie sich beide auf den Boden legten. Dann weinte sie – und lachte – vor lauter Nervosität. Sie lehnte immer mehr von ihrem eigenen Gewicht auf Cruz und ließ ihre Angst immer mehr los. Irgendwann öffnete sie die Augen und fand sich Angesicht zu Angesicht mit einem Mann wieder. Mit *ihrem* Mann. Cruz.

Sein dunkles Haar war zerzaust. Seine Augen so tief und geheimnisvoll wie eh und je. Aber er schlang seine Arme fester um ihre Schultern und die Stirn lag in Falten, die zu den verschwundenen Streifen passten.

„Geht es dir gut?" Er streichelte mit einem Finger über ihre Wange.

Am Rande des Sturms durchbrach die Sonne den Himmel und sandte ihre Strahlen durch die dichten, tief hängenden Wolken.

Jody schluckte den Kloß in ihrem Hals hinunter. „Es geht mir gut, aber ich werde möglicherweise verrückt. Kannst du damit leben?"

Sie bemerkte, wie sein Blick kurz auf den Saphir fiel, und ein Teil in ihr fürchtete, dass Vasco recht gehabt haben könnte. Aber in Cruz' Augen gab es keinerlei Gier. Eher Erleichterung und eine gesunde Dosis Respekt. Einen Augenblick später sah er ihr in die Augen und ein Lächeln spielte um seine Lippen.

„Ich kann mit dir leben, wenn du ...," er suchte nach Worten und probierte ein paar, „ähm ... damit, mit mir, leben kannst."

Sie sah sich um. Der Regen hatte aufgehört und der Umriss der Sonne begann, sich unter der Wolkendecke abzuzeichnen.

„Mit dir kann ich umgehen. Aber mit den anderen ... "

Er berührte ihre Schultern, bevor sie wieder anfangen konnte zu zittern. „Sie sind weg. Die Flut hat sie verschluckt. Wir sind in Sicherheit."

Sie kaute auf ihrer Lippe. „Also werde ich nicht verrückt?"

„Nur verrückt genug, um mir zu vertrauen."

Sie lachte und ließ sich auf seine Brust sinken. Vielleicht musste die Wahrheit gar nicht schrecklich sein. Vielleicht könnte sie damit umgehen, wenn sie ihrem Herzen folgte.

„Ein Tiger also, was?"

„Tigergestaltwandler."

Sie dachte darüber nach. „Silas und Kai auch? Oder sind die Löwen?"

Cruz verzog das Gesicht. „Keine Löwen. Sie sind ... "

Nicht allzu weit entfernt erwachte ein Motor zum Leben. Sie blickten beide auf, als sich ein Hubschrauber in die Luft erhob. Der Hubschrauber, in dem Vasco und die anderen eingetroffen waren. Was bedeutete ...

Cruz sprang auf die Beine und zog sie hoch. „Schnell. Einer von ihnen ist entkommen. Wir müssen in Deckung gehen."

Jodys Herz klopfte laut in ihrer Brust. Was jetzt?

Der Hubschrauber drehte sich langsam und raste dann direkt auf sie zu.

„Wir müssen ... ", begann Cruz und verstummte plötzlich, als ein dunkler Schatten über sie hinwegfegte.

Jody duckte sich. „Wow. Was zum ... ?“

„Runter.“ Cruz stieß sie zu Boden und schirmte ihren Körper mit seinem ab.

Jody blickte auf und sah, wie der Hubschrauber eine enge Kurve flog. Der Motor heulte auf, als er auf die Berggipfel zuraste. Plötzlich war er vom Jäger zum Gejagten geworden.

„Los, Silas“, hauchte Cruz und half ihr aufzustehen.

Jody war sich nicht sicher, ob sie aufstehen wollte. Nicht, als sie sah, wovor der Hubschrauber floh. Eine unvorstellbar riesige Kreatur mit ledernen Flügeln und ...

Der Drache rauschte dem Hubschrauber hinterher und spie Feuer, bis beide hinter dem Bergkamm verschwanden.

„Das ist Silas?“, quietschte sie.

Cruz nickte.

„Silas ist ein ... ein ... “ Sie konnte das Wort einfach nicht aussprechen.

„Drache“, half Cruz aus.

Jody holte tief Luft und blickte auf den Saphir hinunter. „Und das ist ... “

„Ein Seelenstein.“

„Ein Seelenstein“, wiederholte sie in einem vorsichtigen, gleichmäßigen Tonfall. „Junge, hast du eine Menge zu erklären.“

Cruz nickte ernst und sie schlang ihre Arme um ihn.

„Aber nicht jetzt“, flehte sie ihn an und hielt ihn fest. „Jetzt brauche ich nur dich.“

Kapitel 19

Zwei Tage später …

Cruz wachte langsam und allmählich auf. Völlig gemächlich und total entspannt. Seit dem Kampf in den Bergen waren zwei Tage vergangen und Jody lag in seinen Armen. Zwei Tage, seit ihm bewusst geworden war, wie sehr er sich in Bezug auf Menschen geirrt hatte. Und zwei Tage, seit er erkannt hatte, wie tief seine Liebe zu Jody tatsächlich war.

Als hätte ich das nicht von Anfang an gewusst, brummte sein Tiger.

Er umarmte Jody fester. Es ging ihr gut. Ihm ging es auch gut. Alles war in Ordnung.

So sehr, dass er seine Augen langsam und blinzelnd öffnen konnte, anstatt sie wie sonst erschreckt aufzureißen. In seinen Gedanken gab es weder einen Albtraum noch einen Geist, der in seinem Kopf mit Ketten rasselte. Im Gegenteil, der Frieden in ihm war tief genug, um ihn wissen zu lassen, dass sich seine Familie ebenfalls für ihn freuen würde.

Das Morgenlicht drang sanft durch die Wälder, in denen jeder Singvogel von Maui, so laut er konnte, zu zwitschern und trällern schien. Sie sangen von der Schönheit des Lebens und der Liebe, weil sie daran glaubten. Er lächelte und schloss die Augenlider erneut, denn das war es doch, was Zivilisten taten. Sie dösten, etwas, worin er in den vergangenen zwei Tagen überraschend gut geworden war. Jody meinte, sie wären *katzenmüde*, nicht hundemüde, und lachte jedes Mal.

Hundemüde – katzenmüde. Verstehst du es? grinste sie dann.

„Ich verstehe es.“ Er küsste ihre nackte Schulter.

„Hmm?“, murmelte sie noch immer im Halbschlaf.

„Nichts.“ Er atmete tief ein und rieb sein Kinn an ihrer Haut.

In Ordnung, seine Version des Ausschlafens war immer noch ein paar Stunden kürzer als die der meisten Menschen, aber das war in Ordnung. Er könnte mit Jody in den Armen stundenlang einfach nur so daliegen.

Sein Tiger schnaufte, überaus stolz auf sich selbst. *Ich kann mehr tun, als stundenlang mit meiner Gefährtin herumzuliegen.*

Cruz grinste. Jody und er hatten den größten Teil der letzten Tage im oder in der Nähe des Bettes verbracht und in dieser Zeit nicht allzu viel geschlafen. Warum schlafen, wenn er sich mit seiner Gefährtin lieben konnte?

Sich lieben? lachte sein Tiger. *Ist es das, was du mit ihr gemacht hast, als du sie gegen die Wand gehoben hast? Oder als du sie neben dem Wasserfall am Felsbecken genommen hast?*

Cruz besänftigte das Biest, auch wenn er zugeben musste, dass er und Jody manchmal in dringendes, nahezu *verzweifeltes Fickterritorium* geraten waren. Sie hatte definitiv eine wilde Seite und ihre Lust war genauso groß wie seine. Bei anderen Gelegenheiten hatten sie sich langsam und zärtlich geliebt und sich dabei die ganze Zeit in die Augen gestarrt. Und jedes Mal fühlte er sich der Frau, die er liebte, noch näher. Jedes Mal fühlte er sich ein Stück vollständiger.

Meine Gefährtin, summte sein Tiger.

Ohne nachzudenken ließ er seine Hand von ihrem Bauch zu ihrer Brust gleiten.

„Mmm.“ Jody schmiegte sich enger an ihn.

Er hatte sein Bestes gegeben, um Jody in den vergangenen zwei Tagen die Welt der Gestaltwandler zu erklären. Und obwohl seine Worte manchmal etwas holprig waren, war dies viel reibungsloser abgelaufen, als er es sich vorgestellt hätte. Jody hatte ihn aufgefordert, sich einige Male vor ihren Augen zu verwandeln. Beim ersten Mal hatte sie schwer geschluckt und ganz stillgehalten, aber schon bald hatte sie ihn überall gestreichelt.

Die Streifen stehen dir gut, hatte sie gescherzt, als er nach seiner Rückverwandlung nackt vor ihr stand. *Aber diesen Anblick mag ich auch.*

Und wieder hatten sie sich in eine weitere Runde wilden Sex gestürzt – Gelegenheit macht Liebe.

Am einfachsten war es gewesen, ihr von vorbestimmten Schicksalsgefährten zu erzählen. Jody hatte sofort genickt, als hätte sie es die ganze Zeit lang gewusst.

„Du wusstest, dass du meine Gefährtin bist?“, fragte er verblüfft.

„Ja, sicher.“ Sie zuckte mit den Schultern. „Genau wie meine Mutter und mein Vater. Sie wussten es einfach. Es hat vielleicht eine Weile gedauert, bis es mir völlig klar wurde, aber ich glaube, dass ich es die ganze Zeit tief in meinem Herzen gefühlt habe. Man muss kein Gestaltwandler sein, um das zu spüren.“

Menschen waren witzige Geschöpfe, entschied er. Unberechenbar, irrational. Und das manchmal auf die bestmögliche Art und Weise.

„Mmm.“ Jody legte ihre Hand auf seine. Das Einzige, was sie trug, waren die Armbänder, die warm von ihrer Hitze seine Haut berührten. „Zeit aufzuwachen?“

Er schob eine Haarsträhne hinter ihr Ohr und küsste erneut ihre Schulter. „Nur, wenn du es willst.“

Jody kicherte schläfrig. Sie drückte ihre Hand auf seine und führte seine Handfläche über ihre Brust. „Ich möchte wirklich gern aufwachen. Aber ich könnte etwas Hilfe gebrauchen.“

Oh, und wie er ihr helfen würde. Er ließ seine Hand über ihr weiches Fleisch kreisen, während sein Tiger zustimmend summte.

„Was hast du gesagt?“, murmelte sie.

Cruz räusperte sich. Sie hatten noch keine Paarungsbisse ausgetauscht – ein Thema, das er noch nicht direkt angesprochen hatte. Aber er konnte schwören, dass sie seine Gedanken auch so schon fast lesen konnte.

Hier ist ein kleiner Test, sagte sein Tiger und begann, alle möglichen schmutzigen Gedanken zu denken. Zum Beispiel, sie auf allen Vieren von hinten zu nehmen, während er ihr den Paarungsbiss gab.

Cruz atmete scharf ein, denn, verdammt. Ein so plötzlicher Ständer tat weh.

„Das hört sich wirklich gut an“, murmelte Jody und rieb ihr Hinterteil an ihm.

Sie war noch immer im Halbschlaf, also tat er sein Bestes, sich nicht von diesem Gedanken überwältigen zu lassen. Er knabberte jedoch sanft an ihrem Hals und entlockte ihr ein weiteres entzücktes Summen.

„Die beste Art aufzuwachen“, seufzte sie.

Er schob sein Bein zwischen ihre und ließ seine Hand von ihrer Brust zu ihrem Bauch und wieder nach oben gleiten. „Ich glaube, der Rest von dir muss auch noch aufwachen.“

Sie krümmte sich und streckte ihre Hand hinter den Kopf, um sein Haar zu berühren. „Weißt du, was ich denke?“

„Was denkst du denn?“, murmelte er und griff zwischen ihre Beine.

„Ich denke, wir passen perfekt zusammen.“ Ihre letzten Worte wandelten sich zu einem Gurren, als er mit den Fingern durch ihre Schamlippen glitt.

Sie öffnete ihre Beine und drückte sich gegen ihn, was ihre Aussage unterstrich. Sie war stets begierig auf seine Berührungen und liebte es, die Grenze zwischen ihrer Unterwerfung zu seinem dominanten Tiger und der Erfüllung ihrer eigenen Gelüste spielerisch zu überschreiten. Sie griff herum und tastete nach seinem Schwanz, den sie im Takt seiner Bewegungen zu streicheln begann.

„Cruz ... “, murmelte sie und begann mit ihrem Becken zu kreisen.

„Luder“ er knirschte mit den Zähnen. Er hatte angenommen, sie würden den Tag langsam und zärtlich beginnen, aber sie drängte ihn bereits wieder in Richtung wild und heiß.

Sie stöhnte, als er seinen Finger in sie schob und ihn kreisen ließ. „Nicht meine Schuld, dass du magische Gestaltwandlerhände hast.“

Cruz drückte seinen Mund gegen ihre Schulter, um sein eigenes Stöhnen zu unterdrücken. Sie war so nass, so eng. Sein

Schwanz würde explodieren, besonders, wenn sie ihren perfekten Arsch so an ihm rieb.

Er kratzte mit den Zähnen über ihren Hals und saugte dann an der Stelle, während er seinen Finger weiter kreisen ließ. Es würde so schwer sein, dem Paarungsbiss zu widerstehen.

Sein Tiger stöhnte innerlich. *Wie soll ich denn warten?*

Jody gurrte, bewegte sich und stöhnte. Dann krächzte sie: „Warte."

Cruz erstarrte, während sein Herz wild klopfte.

„Ich habe mir selbst versprochen ... ", begann sie und hielt dann inne, um tief durchzuatmen. Sie umklammerte seinen Unterarm und zog ihn an ihre Brust. „Verdammt, ich habe mir selbst versprochen, dass ich mich nicht wieder so mitreißen lasse." Sie drehte sich in seinen Armen um, sah ihm in die Augen und zeigte mit einem anklagenden Finger auf ihn. „Du, Tiger, bist zu unwiderstehlich für dein eigenes Wohl."

Er atmete ein wenig auf. Uff. Vielleicht gab es gar keinen Grund, beunruhigt zu sein. Er sah sie mit hochgezogener Augenbraue an und versuchte, seine heftige Erektion zu ignorieren.

„Ähm... tut mir leid?"

Es tut mir überhaupt nicht leid, knurrte sein Tiger. *Nicht ein bisschen.*

Sie schüttelte den Kopf, hob eine Hand und bat ihn, zu warten. Während sich ihre Brust hob und senkte, kitzelten die Spitzen ihrer Brustwarzen seinen Oberkörper. Gott, sie würde ihn noch umbringen. Machte sie wieder Ujjayi-Atmung?

„In Ordnung", murmelte sie und zog sich leicht zurück. „Wann findet dieses Treffen noch mal statt?"

Er stützte sich auf die Ellbogen ab. War sie beunruhigt, die anderen Gestaltwandler von Koa Point kennenzulernen? Am vergangenen Abend war auch der Rest von ihnen nach Maui zurückgekehrt – Boone und Nina, Hunter und Dawn – also hatte Silas ein Treffen für alle Bewohner einberufen.

„Das ist um zehn. Wir haben also eine Menge Zeit." Jody schluckte leicht. „Um zehn, was? Und alle werden da sein? Drachen ... Bären ... Wölfe ... "

Er zog sie fester an sich. „Alle werden da sein. Mach dir keine Sorgen. Du wirst es großartig machen."

Ihr Blick fiel auf die Halskette, die am Bettpfosten hing. „Ich schätze, wir werden dann *darüber* reden."

Er nickte und wartete, dass sie zu Ende gesprochen hatte, denn sie war verstummt und hatte sich mit den Zähnen auf die Lippe gebissen.

„Also, vielleicht ...", begann sie noch einmal und verstummte erneut. „Vielleicht sollten wir beide zuerst miteinander reden."

Seine Brust hob sich unwillkürlich an, denn es war so weit. Dies war das Gespräch, das sie so lange aufgeschoben hatten. Und es war an der Zeit, denn es fiel ihm immer schwerer, seinen inneren Tiger zurückzuhalten. Der Instinkt, sie mit dem Paarungsbiss für sich zu beanspruchen, war so stark ...

Er räusperte sich und befahl seinem Tiger – und seinem Schwanz – sich zu beruhigen.

„Ja, ich denke, das sollten wir", murmelte er und ließ sie anfangen. Wenn es nach ihm ginge, würde er alles in einem Atemzug herausplatzen. *Ich liebe dich. Ich brauche dich. Bitte lass mich dir den Paarungsbiss geben und weiche nie wieder von meiner Seite. Bist du einverstanden?*

All dies ging ihm durch den Kopf. Aber äußerlich hielt er vollkommen still.

Jody spitzte die Lippen und hielt sein Gesicht zwischen ihren Händen fest. „Ich liebe dich, Cruz. Ich liebe dich und ich will mit dir zusammen sein."

Sein Tiger tanzte herum. *Sie liebt mich! Will mich!*

„Aber ...", fügte sie hinzu. Sein Herz blieb stehen.

Scheiße. Sie würde ihm sagen, dass sie nicht bleiben konnte. Dass sie ein Freigeist war und weiterziehen musste. Oder vielleicht würde sie sagen, sie müsse in Kalifornien bleiben, um ihrem Vater mit seinem Geschäft zu helfen. Oder dass sie Zweifel an dieser ganzen Gestaltwandlergeschichte hatte.

„... es gibt ein paar Dinge, die ich zu Ende bringen muss, bevor wir den nächsten Schritt tun können", flüsterte sie.

Das Blut schien kaum noch durch seine Adern zu fließen. Sprach sie etwa davon, eine Pause einzulegen? Menschen würden so etwas vielleicht tun, aber Schicksalsgefährten taten es nicht. Vorbestimmte Gefährten wichen nie von der Seite des anderen, wenn sie die wahre Liebe erst einmal gefunden hatten. Sie verschrieben sich einander für den Rest ihres Lebens.

„Wie was zum Beispiel?“, schaffte er zu fragen.

„Ich muss meine Familie besuchen. Nach allem, was passiert ist ... “ Sie schloss die Augen und hielt ihn fest. „Und ich möchte wirklich gern die Surf Tour beenden. Nur diese Saison. Du weißt schon, um zu Ende zu bringen, was ich angefangen habe und so. Glaubst du, dass du damit zurechtkommen kannst?“

Er holte tief Luft und versuchte, die Kraft aufzubringen zu sagen, *Darauf kannst du wetten,* selbst wenn er sich nicht so sicher war.

„Natürlich brauche ich vielleicht einen Leibwächter.“ Sie ließ ihre Hände über seine Schultern gleiten.

Sein Blut rauschte erneut und vertrieb die Kälte in seiner Seele. „Du meinst ... “

Sie umarmte ihn fest. „Glaubst du etwa, ich könnte dich zurücklassen?“ Sie schüttelte entschieden den Kopf. „Auf gar keinen Fall. Aber ich hatte gehofft, dass es dir vielleicht nichts ausmacht, eine Weile unterwegs zu sein, bevor wir uns hier niederlassen. Ich meine, wenn das alles für dich in Ordnung ist.“

Natürlich war es in Ordnung für ihn. „Mehr als in Ordnung.“ Er zog sie an seine Brust.

Ihre nächsten Worte klangen gedämpft, aber glücklich. „Ich habe nur noch drei Monate mit der Profi Tour. Drei Monate, um zu versuchen, es in die Top Zehn zu schaffen. Und selbst wenn es mir nicht gelingt, weiß ich zumindest, dass ich es versucht habe. So wie mein Vater immer sagt. Es wurde immer schwieriger, mich selbst zu motivieren, aber wenn du dabei wärst ... “

Verdammt ja. Er würde dabei sein. Sie müsste ihn an das Tor des Anwesens ketten, um ihn davon abzuhalten, ihr zu folgen.

„Wo auch immer du hingehst, gehe auch ich hin.“

Sie berührte seine Nasenspitze mit einem Finger und versuchte, streng zu sein. „Aber nicht jeden Kerl mit nacktem Oberkörper anfauchen, der mir über den Weg läuft. Ich interessiere mich für niemanden außer für dich."

„Das kann ich nicht versprechen", knurrte er.

Sie lachte, wurde dann jedoch wieder ernst. „Es ist komisch – ich konnte in den letzten Wochen nur daran denken, Geld zu verdienen, um meiner Familie zu helfen. Und jetzt, da es auf meinem Konto ist ... "

Cruz lächelte und erinnerte sich an ihren Gesichtsausdruck, als sie ihre Kontoauszüge gesehen hatte. Sie hatte zwar das zusätzliche Geld für das letzte Fotoshooting nicht erhalten – schließlich waren Fotograf und Kamera in der Flut verschwunden –, aber die erste Zahlung war groß genug gewesen, um ihr einen Freudenschrei zu entlocken. Sie hatte begonnen zu planen, wie sie ihrer Familie diese Nachricht überbringen würde. Das Geschäft ihres Vaters wäre gerettet und hoffentlich würde auch der größte Wunsch ihrer Schwester in Erfüllung gehen.

Komisch, wie es auf einmal nicht mehr kriminell erschien, ein Kind in diese Welt zu setzen.

Meine Schwester wird Mutter werden und mein Vater Großvater, hatte Jody gesagt und mit leuchtenden, hoffnungsvollen Augen in die Ferne geblickt.

Und wir werden Onkel sein, fügte sein Tiger leise hinzu, unglaublich glücklich über diesen Gedanken.

„... jetzt, da das Geld auf meinem Konto ist, kann ich endlich darüber nachdenken, was passiert, nachdem ich die Tour hinter mir lasse. Ich habe gedacht, dass ich vielleicht bei Teddy Akoa in die Lehre gehen kann. Du weißt schon, um maßgefertigte Surfbretter herzustellen." Sie sah sich um. „Aber ich bin mir nicht sicher, ob ich jemals wieder in einem normalen Haus wohnen könnte."

Er griff nach ihren Händen. „Du musst nie wieder in einem normalen Haus wohnen. Du kannst hier wohnen."

„Bist du dir sicher, dass das in Ordnung ist? Ich meine, der Besitzer des Anwesens ... "

Cruz verzog das Gesicht. Er vergaß immer wieder, dass dieser Ort eigentlich nicht ihm gehörte.

„Wem gehört das hier alles eigentlich? Kannst du es mir jetzt verraten?“, fragte sie.

„Nein. Ich meine, ich würde es dir verraten, wenn ich es wüsste. Aber ich weiß es nicht.“

„Ernsthaft?“

„Ernsthaft. Ich weiß es nicht.“

Sie dachte eine Minute darüber nach. „Ich tippe auf Silas.“

Cruz schüttelte den Kopf. „Jedes Mal, wenn ich denke, dass er es ist, passiert irgendetwas, das mich meine Meinung wieder ändern lässt. Und die Sache mit diesem Antrag dort draußen ...“

„Welcher Antrag?“

„Es geht ein Gerücht um, dass sich jemand an den Bebauungsausschuss gewandt hat, um dieses und das Nachbargrundstück zu erschließen. Silas sagt, er wüsste nichts darüber, aber ich bin mir nicht so sicher.“

Jody kuschelte sich mit der Nase an ihn und half, die Sorgen in seinem Bauch zu beruhigen. „Ich schätze, niemand weiß wirklich, was die Zukunft bringt. Und das ist auch das Schöne daran.“

Er küsste sie und drückte seine Lippen für eine sehr lange Zeit auf ihre. Dies war seine Gefährtin. Sie sah immer nur die positive Seite der Dinge.

„Und weißt du, was noch wunderschön ist?“, kicherte sie und strich mit ihren Händen an seinem Rücken hinunter.

Sein Tiger spitzte die Ohren.

„Was?“

„Zehn Uhr liegt in weiter Ferne. Wir haben noch so viel Zeit.“

Er grinste und schob seine Hände zu ihren Brüsten hoch.

„Da ist noch etwas.“ Sie hielt ihn sanft zurück.

Alles, was du willst, summte sein Tiger und klopfte aufmerksam mit dem Schwanz. *Wir tun, was auch immer du willst.*

„Du hast mir von, nun... “ Ihre Wangen färbten sich rosa.

Er neigte den Kopf. Worum ging es denn jetzt?

Als sie den Rest vor sich hin murmelte, lehnte er sich näher heran, um sie zu verstehen. „Was?“

Sie stieß einen verzweifelten Laut aus und schlug ihm spielerisch gegen die Brust. „Der Paarungsbiss."

Er berührte ihre Wange in der Hoffnung, ihr keine Angst eingejagt zu haben, als er es ihr am Vortag erklärt hatte. „Erst, wenn du bereit dafür bist. Wir warten so lange, wie du willst."

Sie ließ ihre Hand von seiner Brust zu seinem Hals gleiten und jeder Nerv in seinem Körper kribbelte. „Was, wenn ich nicht warten will?"

Sein Herzschlag wandelte sich von einem gleichmäßigen Klopfen zu einem schweren Pochen. War das ihr Ernst?

„Du musst dir sicher sein, Jody." Sein Tiger jaulte. *Rede es ihr doch nicht aus, du Idiot!*

Er wollte es ihr nicht ausreden, aber er könnte auch nicht damit leben, wenn sie es bereuen würde. „Das ist alles noch so neu für dich ..." Sie lächelte ihn schief an. „Es wird ein Abenteuer werden."

Er griff nach ihren Händen. „Ernsthaft, Jody ..."

„Ich meine es ernst. Und du solltest inzwischen wissen, dass ich keine halben Sachen mache. Ich schätze, das habe ich von meinem Dad."

Er strich ihr das Haar zurück. Eines Tages würde er ihrem Vater die Hand schütteln. Und eines Tages hoffte er verdammt noch mal, dass auch er die Chance bekommen würde, ein so guter Vater wie Ross Monroe zu sein. Aber jetzt ...

„Du bist dir sicher?" Seine Stimme war so kratzig und rau.

„Ich bin mir sicher."

„Die durch den Paarungsbiss ausgelöste Veränderung wird eine Weile dauern, aber irgendwann wirst du dann auch ein Gestaltwandler sein."

Sie sah ihm tief in die Augen, vorsichtig, aber entschlossen. „Hilfst du mir dabei?"

Er nickte so fest, dass sein Genick schmerzte. „Darauf kannst du wetten."

Ihr Blick fiel auf seinen Hals und sie spielte mit den Fingern über seine Haut. Stellte sie es sich gerade vor?

Es gibt eine Möglichkeit, dies herauszufinden, murmelte sein Tiger.

Er beugte sich langsam vor und platzierte kleine Küsse von ihrem Ohr zu ihrem Hals hinunter. Er atmete den Duft ihrer Lust ein. Das süße Aroma füllte die Luft noch stärker als das der umliegenden Wälder und tropischen Blumen.

„Mmm." Sie lehnte sich zurück, als er seine Finger über ihren Körper tanzen ließ.

Er küsste ihr Kinn, das Schlüsselbein, ihren Hals und betrank sich an ihrem Duft.

Sie gurrte und krümmte sich ihm entgegen, als er ihre Brust berührte.

Sie ist bereit. Sie ist sich sicher, versicherte ihm sein Tiger.

Er erwischte eine Brustwarze und rollte sie zwischen seinen Lippen. Ihr Geschmack allein brachte ihn um den Verstand, sodass er nicht mehr klar denken konnte. Als er seine Hand zwischen ihre Beine schob und sie erneut berührte, war sein eigenes Stöhnen fast genauso laut wie ihres.

„Mehr ... " Sie hob die Hüfte und zwang seine Hand tiefer, spreizte die Beine, schlang sie um seine und bettelte nach mehr.

Gefährtin, summte sein Tiger. *Meine wunderschöne Gefährtin.*

Er umkreiste ihren Eingang, schob dann einen Finger hinein und massierte derweil ihre Brust noch immer mit seiner linken Hand. Er knabberte und saugte beharrlicher. Langsam verlor er die Kontrolle.

„Ja ... oh ja ... " Sie schloss ihre Hand über seiner und schob ihn tiefer hinein. Schneller.

Sein steinharter Schwanz pulsierte an ihrer Hüfte und als sie ihn packte, verschwamm seine Sicht. Sie spielte über seine Schwanzspitze und folterte ihn.

„Jody", krächzte er, am Ende seiner Selbstbeherrschung angelangt.

Sie sah ihn an, mit Augen so weit und blau wie der Himmel selbst, und bäumte sich auf, um ihn leidenschaftlich zu küssen. Dann drehte sie sich auf den Bauch und stützte sich auf die Ellbogen, so wie sie es auf ihrem Surfbrett tat, bereit, die wildeste Welle zu zähmen.

„Ich will es so. Bitte. So ... "

Noch bevor sie auch nur mit dem Hintern wackeln konnte, kniete er hinter ihr und wusste genau, was sie meinte. Er zog ihre Hüfte zu seiner hoch und glitt mit seinem Schwanz durch ihre feuchten Schamlippen. Einmal. Zweimal ...

„Bitte ... " Sie drängte sich ihm entgegen und ließ ihn wissen, dass er nicht der Einzige war, der vor Begierde explodieren würde.

Als er ihre Hüfte fest packte und in sie stieß, warf Jody den Kopf zurück und schrie auf. Als er sich wieder zurückzog, stöhnte sie und ließ ihr Kinn sinken.

„Brauche dich ... "

Er brauchte sie auch. Unbedingt. Aber er war mehr als ein Tier und wollte nicht in sie hämmern, bevor sie absolut bereit dafür wäre. Sie war noch immer so eng innen drin, so köstlich eng, und jeder gleichmäßige Stoß war wie ein Gleiten durch die beste Art von Lustschmerz.

„Gleich", keuchte er und hielt gerade lange genug inne, um ihr Haar zu einer Seite zu schieben. Er verengte den Blick und konzentrierte sich auf ihren nackten Hals.

Gefährtin, sang sein Tiger. *Mach sie zu meiner.*

„Ja ... ", keuchte sie, als er wieder begann, in sie zu stoßen. Immer tiefer und tiefer. Alles verschwamm – das schillernde Sonnenlicht um das Baumhaus, der Duft des Waldes, der Ruf der Singvögel. In seiner Welt gab es nichts außer Jody. Mit ultimativem Tunnelblick und reinster Ekstase bewegte er sich vor und zurück.

„Ja ... ", stöhnte Jody und drückte ihre Arme durch. Ihr Rücken glitzerte mit einer Mischung von seinem und ihrem Schweiß, was seinen Tiger zum Knurren brachte.

Ja. Markiere unsere Gefährten mit unserem Duft.

Er stieß immer tiefer und tiefer in sie, bis seine Eier so prall waren ...

„Bitte", heulte sie und drehte den Kopf, um ihm ihren Hals anzubieten.

Er strich mit der Zunge über die Zähne und ließ seine Eckzähne ausfahren. Sein Herzschlag trommelte in seinen Ohren, als er an ihrem Hals entlangschnüffelte und sich von seinem Instinkt leiten ließ.

Dort, heulte sein Tiger. *Genau dort!*

Er atmete ein und stieß noch tiefer, atmete aus und genoss das Brennen in seinem Schwanz. Und beim nächsten Einatmen …

Jody stieß ein ersticktes Geräusch aus, als seine Zähne in ihren Hals sanken. Für einen kurzen Moment geriet er in Panik, dass er es falsch gemacht haben könnte. Aber eine Sekunde danach explodierten ihre Gedanken in seinem Kopf. Eine Flut der Ekstase, ein Hochgefühl, das sie miteinander verband und durch ihren Körper strömte. Er sah rollende, tropische Wellen und strahlende Sonnenuntergänge. Er hörte Gelächter und blinzelte in das Sonnenlicht, das in ihrer Seele strahlte. Seine Nasenlöcher bebten, als ihn all ihre liebsten Düfte umgaben, und er packte ihre Hüfte noch fester, während er sie in immer höhere Ekstase trieb.

Nicht loslassen, schnaufte sein Tiger.

Er hielt seine Lippen fest verschlossen, während er mit der Hüfte wild weiter in sie stieß.

„Ja … “, stöhnte Jody in einer lang gezogenen Silbe, als sich alles in ihr zusammenzog. Jeder Muskel in ihrem Körper spannte sich an und beanspruchte ihn für sich selbst.

Cruz stieß noch einmal zu, bevor sein Schwanz zu zucken begann und sich in ihr entleerte. Er sah Regenbögen über Wellen tanzen. Sonnenschein auf dem Ozean glitzern. Einen Himmel, der so blau und klar war, dass ihm das Herz aufging.

Nimm sie in Besitz, für immer, jubelte sein Tiger wild.

Sie hatten die Kondome bereits aufgegeben und das Gefühl von Haut auf Haut brachte seinen Tiger um den Verstand. Aber er löste seinen Biss nicht, bis ihr Kopf wieder aufs Kissen sank.

Langsam und vorsichtig zog er die Zähne ein und strich mit der Zunge über die Bissspuren. Die Wunden schlossen sich unter seiner Berührung und ein Instinkt, der den Tiefen seiner Seele entsprang, sagte ihm, dass es in Ordnung war, sie loszulassen. Er drückte kleine Küsse auf ihren Hals, als zufriedene Erschöpfung durch seine Muskeln rauschte und ihn schließlich entspannen ließ.

Jody zitterte, lockte bei ihrem Höhepunkt auch den letzten Tropfen aus ihm heraus, bevor sie sich langsam auf den Bauch sinken ließ. Er legte sich über sie und drückte sie gerade so fest auf die Matratze, dass sie noch einmal kurz aufstöhnte.

„So gut ... “ Sie versank in die Laken.

„So gut“, wiederholte er und hielt sie fest.

Er schloss die Augen und atmete ihren Duft ein. Die Wärme, die von ihrem Körper ausging. Die zufriedenen Seufzer. Alles erinnerte ihn daran, dass das Leben wunderschön war. Dass, die Liebe wunderschön war. Er musste nur daran glauben.

Und verdammt, wie sehr er daran glaubte. Er würde es jeden Tag für den Rest seines Lebens glauben.

Sie lagen aneinander gekuschelt dort, zählten ihre Herzschläge und alles war friedlich. Schließlich drehte sich Jody um und sah ihn mit funkelndem, befriedigtem Blick an. Dann grinste sie und versuchte, wie ein Tiger zu brüllen.

Er lachte. „Nicht schlecht.“

„Nicht schlecht?“ Sie zog die Stirn in Falten. „Du solltest besser aufpassen. Eines Tages werde ich dich im Tigersein übertrumpfen. Ich brauche nur ein bisschen Übung.“

Er hatte keinen Zweifel daran. Kein bisschen. „Du kannst an mir üben, so viel du willst.“

Sie kicherte und schob einen Finger unter sein Kinn. „Moment mal. Entwickelst du etwa einen Sinn für Humor?“

Er zuckte mit den Schultern. „Nicht meine Schuld. Du scheinst mich angesteckt zu haben.“

Sie grinsten einander an wie Teenager, die gerade zum ersten Mal flachgelegt worden waren. Dann wurden sie allmählich wieder ernst. Die gute Art von Ernsthaftigkeit, wie zwei Erwachsene, die alle Spielchen hinter sich gelassen hatten. Sie blickten in die Zukunft und mochten, was sie dort sahen.

Er strich ihr das Haar zurück. Es war zerzaust und wild – wahrscheinlich genau wie sein eigenes. Er schnupperte in der Luft herum und grinste, weil ihre Düfte so eng miteinander vermischt waren, dass er kaum sagen konnte, welcher Teil zu ihr und welcher Teil zu ihm gehörte. Wenn sie sich mit den anderen Gestaltwandlern von Koa Point trafen, gäbe es keinen Zweifel daran, wie er und Jody den Vormittag verbracht hatten.

Gut so, sagte sein Tiger entschlossen. *Alle sollen wissen, dass sie mir gehört.*

Er dachte an den Tag zurück, als Kai und Tessa nach dem Drachenduell, bei dem sie den Lebensstein gesichert hatten, zu einer ähnlichen Versammlung gekommen waren. Boone und Nina waren Hand in Hand zu ihrem ersten offiziellen Treffen gekommen. Sie hatten deutlich nach Sex und Vergnügen gerochen. Hunter und Dawn hatten sich drei Tage lang in seiner Hütte gegenseitig mit ihren Düften bedeckt. Und wer konnte es ihnen verübeln, nachdem sie sich so viele Jahre zurückgehalten hatten?

Nun, jetzt war er an der Reihe – ein Tag, von dem er nie gedacht hätte, dass er jemals kommen würde. Und er würde auf jeden Fall mit seiner Gefährtin angeben. Sie würden ihn sicher aufziehen, vor allem, weil sie ein Mensch war. Er konnte noch immer nicht ganz glauben, dass Vasco es hatte so aussehen lassen, als wären die Dorfbewohner für den Tod seiner Familie verantwortlich gewesen. Und auch nicht, dass er diese Lüge so lange Zeit geglaubt hatte. Er erkannte jetzt, dass Menschen genau wie Gestaltwandler waren – es gab gute und böse auf beiden Seiten. Er würde sich vor Letzteren in Acht nehmen, aber gleichzeitig auch sein Bestes tun, um sich nicht vor Wut oder Hass verrückt zu machen.

Das Leben ist zum Leben da, stimmte auch sein Tiger zu. *Zum Lieben und Lachen.*

Jody rutschte näher an ihn heran und strich mit dem Finger über seine Lippen. Er schloss die Augen, als aus der Berührung ein langer sinnlicher Kuss wurde. Ein Kuss, der nie enden wollte. Sie drängte sich an ihn, sodass sich ihre Oberkörper berührten und ihm wurde erneut ganz heiß.

„Gut, dass dieses Treffen erst um zehn stattfindet“, murmelte sie und zog sich leicht zurück. Sie neigte ihren Kopf nach rechts. „Weil es gar nicht weit von hier ein Felsbecken gibt, dass ganz laut unsere Namen ruft.“

Er küsste sie inniger und brachte ihr Blut genauso in Wallung, wie sie es mit seinem tat. „Hast du schon wieder schmutzige Gedanken?“

Sie nickte an seinen Lippen. „Du wirst mich sehr gründlich waschen müssen. Wirklich, wirklich gründlich. Aber zuerst ... “

Er zog seine Augenbrauen hoch. „Zuerst?“

Sie grinste von einem Ohr zum anderen. „Zuerst können wir noch ein bisschen schmutzig sein.“

Kapitel 20

Jody schob ihre Armbänder nervös um ihr Handgelenk, als sie Cruz über die Brücke folgte, die seine private Welt vom Rest des Anwesens trennte. Zehn Uhr schien in so weiter Ferne zu liegen, aber wieder einmal war ihr die Zeit davongelaufen. Schließlich hatten sie sich beeilen müssen, sich anzuziehen.

„Bist du dir sicher, dass ich gut aussehe?“ Sie zog an Cruz' Hand, sodass er stehen bleiben musste.

Sein Blick wanderte an ihrem Körper auf und ab und brachte sie auf alle möglichen unangebrachten Ideen. Sie gab ihm einen kleinen Schubs. „Vergiss es einfach. Ich bin mir nicht sicher, ob du klar denken kannst.“

„Natürlich kann ich nicht klar denken. Kann ich etwas dafür, dass du so hinreißend bist?“

Ehrlich gesagt fühlte sie sich hinreißend, aber das lag nur an ihm. Sie fühlte sich, als würde sie strahlen – im wahrsten Sinne des Wortes. Die Bissspuren an ihrem Hals waren bereits verheilt, aber ihr Körper kribbelte immer noch von ihrem Hochgefühl. Sie würde Cruz diesen Biss bei der erstbesten Gelegenheit wiederholen lassen, um sicherzugehen, dass es sich nicht nur um eine wilde Fantasie gehandelt hatte.

„Kai und Tessa kennst du ja bereits“, versicherte er ihr.

Das war immerhin etwas. Tessa war total nett und Kai ebenso, der sich an diesem schrecklichen Tag in den Bergen so große Sorgen gemacht hatte. Nachdem er geholfen hatte, die verlorenen Surfer zu finden, war er sofort zum Wasserfall zurückgekehrt. Zu spät, um ihnen beim Kampf der Gestaltwandler zu helfen, aber gerade rechtzeitig, um sie und Cruz zurück nach Koa Point zu fliegen.

Was für ein Tag, hmm? hatte Kai geseufzt, als sie wieder gelandet waren.

Die Untertreibung des Jahres, was einer der Gründe dafür gewesen war, dass sich Jody so lange mit Cruz verkrochen hatte. Aber sie konnte sich nicht für immer im Baumhaus verstecken. Und wenn alle so nett waren, wie Cruz sagte ...

Sie waren es, wie sich herausstellte, und Tessa zwang Silas sogar dazu, die Besprechung aufzuschieben, bis alle gegessen hatten.

„Ich bin mir sicher, dass das eine Stunde warten kann, Silas. Wir müssen uns erst alle wieder einleben. Außerdem hat mir Dawn ein tolles neues Rezept gegeben, das ich gern probieren möchte."

Dawn grinste. „Pfannkuchen, auf hawaiianische Art."

Dabei leckte sich sogar Cruz die Lippen und schon bald hatten sich alle in der Küche versammelt und plauderten. Dawn und Hunter waren am Vorabend von einer wunderbaren Hochzeitsreise in Alaska zurückgekehrt und hatten nur Augen füreinander. Nina, eine niedliche Brünette, und ihr Gefährte Boone waren gerade von der Ostküste zurückgekommen. Alle waren freundlich und gesprächig. Nun, Hunter, der Bärengestaltwandler, war nicht sonderlich gesprächig, aber er neigte den Kopf und hörte jedem Wort zu. Sie fragten Jody über das Surfen aus und erzählten lustige Geschichten über Cruz. Er tat so, als würde er es ihnen übel nehmen. Es fühlte sich an wie ein großes Familientreffen und es wurde Jody ganz warm ums Herz. Alle Männer waren harte Militärtypen, aber sie hatten offensichtlich auch ihre weicheren Seiten. Die Frauen waren intelligent, kontaktfreudig und überaus durchsetzungsfähig, wenn sich einer der Männer danebenbenahm.

„Pass auf, Wolf", schimpfte Tessa und schlug Boones Hand von der Ananas weg, die sie aufgeschnitten hatte.

„Hey, irgendjemand muss doch die Qualitätskontrolle übernehmen", protestierte der.

Jody sah ganz genau hin, konnte jedoch nicht die geringste Spur eines Wolfes in Boone erkennen. Er wirkte eher wie ein fröhlicher Rettungsschwimmer oder ein sorgloser Skilehrer. Erst als ihm sein zerzaustes Haar leicht über die Augen fiel, konnte sie einen Hauch von Hund erahnen. Und als er seine Gefährtin Nina ansah, strahlten seine Augen so hell, dass man sich leicht vorstellen konnte, wie er mit einem Wolfsschwanz wedelte.

Jody atmete aus und sah sich um. In Ordnung, vielleicht waren die Gestaltwandler doch gar nicht so unheimlich. Zumindest nicht diese Truppe.

Dann erinnerte sie sich an die Szene im Gebirge und korrigierte sich wieder. Sie hatte Glück, dieses Erlebnis unbeschadet überstanden zu haben. Und verdammt. Ihre neuen Freunde konnten absolut unheimlich sein, wenn sie wollten.

„Hey, hast du das gesehen?“, fragte Boone Kai und hielt eine Zeitung hoch.

Hubschrauberabsturz im West Maui Gebirge, lautete die Schlagzeile. *Blitzeinschlag setzt Helikopter in Brand.*

„Von wegen Blitz“, lachte Kai und sah Silas an.

Jody versuchte, sich nicht zu sehr mit dem Artikel weiter oben in der Zeitung zu beschäftigen – *Sieben Menschenleben in Sturzflut verloren.* Sie trauerte aufrichtig um Richard und Guy, konnte jedoch keinerlei Mitgefühl für Vasco und seine Männer aufbringen.

Der Sachschaden wäre minimal, hieß es im Artikel weiter. Zumindest waren keine unschuldigen Bürger von Maui von diesem Gestaltwandlerkampf betroffen gewesen.

„Kann ich dir bei irgendetwas helfen?“, bot Jody Tessa an, um sich von den unangenehmen Erinnerungen abzulenken.

Selbst mit vier Pfannen gleichzeitig hatte Tessa alles unter Kontrolle. Dennoch ließ sie Jody nach einer davon schauen, während sie ein wenig Small Talk führte, der Jodys Nerven wieder beruhigte. Nina bestand darauf, alles zu servieren. Sie behauptete, dies liege ihr im Blut, und am Ende war alles, was Jody tat, zu essen.

„Oh mein Gott, die sind so lecker“, schwärmte Dawn und kaute auf einem Bissen Kokosnuss-Ananas-Pfannkuchen.

„Alles, was Tessa kocht, ist lecker“, stimmte Kai zu.

„Wir müssen wirklich anfangen, sonntags immer Pfannkuchen zu essen“, seufzte Nina. „Ich meine, jetzt da wir alle wieder zu Hause sind und sich die Dinge beruhigt haben.“

Jody spitzte die Lippen. *Wir* war ein großes Wort. Würde sie in die Gemeinschaft an Koa Point hineinpassen? War sie hier wirklich Zuhause?

Ninas freundliches Lächeln beruhigte sie. Cruz untermauerte es mit einem kehligen Grollen, das alle warnte, dass sie Jody besser akzeptieren sollten – andernfalls... Nicht, dass sie diese Ermahnung brauchten; genau wie er versprochen hatte, waren alle so entgegenkommend, wie sie nur sein konnten.

Erst als der Pfannkuchenstapel kleiner wurde, sich alle zufrieden zurücklehnten und die Bäuche rieben, kamen sie dazu, über das Unvermeidliche zu diskutieren.

„Du bist also zu einem Teil Meerjungfrau, was?“, fragte Nina, als sie mit Boone den Tisch abräumte.

Jody schüttelte den Kopf. „Nicht wirklich. Mein Vater ist es anscheinend, aber ich bin mir ziemlich sicher, dass er nichts davon weiß.“ Es bedeutete auch, dass ihre jüngere Schwester ebenfalls zu einem Teil Meerjungfrau war. Hieß das, dass ihr Leben in Gefahr schwebte?

Cruz strich mit der Hand über ihr Bein und erinnerte sie daran, dass die Vampire verschwunden waren. Aber was wäre, wenn ein anderer käme?

Sie stieß einen langsamen, langen Atemzug aus. Früher oder später würde sie einen Weg finden, es ihre Schwester wissen zu lassen, damit sie dafür sorgen konnte, dass sie in Sicherheit blieb. Aber zuerst hätte sie gute Nachrichten zu überbringen, was sie wieder zum Lächeln brachte. Ihre Schwestern und ihr Vater würden so aufgeregt sein. Ja, stolz sogar. So wie sie glaubte, dass auch ihre Mutter gefühlt hätte.

„Niemand in meiner Familie hat jemals etwas über Meerjungfrauen erwähnt. Nun, außer meiner verrückten, alten Tante ... “ Sie verstummte und starrte auf die Armbänder. Vielleicht war die alte Tilda gar nicht so verrückt, wie alle sagten. Sie würde der alten Dame auf jeden Fall bald einen Besuch abstatten müssen.

Tessa sah sie mitfühlend an. „Ich wusste auch die meiste Zeit meines Lebens nicht, dass ich etwas Drachenblut in mir habe.“

Dawn sinnierte über ihrer Kaffeetasse. „Kannst du dir meine Überraschung vorstellen, als ich mich bei meiner dritten Verwandlung in eine Eule anstatt in einen Bären verwandelt habe?“ Ihre Augen strahlten Hunter an.

„Du gibst eine tolle Eule ab – und einen tollen Bären.“ Seine gefühlvollen braunen Augen strahlten seine Gefährtin an.

Jody seufzte und blickte zu Cruz. Und wow, seine Augen funkelten sie genauso aufmerksam an. Sie stieß einen langen Atemzug aus. Wie hatte sie so viel Glück gehabt?

Nina lachte. „Ich war immer nur ein ganz normaler, langweiliger Mensch.“

Boone nahm ihre Hand und küsste sie. „An dir ist gar nichts langweilig.“

Eine Meeresbrise wehte durch den offenen Raum und trug das Geräusch der Brandung vom Riff hinüber. Jody hätte geraten, dass das Koa in Koa Point *himmlischer Ort der Liebe und Ruhe* bedeutete, hätte Cruz es ihr nicht einst anders übersetzt.

Koa ist eine Eliteklasse von Kriegern, benannt nach der härtesten aller Holzarten.

Nun, das passte auch, entschied sie, als sie sich die um den Tisch versammelten Männer und Frauen ansah. Ihre Liebe zueinander war zugleich zärtlich als auch heftig.

Tessa spielte mit dem Anhänger an ihrem Hals. „Vielleicht sind deine Armbänder so eine Meerjungfrauensache. Du hast gesagt, sie wären Familienerbstücke, richtig? Vielleicht verleihen sie dir auch ein paar Meerjungfrauenfähigkeiten.“

Jody blickte nach unten und strich über das Muster.

„Nein“, unterbrach sie Cruz. „Jody hat alle Fähigkeiten, die sie braucht, ganz von allein.“

Ihre Wangen wurden warm und sie konnte nicht widerstehen, eine Hand um sein Gesicht zu legen. Wer hätte gedacht, dass ein mürrischer Tiger so süß sein konnte.

„Was hatte es mit diesen Löwen auf sich?“, runzelte Hunter die Stirn.

„Vasco war eine seltene Mischung“, erklärte Silas. „Halb Vampir, halb Löwe. Der Löwenanteil schien rezessiv zu sein und der Vampir dominant. Daher seine Vorliebe für Blut und die Schlägertypen, mit denen er sich umgab.“

„Löwen“, murmelte Cruz angewidert.

„Und sie waren hinter Jody her, weil...?“ Dawn konnte die Polizistin in ihr nicht verbergen.

Jody strich mit einem Finger über die Tischdecke und versuchte, sich nicht wieder völlig zu verkrampfen.

Silas rührte seinen Kaffee um. „Soweit wir herausfinden konnten, war Vasco ursprünglich nicht hinter Jody her. Einer seiner Männer war angeheuert worden, um auf Jody zu schießen ... “

„Um Jody zu töten“, grummelte Cruz und lehnte sich an ihre Seite.

„... im Versuch, Furore für eine Werbekampagne zu machen.“ Silas schüttelte überdrüssig den Kopf. „Gut, dass Toby von allen Anklagepunkten freigesprochen wurde.“

„Toby?“, rief Dawn. „Der Parkwächter? Der würde keiner Fliege etwas zuleide tun.“

„Hoffentlich hat ihn niemand aufgemischt“, sagte Hunter.

Dawn sah ihn finster an. „Die Polizei von Maui mischt niemanden auf.“

Kai grinste. „Macht euch keine Sorgen. Ich habe alles wieder gut gemacht. Ich habe ihn gestern mit dem Rolls Royce fahren lassen.“

Silas riss seinen Kopf herum. „Du hast Toby *was* fahren lassen?“

Kai zuckte mit den Schultern. „Komm schon, Silas. Lass den armen Jungen mal in Ruhe. Er war begeistert. Und vorsichtig“, fuhr er schnell fort, als er zwischen Hunter und Silas hin und her schaute. „Sehr vorsichtig.“

„Moment. Jemand wollte Jody als PR-Gag töten? Wer würde denn so etwas tun?“, fragte Nina entsetzt.

Silas schaute zu Boden. Kai schaute zu Cruz und Cruz schaute zu Silas.

„Moira“, sagte Cruz schließlich.

„Moira?“, krächzte Tessa und schlug sich die Hand auf den Mund.

Silas erstarrte zu Stein, genau wie alle anderen im Raum. So auch Jody, denn Cruz hatte ihr von Moira erzählt – von der Frau, die Silas’ Herz gebrochen hatte.

Jody rümpfte die Nase. Sie hasste Moira genauso sehr wie alle anderen, aber für Silas empfand sie nur Traurigkeit. Es erklärte allerdings eine Menge. Seine einsame Lebensweise. Die Sehnsucht in seinen Augen. Sie hätte nicht gedacht, dass ein Drache Anflüge von Verwundbarkeit zeigen würde, aber sie hatte zu mehreren Gelegenheiten einen Blick auf diese Seite erhascht.

„Der Schütze, den Vasco ursprünglich geschickt hatte, war ebenfalls ein Vampir“, knurrte Cruz und rettete Silas vor dem unbehaglichen Schweigen, das sich ausgebreitet hatte. „Das würde erklären, warum ich im Resort seine Fährte nicht aufnehmen konnte.“

„Aber das Attentat auf Jody scheiterte und dann kam Vasco ins Spiel“, fügte Silas hinzu. „Offensichtlich hatte er ein paar Nachforschungen angestellt und herausgefunden, dass es in der Familie von Jodys Vater Meerjungfrauenblut gab.“

„Technisch gesehen ist er mein Stiefvater“, erklärte sie den anderen. „Also fließt es nicht durch meine Venen. Der arme Vasco war so enttäuscht.“ Ihre Stimme triefte vor Sarkasmus.

„Es wurde schon seit Jahrzehnten keine Meerjungfrau mehr gesichtet, noch nicht einmal unter Gestaltwandlern“, sagte Silas. „Umso mehr ein Grund für einen Vampir … “

Cruz knurrte, bevor Silas sagen konnte, dass der Vampir *Jodys Blut aussaugen* wollte. „Dieser Typ war krank, sogar für einen Vampir.“ Seine Augen sprühten vor Hass.

Jody drückte Cruz die Hand. Er dachte nicht nur an sie; er dachte auch an seine Familie, die von Vasco wegen ihres reichhaltigen Tigerblutes ermordet worden war.

„Er wird keine Aromen mehr sammeln“, erinnerte sie ihn. „Dafür hast du gesorgt.“

„Du auch“, flüsterte Cruz.

„Das habt ihr beide“, fügte Kai hinzu.

Eine stille Minute verging und alle wurden etwas trübselig. Jedes Paar kuschelte sich ein wenig enger aneinander, so als würden sie sich an ihre eigenen Prüfungen erinnern. Cruz hatte Jody ein paar ihrer Geschichten erzählt, sodass sie wusste, dass sie nicht die Einzige war, die einen Albtraum überlebt hatte. Einen Albtraum mit einem glücklichen Ende, erinnerte sie sich selbst. Sie war so glücklich, Cruz' beruhigende Kraft an ihrer Seite zu haben.

„Wir waren es beide, zusammen mit dem hier." Sie zog die Halskette mit dem Saphir unter ihrem T-Shirt hervor und legte sie auf die weiße Tischdecke.

„Der Wasserstein", sagte Tessa mit gedämpfter Stimme. „Wow."

„Deine Ahnung war richtig", sagte Cruz zu Silas. „Ein Seelenstein."

Silas gequälter Gesichtsausdruck zeigte, dass er sich wünschte, er hätte nicht Recht gehabt.

„Er macht mir ein wenig Angst", flüsterte Jody und sah ihn an. Sogar jetzt sandte der Stein noch immer alle möglichen Bilder von Wasser in ihren Kopf. Ruhiges Wasser, so wie stille, neblige Seen und sich langsam dahinschlängelnde Flüsse, aber immerhin. Wer wusste schon, wann der Stein von ihr verlangen würde, eine erneute Flutwelle heraufzubeschwören?

„Die Steine sind alle in gewisser Weise beängstigend", stimmte auch Nina zu.

„Alle?" Jody sah die anderen an. Cruz hatte andere Seelensteine erwähnt, aber sie hatte in so kurzer Zeit so viel zu verarbeiten gehabt, dass sie nicht nach Einzelheiten gefragt hatte.

Eine nach der anderen zogen die anderen Frauen ihre Halsketten ab oder Juwelen aus den Taschen. Dawn holte einen glitzernden Amethyst heraus. Nina legte einen leuchtend roten Rubin daneben und ihr Gesicht wurde wegen der Erinnerungen weicher. Tessa fügte der Sammlung einen strahlenden Smaragd hinzu und schloss ihre Hand um einen ähnlichen Anhänger, den sie um den Hals trug.

„Die Seelensteine", sagte Silas in der nun folgenden Stille. „Ein lang verschollener Drachenschatz mit magischen Kräften. Der Lebensstein. Der Erdstein. Der Feuerstein." Er zeigte der Reihe nach auf jeden einzelnen. „Und jetzt, der Wasserstein. In den richtigen Händen können ihre Kräfte kontrolliert oder zumindest für würdige Zwecke eingesetzt werden."

Jody sah den Saphir stirnrunzelnd an. „Ich bin mir nicht sicher, wie viel ich davon kontrolliert habe."

Silas schüttelte den Kopf. „Nur wenige könnten eine Flut dieser Kraft lenken, aber du hast es getan."

Tessa zwinkerte Jody stolz zu, während auch Dawn und Nina nickten und ihre Stimmung damit aufhellten. In ihrem Hals bildete sich ein Kloß, als sie sah, wie auch die Männer ihnen zustimmten und ihr Kinn aus Respekt vor ihren Handlungen senkten. Respekt vor ihr, der Noch-nicht-einmal-Meerjungfrau.

Sie sah Cruz an, der lächelte und ihr Herz höherschlagen ließ. Er war stolz. Der Wasserstein leuchtete und schoss einen schwachen Strahl blauen Lichts in ihre Richtung.

„In den richtigen Händen ist die Kraft der Seelensteine nicht unbedingt etwas, vor dem man sich fürchten muss, sondern vielmehr etwas, das man respektiert", sagte Silas. „Aber in den falschen Händen ... "

Niemand sagte ein Wort. Sie scheuchten noch nicht einmal Keiki vom Tisch. Das Kätzchen tänzelte in glückseliger Unwissenheit von einer Person zur nächsten, die sie einer nach dem anderen gedankenverloren streichelten.

„Das war es dann also. Es ist vorbei." Jody sah sich um. „Jetzt ist doch alles in Ordnung, oder?"

Die Stille im Raum war überwältigend und alle sahen gequält aus.

„Was?" Sie blickte von einem Gesicht zum anderen. Was war denn los?

Niemand schien übermäßig begierig darauf zu sein, der Überbringer schlechter Nachrichten zu werden, bis Tessa das Wort ergriff. „Es gibt noch einen Seelenstein."

Silas trommelte mit den Fingern auf die Tischplatte. „Den Windstein."

Jody umklammerte Cruz' Hand fester. Warum klang das überhaupt nicht gut?

„Die Seelensteine rufen einander", sagte Cruz mit tiefer, rauer Stimme. „Wenn einer erwacht, ruft er nach den anderen."

„Sie rufen auch nach Gestaltwandlern. Nach mächtigen Gestaltwandlern", fügte Kai hinzu.

Jody ballte eine Faust, bevor ihre Finger zittern konnten. „Wie zum Beispiel?"

Kai zuckte mit den Schultern, aber die Geste konnte seine Besorgnis nicht verbergen. „Alle möglichen Wandler. Aber vor allem Drachen."

Jody sah Silas an. Sie würde niemals die Größe des Schattens des Drachen oder das donnernde Brüllen vergessen, das er mit knisternden Flammen ausgestoßen hatte. In menschlicher Gestalt schien er so beherrscht, so kultiviert zu sein. Aber als Drache war er furchterregend gewesen.

„Gute Drachen?", fragte sie zögerlich. Schließlich waren Kai, Tessa und Silas alle Drachengestaltwandler und sie waren nett. Das war doch ein gutes Aushängeschild für die Spezies, oder nicht?

Tessa schüttelte den Kopf. „Böse Drachen sind ebenfalls hinter den Seelensteinen her."

„Drax", spie Kai den Namen aus.

Jody lehnte sich auf ihrem Sitz zurück. Wer auch immer Drax war, sie wollte sich niemals mit ihm anlegen.

„Und jetzt auch Moira", murmelte Kai. „Es tut mir leid, Silas. Aber es muss gesagt werden. Wer auch immer sie in der Vergangenheit war ... sie hat sich verändert."

Silas fuhr mit dem Finger über die Tischdecke und rieb auf einer Stelle herum, als wollte er einen Fleck wegwischen. Wäre Keiki nicht zu ihm gekommen und hätte ebenfalls darauf herumgetrampelt, hätte er vielleicht ein Loch in den Stoff gekratzt.

„Hier Keiki." Er griff nach einem Wollknäuel. Er warf es über den Boden und beobachtete, wie sich das Knäuel aufrollte.

Jody sah ebenfalls zu. Irgendetwas an diesem langen roten Faden erinnerte sie an einen Drachenschwanz und das nicht auf eine gute Art und Weise. Und dann stürzte sich Keiki darauf und eroberte ihn.

Kai sprach laut und deutlich, als würde er hoffen, dass die anderen Drachen, wo auch immer sie waren, ihn hören konnten. „Immerhin waren sie nicht großspurig genug, hier einzumarschieren und uns zu einem direkten Kampf herauszufordern. Unsere Macht ist gewachsen, Silas. Das respektieren sie."

Es waren aufmunternd gemeinte Worte, aber sie schienen Silas nicht sonderlich zu stärken.

„Vielleicht“, murmelte er und konzentrierte sich noch immer auf die Tischdecke.

„Definitiv“, stimmte Tessa zu und unterstützte Kai. „Wir haben vier Steine. Drax hat keinen. Der Windstein schlummert noch und wisst ihr was?“

Ihr trotziger Ton ließ alle aufblicken.

„Wir haben eine Menge zu feiern“, fuhr Tessa fort. „Ein weiterer Stein wurde in Sicherheit gebracht. Und wir haben einen neuen Freund und Verbündeten.“ Sie erhob ihr Glas auf Jody und lächelte Cruz schelmisch an. „Und wir können vor allem feiern, dass Cruz schon seit über einer Stunde lang keine Löcher in den Boden geschlichen oder sich über Menschen beschwert hat.“

Alle lachten und Boone fügte hinzu: „Amen.“

Cruz schien bereit zum Protest zu sein, aber Kai klopfte ihm auf den Rücken und neckte ihn. „Also, was auch immer damit passiert ist, dass Menschen ... was war noch mal?“

„Unberechenbar sind“, half Tessa ihm aus.

Cruz zeigte mit dem Finger auf Jody. „Sie ist unberechenbar.“

„Hey!“, protestierte sie.

„Und was ist mit irrational?“, witzelte Boone.

Der Hauch eines Lächelns spielte um Cruz' Lippen, aber Jody sah, wie er dagegen ankämpfte. „Sie ist irrational.“

Sie schnaubte. „Sagt der Mann, der in einem Baumhaus wohnt.“

„Und was ist mit gefährlich? Daran scheine ich mich auch noch zu erinnern.“ Kai lachte.

„Hast du sie mal surfen gesehen? Sie ist gefährlich.“

„Das bin ich nicht!“ Jody lachte und schlang einen Arm um seine Schultern.

Cruz fing ihre freie Hand ein und sah sie mit funkelnden Augen an. „Du bist alle diese Dinge – und noch mehr. Und dafür liebe ich dich.“

Tessa seufzte. Kai grinste von einem Ohr zum anderen und Nina schniefte. Zumindest dachte Jody, dass es Nina war, aber sie war so auf Cruz konzentriert, dass sie nicht sicher sein konnte. Die Außenwelt verblasste erneut und alles außer ihm und ihr war verschwommen.

Sie nickte vor sich hin. Es war leicht, sich beängstigenden Gedanken hinzugeben. Aber die Wahrheit war, dass das Leben wunderschön war. Die Liebe war wunderschön.

„Ich glaube daran", flüsterte sie zu niemand Bestimmten.

Cruz schien genau zu wissen, was sie meinte, denn auch er murmelte zurück: „Ich glaube daran." Dann wurde er in die Realität zurückgerissen und sah sich mit Verdruss um. Einen Moment später war er auf den Beinen und zog sie mit sich.

„Woran glaubt ihr?", fragte Boone.

„Ich glaube, meine Gefährtin und ich..." Was war es gleich? „Wir müssen uns um dringende Angelegenheiten kümmern", verkündete Cruz und wandte sich dem Weg zu seinem Baumhaus zu.

Jodys Hals kribbelte und ihre Wangen wurden rot, als ihr ein Dutzend siedend heißer Szenarien durch den Kopf schossen.

„Danke für die Pfannkuchen", rief sie über ihre Schulter hinweg und erinnerte sich gerade noch rechtzeitig daran, höflich zu ihren neuen – Freunden? Nachbarn? Ihrer neuen Familie? zu sein. Ja, Familie klang gut. Dann rannte sie mit ihrem Mann davon. „Die waren lecker."

„Ich zeig dir, was lecker ist", knurrte Cruz und begann zu laufen.

Sie kicherte, als sie um die Ecke bogen. Bei der Holzbrücke angekommen, hatte sie bereits vorausdenkend die beiden obersten Knöpfe ihrer Bluse geöffnet. Sie dachte auch daran zurück, was seit dieser verrückten Nacht im Golf Klub alles geschehen war. Cruz war von einem potenziellen Feind zu einem Verbündeten zu ihrem Leibwächter und nun zu ihrem Liebhaber geworden.

Gefährte, murmelte eine Stimme in ihrem Kopf. Eine katzenhafte Stimme, kehlig und weiblich zugleich.

Wow. Es passierte tatsächlich. Eines Tages würde sie in der Lage sein, sich zu verwandeln, genau wie Cruz es tat. Aber jetzt ... jetzt war sie noch immer ganz Mensch und voller menschlicher Bedürfnisse.

Sie stoppte Cruz mit einem festen Ruck, schloss ihn in eine überraschende Umarmung und drückte ihre Lippen auf seine. Plötzlich war sie unersättlich und gierig mit mehr als nur menschlichen Bedürfnissen.

„Das Verlangen eines Tigers“, murmelte Cruz und las ihre Gedanken. Er schob eine Hand unter ihre Bluse und die andere an ihrem Hintern hinunter.

Sie drängte ihren Körper an seinen und versuchte, ihn überall gleichzeitig zu berühren. „Pass nur auf, Mister. Wenn ich mich erst einmal an diese Tigersache gewöhnt habe, werde ich dich mit meinem eigenen Paarungsbiss angreifen.“ Sie knabberte an seinem Hals.

„Dann pass ich lieber auf.“ Er lachte leise.

„Du solltest es besser glauben.“

„Das tue ich.“ Er wurde ernst und wiegte ihr Gesicht zwischen seinen Händen. „Ich glaube daran, meine Gefährtin.“

Epilog

Silas sah sich im Gemeinschaftshaus um. Nicht lange, nachdem Cruz und Jody sich so hastig verabschiedet hatten, taten dies auch alle anderen Paare. Vielleicht etwas subtiler, aber alle mehr oder weniger nach dem Motto, *Wenn ihr mich entschuldigen würdet, ich muss jetzt wirklich meine tolle Gefährtin vögeln gehen, die ich so sehr liebe.*

Die Meeresbrise spielte mit einer Serviette auf dem Tisch und die Uhr tickte, während er nur in die Ferne starrte. Eine Ewigkeit später hörte er sie erneut ticken. Zur Hölle – wenn eine Minute derart lang war, wie sollte er es dann jemals durch all die Jahre schaffen, die ihm bis zum Ende seines Lebens noch blieben?

Mit schleppendem Gang ging er über die gewebten Matten auf dem Fußboden und beobachtete die Schatten der Palmen außerhalb des Gebäudes. Sonnenschein durchflutete die ganze Welt, nur nicht den Ort, an dem er sich aufhielt. Es gab jedoch eine Ausnahme – Keiki. Sie sprang und flitzte, und stürzte sich auf das Wollknäuel wie auf einen Todfeind, den sie mit ihren winzigen Krallen vernichtete.

Silas krümmte die Finger und blickte auf seine eigenen Nägel hinunter. In Drachenform würden sie sich zu riesigen Krallen verlängern. Krallen, die er am liebsten in Drax versenken würde, dem Drachenlord, der ihm alles genommen hatte. Alles. Eine lange Liste erschien vor seinem geistigen Auge.

Familienschätze.

Persönliche Schätze.

Moira, fügte sein innerer Drache hinzu und spie in seinem Geiste Feuer.

Sein Herz schmerzte, wenn er nur an sie dachte. Er wollte einfach nicht glauben, dass seine Ex-Verlobte im Mittelpunkt der jüngsten Angriffe stand. Aber andererseits hatte er auch nicht glauben wollen, dass sie ihn verlassen würde. Und sie hatte ihn verlassen. Für Drax.

Drax, der bei jeder Gelegenheit Salz in die Wunden streute. Drax, der darauf aus zu sein schien, die Welt der Gestaltwandler zu beherrschen. Drax …

Er unterbrach sich dann. Drax hatte es nicht verdient, so viel von Silas' Zeit und tief verletzten Emotionen für sich zu beanspruchen. Und Moira ebenso wenig. Sie waren die Verlierer; er war der Gewinner – derjenige, der am Koa Point mit einer Gruppe von Männern und Frauen lebte, die er respektierte und bewunderte. Eine fröhliche Gruppe, insbesondere in letzter Zeit, wo überall Liebe erblühte. Er freute sich für sie. Wirklich. Seine Freunde verdienten ihr Glück – sogar der griesgrämige Cruz, der eine wunderbare Frau gefunden hatte, die ihn die Sonnenseite des Lebens sehen ließ. Stück für Stück hatte sich ein jeder seiner Waffenbrüder ein ruhigeres, bedeutungsvolleres Leben aufgebaut.

Alle außer ihm.

Keiki schnurrte und stieß gegen seine Beine, bis er das Wollknäuel aufhob und wieder aufwickelte. Sie griff ihn dabei an, warf ihren pelzigen Körper in diese und jene Richtung und verfeinerte ihre Kampffähigkeiten.

„Fähigkeiten, von denen ich hoffe, dass du sie nie brauchen wirst, Kleines“, flüsterte er und warf das Wollknäuel erneut.

Sie sprang hinterher und überschlug sich dabei in ihrem eigenen privaten Kampf.

Er lächelte. Das Kätzchen hatte das Herz eines Drachen. Wie schade, dass sie kein Gestaltwandler war.

Im Hintergrund summte das Geräusch des Geschirrspülers. Dank der gemeinsamen Anstrengungen aller war dieser Ort sauber, aufgeräumt und bereit für das nächste gemeinsame Essen. Er hatte wirklich keinen Grund noch länger hierzubleiben, jetzt wo die Versammlung vorbei war, aber er verspürte auch keinen Drang, nach Hause zu gehen. Das Haus, in dem er wohnte – das des Eigentümers hoch oben auf einer Klippe

– war riesig und luftig. In gewisser Weise war es die perfekte Drachenhöhle. In anderer Hinsicht ein Gefängnis, das er sich selbst gebaut hatte. Einzelhaft für einen Drachen, der von der Frau, die er liebte, zurückgewiesen worden war.

Wir haben sie nicht geliebt, sagte sein Drache entschieden. *Nicht wirklich.*

Wenn das stimmte, warum tat dann selbst das Atmen weh, wenn er an Moira dachte? Warum drehten sich alle seine Träume um das, was hätte sein können?

Wir haben sie nie geliebt, beharrte sein Drache. *Wir dachten es nur.*

Er schnaubte über den Stolz der Bestie. Liebe war sowieso nur ein Hirngespinst.

Liebe entspringt dem Herzen und ihres ist aus Stein. Das war es schon immer. Sein innerer Drache streckte die Flügel aus und peitschte mit dem Schwanz.

Keiki kam zurückgetrabt und sprang auf seinen Schoß. Sie schnurrte, bis er sie so streichelte, wie es ihr am besten gefiel. Seit ihre beiden besten Kumpel, Cruz und Hunter, sich mit ihren jeweiligen Gefährtinnen verpaart hatten, hatte Keiki mehr und mehr seine Gesellschaft gesucht. So als wäre es ihre Mission, griesgrämige, geschundene Junggesellen wie ihn ein wenig aufzumuntern.

Sie miaute so laut, dass er schwören konnte, sie wollte ganz Koa Point für sich beanspruchen. Freches kleines Ding.

Er runzelte die Stirn, während er ihr weiches Fell streichelte. Koa Point mochte vorerst Keikis Reich sein, aber vielleicht nicht mehr lange. Die Gerüchte über die Erschließung des Grundstücks waren nicht nur Gerüchte und er war sich nicht sicher, ob er die Macht hatte, diese Bedrohung abzuwehren.

Keiki zupfte verspielt an seinen Ärmeln, als wollte sie auf dem Punkt herumreiten, den die anderen von Zeit zu Zeit aufwarfen. *Wer ist der Besitzer des Anwesens? Bist du es? Wer hat hier die Entscheidungsgewalt?*

In Wahrheit war es eine lange Geschichte und eine komplizierte noch dazu. Und wenn er am Ende angelangt wäre, würde allen die Kinnlade hinunterklappen. Aber er war noch nicht bereit, sie zu enthüllen. Nicht bis er mehr über die von der Außenwelt ausgehenden Bedrohungen wusste. Die Gefahr stand nicht unmittelbar bevor und die anderen sollten derweil ihre wohlverdiente Auszeit genießen, bevor die sprichwörtliche Kacke zu dampfen begann.

Was ihn selbst betraf, so würde er wachsam bleiben. Auf der Hut. Und vor allem emotionslos. Er würde derjenige sein, auf den sie alle zählen konnten, wenn es darauf ankam. Eine gute Einheit verließ sich auf ihren Anführer und ein Anführer konnte es sich nicht leisten, von unbedeutenden Kleinigkeiten wie Liebe abgelenkt zu werden.

„Hey." Eine Stimme riss ihn aus seinen Gedanken. Es war Tessa, die ins Gemeinschaftshaus zurückgekehrt war.

Silas löste die Runzeln auf seiner Stirn. Er wollte wirklich keinen Vortrag darüber hören, dass er sich mehr entspannen müsse.

„Hey", murmelte er zurück.

„Ich hab' den hier vergessen." Sie berührte den Lebensstein und lachte dann. „Ich weiß, ich weiß. Es ist nichts, was ich vergessen sollte. Aber manchmal … "

Ihre Wangen wurden rot und es war leicht zu erraten, welche Worte sie nicht ausgesprochen hatte. *Manchmal verliert man sich so sehr in der Verlockung seines Drachen, dass alles andere zu Hintergrundgeräuschen verblasst.*

Das Telefon klingelte – definitiv kein Hintergrundgeräusch – und Silas warf einen genervten Blick darauf. Er hatte bereits ein langes Gespräch mit Ella, ihrer Informantin, geführt und sich um alle offenen Fragen rund um den Wasserstein gekümmert. Das dachte er jedenfalls. Hatte Ella einen weiteren Fetzen an Informationen oder noch eine verblüffende Offenbarung aufgedeckt? Oder war es wieder der Bauunternehmer, der einmal mehr anrief, um zu versuchen, Silas zu einem Geschäft zu überreden, dem er nie zustimmen würde?

„Möchtest du, dass ich rangehe?", fragte Tessa.

Nein, das wollte er nicht. Er wollte, dass die Außenwelt ihn für eine Weile in Ruhe ließ. Nur lange genug, um seinen Kopf – und sein Herz – wieder an die richtige Stelle zu rücken, damit er weitermachen konnte, ohne die Belastung zu zeigen. Er wusste, dass Tessa die Risse in seiner Rüstung sah. Aber wenn er selbst so tun konnte, als gäbe es sie nicht, könnte sie es ebenfalls tun.

Er nickte und versuchte, seine Schultern zu entspannen.

„Koa Point. Hallo?“, trällerte Tessa wie immer froh und munter ins Telefon. Einen Augenblick später verschwand ihr Lächeln und sie runzelte die Stirn. „Darf ich fragen, wer anruft?“

Silas verzog das Gesicht. Es war also nicht Ella. Höchstwahrscheinlich der Bauunternehmer oder die Anwälte, die er einfach nicht abschütteln konnte.

Tessas Gesicht wurde kreidebleich und sie erstarrte, bevor sie steif auf ihn zuging.

„Es ist für dich.“ Ihre Stimme schwankte, als sie ihm das Telefon reichte.

Er nahm es entgegen, bereit, sich jeder noch so unangenehmen Angelegenheit zu stellen. „Hallo?“

Tessa wich langsam zurück und ließ ihm seinen Freiraum. In der Leitung war es für einen oder zwei Augenblicke still, bevor eine Stimme ertönte, die ihn mitten ins Herz traf.

„Silas.“

Es war eine Aussage, keine Frage. Die Frau am anderen Ende der Leitung klang ein wenig atemlos. Oder täuschte sie einen Anflug von Emotionen vor, so wie sie auch so vieles andere vorgetäuscht hatte?

Er blieb vollkommen regungslos. Alles außer der pochenden Ader an seiner Schläfe.

Schließlich grunzte er seine Antwort. Er bemühte sich sehr, den Schmerz aus seiner Stimme fernzuhalten. Den Verrat. Und am schlimmsten von allem, die Hoffnung. Hoffnung, die ihn umbringen würde, wenn er nicht aufpasste.

„Moira“, murmelte er und fragte sich, was sie als Nächstes sagen würde.

Sneak Peek: Die Verlockung des Drachen

Drachen. Ehre und Pflichterfüllung. Schicksalsgefährten und ein tödlicher Rivale...

Silas Llewellyn ist der letzte Erbe eines einst mächtigen Drachenclans. Außer für Arbeit und Pflichterfüllung hat er für nichts Zeit — schon gar nicht für Liebe. Besonders jetzt, da ein skrupelloser Feind Pläne schmiedet, alles was ihm lieb und teuer ist zu zerstören. Als einer der legendären Seelensteine — ein unschätzbar wertvoller Diamant — in New York auftaucht, ist für Silas klar, dass sich Unheil zusammenbraut... gespickt mit einer verführerischen Frau, die sich weigert den Edelstein herzugeben.

Die Bartenderin Cassandra Nichols hatte nie darum gebeten, einen mysteriösen Diamanten zu erben, und noch weniger darum, zwischen zwei rivalisierende Drachen zu geraten. Aber als sie ein ums andere Mal einer Bedrohung um Haaresbreite entkommt, muss sie sich für eine Seite entscheiden. Ehe sie sich versieht, wird sie im Privatjet "zu ihrem eigenen Schutz" auf ein Anwesen an der Küste von Hawaii gebracht. Ist der geheimnisvolle Mister Llewellyn nur ein weiterer Drachenmilliardär, der glaubt, er könne alles, was er will für sich beanspruchen? Oder verbirgt sich mehr hinter diesem einfühlsamen Fremden, als auf den ersten Blick zu erkennen ist?

Weitere Titel von Anna Lowe

Aloha Shifters - Juwelen des Herzens

Der Ruf des Drachen (Buch 1)

Der Ruf des Wolfes (Buch 2)

Der Ruf des Bären (Buch 3)

Der Ruf des Tigers (Buch 4)

Die Verlockung des Drachen (Buch 5)

Der Ruf des Fuchses (Buch 6)

Aloha Shifters - Pearls of Desire

Die deutsche Ausgabe ist ab Dezember 2020 bei Amazon erhältlich. Im englischen Original sind die folgenden Titel bereits verfügbar.

Rebel Dragon (Buch 1)

Rebel Bear (Buch 2)

Rebel Lion (Buch 3)

Rebel Wolf (Buch 4)

Rebel Heart (Die Vorgeschichte zu Buch 5)

Rebel Alpha (Buch 5)

Töchter des Feuers - Billionaires & Bodyguards

Töchter des Feuers: Paris (Buch 1)

Töchter des Feuers: London (Buch 2)

Töchter des Feuers: Rom (Buch 3)

Töchter des Feuers: Portugal (Buch 4)

Töchter des Feuers: Irland (Buch 5)

Töchter des Feuers: Schottland (Buch 6)

Töchter des Feuers: Venedig (Buch 7)

Töchter des Feuers: Griechenland (Buch 8)

Töchter des Feuers: Schweiz (Buch 9)

The Wolves of Twin Moon Ranch

Im englischen Original bei Amazon erhältlich.

Desert Hunt (die Vorgeschichte)

Desert Moon (Buch 1)

Desert Blood (Buch 2)

Desert Fate (Buch 3)

Desert Heart (Buch 4)

Desert Rose (Buch 5)

Desert Roots (Buch 6)

Desert Yule (eine Kurzgeschichte)

Desert Wolf: Complete Collection (vier Kurzgeschichten)

Sasquatch Surprise (ein Ableger der Twin Moon Story)

Blue Moon Saloon

Im englischen Original bei Amazon erhältlich.

Perfection (die Vorgeschichte in Kurzform)

Damnation (Buch 1)

Temptation (Buch 2)

Redemption (Buch 3)

Salvation (Buch 4)

Deception (Buch 5)

Celebration (ein Festtagsschmaus)

Shifters in Vegas

Paranormal romance with a zany twist. Im englischen Original bei Amazon erhältlich.

Gambling on Trouble

Gambling on Her Dragon

Gambling on Her Bear

Serendipity Adventure Romance

Im englischen Original bei Amazon erhältlich.

Off the Charts

Uncharted

Entangled

Windswept

Adrift

Travel Romance

Im englischen Original bei Amazon erhältlich.

Veiled Fantasies

Island Fantasies

www.annalowebooks.com

Über Anna Lowe

USA Today und Amazon Bestseller Autorin Anna Lowe schreibt fesselnde Romane mit tatkräftigen Heldinnen und unwiderstehlichen Helden in exotischen Umgebung, mit jeder Menge Zündstoff für scharfe Romantik.

Sie liebt Hunde, Sport und Reisen, die auch die Inspiration für Ihre Bücher liefern. Wenn Anna nicht gerade in die Arbeit an ihrem nächsten Buch vertieft ist, kannst Du Sie am Wochenende beim Wandern in den Bergen antreffen. Egal wo und wie – sie wird den Tag mit einem leckeren Stück Zartbitterschokolade ausklingen lassen.

Einfach mal vorbeischauen, auf AnnaLoweBooks.com/de

Printed in Poland
by Amazon Fulfillment
Poland Sp. z o.o., Wrocław

18770420R00169